沒有名字的人

末日審判

NO NAME

DOOMSDAY TRIAL

作——FOXFOXBEE

目錄

九月十一日 005
第一章 回家 014
第二章 駱川的回憶 035
第三章 暴雨 053
第四章 遺跡入口 066
第五章 奇怪的聲音 086
第六章 駱川之死 100
第七章 時輪經 107
第八章 夜宴 116
九月十六日 138
第九章 表白 149
第十章 七宗罪 170
第十一章 《寄生獸》 184

九月十八日 196
第十二章 心靈導師 206
第十三章 回到過去 213
第十四章 我是誰 224
第十五章 分離時刻 243
第十六章 調包 252
第十七章 愛琳 273
第十八章 隱藏信息 284
第十九章 仙樂都 297
第二十章 看到過去的能力 309
第二十一章 祝禱會 322
第二十二章 上帝之城 332
第二十三章 受洗 345

九月十一日

九月十一日，是「9・11」恐怖襲擊紀念日。

今天有點奇怪。

當威廉這麼想的時候，他正身處在一個「當老鴨」毛絨玩具裡面。為什麼是「當老鴨」而不是唐老鴨呢？因為他身上穿的這一套玩偶道具，嚴格來說雖然和唐老鴨有七分相似，嘴巴卻短一點，眼睛變成了細長的兩條線，沒了水手服，取而代之的是一套粉藍色的泡泡裙。

儘管這看起來有些愚蠢，但趙叔告訴威廉，這樣才不會侵權——要知道在美國，迪士尼所有的卡通形象都要得到授權才能使用，唐老鴨、米老鼠甚至花木蘭都被迪士尼牢牢地抓住了版權。要是侵權被告了，就算賠到只剩下一條內褲都不夠。

趙叔諮詢過律師。「當老鴨」是他打的一個擦邊球，只要不完全一樣，就能鑽版權法律的漏洞。七分相似已經夠了，街角走過的孩子們永遠分辨不清這兩者之間的區別，大多數還是會驚喜地叫著唐老鴨，從威廉手上接過傳單。

威廉的汗已經把背部浸濕了。下午總比上午熱，尤其是太陽西下時，柏油路吸收的地熱會一股腦地往上衝。他抬起頭，視線穿過毛絨套裝上的透氣孔，繼而透過密密麻麻的參茸藥材看板，看著鋼鐵森林裡僅剩的一絲天空。他想起第一次到紐約時，心裡的巨大落差。

威廉的真名不叫威廉，而是叫丘福坤。威廉是趙叔替他取的。

「每個偷渡客的終點不只系一張綠卡，而是真正融入這個國家。」這是趙叔的原話。

「威……威廉。」丘福坤結結巴巴地重複著這個名字。他的英語水準在來美國之前僅限於「你好」和「再見」。

儘管做了很多心理準備，但剛來的時候，紐約還是把威廉嚇壞了。

他以為自由女神會更大一些，以為「中國城」看起來會和時代廣場的旅遊照一樣繁華，以為靠著年輕努力地工作，就可以打拚出新天地。

可這兒早就不是一九八〇年，綠卡比三隻腳的青蛙還稀罕的時候，沒人願意請非法勞工。私營的偷渡客旅館一個床位一天就要三十美元，威廉帶來的幾千美元不到半年就花完了，卻還沒有在這個城市找到一絲一毫的歸屬感。

直到他認識了住在上鋪的一個福州同鄉，他把威廉介紹給了趙叔——新開業的港式茶餐廳的老闆，二代移民。

這個九月熱得反常，願意穿毛絨玩具在街上發傳單的人並不好找，且合約工最低時薪是二十美元，比廚房裡的開水工還高。

也許是因為福州同鄉的面子，也許是因為巨大的差價，趙叔決定請一個非法移民來幹這件事，畢竟這個工作不需要跟人交流，躲在玩偶裡面也分不清誰是誰。

「一天四十塊，每週五、六、日三天，人工一個月結一次。」趙叔的手拍在桌子上的傳單上面。「每日六百張，幾時派完，幾時收工，你做唔做？」

威廉舔了舔乾燥的嘴唇，點點頭。

「不要搞髒這套衣服，它比你仲要貴！你要是搞爛它，一分錢都無叻，明唔明？」趙叔一再叮囑。

威廉小心地把鞋套套在腳上，再穿上毛絨褲子。總算是有活幹了。想到這裡，威廉下意識地摸了摸褲子口袋。當然，他的鴨子手摸到的只是玩偶的毛絨布料而已。

他知道，他的口袋裡只剩下五美元——那是那個福州同鄉借給他的。手上的傳單已經不多了，今天是最後一個週末，發完就能領到工資。威廉苦澀的心泛起一絲歡喜，他至少能拿著錢續上旅館的床鋪，幸運的話還能是個上鋪，他還能再買兩瓶啤酒，和那個福州同鄉一起過一個輕鬆的晚上。

只是今天似乎和以往不一樣。具體哪裡不對勁，威廉說不上來，但他知道前幾週「中國城」的週末，都不像今天這樣。

威廉站在「中國城」和「小義大利」的交界——這兩個區只隔了一個街口，地下有地鐵，週末下午是人流最密集的時候，遊客會在路邊的紀念品店走走停停，主婦們會在海產店和中藥材店討價還價。

可是今天似乎每個人都在低著頭匆匆趕路。威廉抬頭看了看對面街的香腸熟食店，一個戴頭巾的義大利婦女早早下了鐵閘，正在裡面警惕地盯著自己。另一家義式咖啡店，也把戶外傘挪進了店裡，緊閉著大門。他們不該這麼早打烊的，威廉心想。

和他一樣不解的還有一些中國店主，他們從參茸店和紀念品店門口叮叮噹噹的鑰匙孔裡探出頭，奇怪地打量著與他們比鄰而居的義大利店家。

街上的黑人突然多了起來。

他們集結在主幹路上，最初低聲細語，然後拿出了一些寫滿字的牌子，一個人吼了一聲，又有一個人吼了一聲，聲音越來越大。

威廉有點弄不清楚狀況，他看不懂這些彩色的牌子上面寫著什麼，直到一個黑人婦女掏出一張放大的男人照片。

威廉認出了那張照片，他在上禮拜免費領取的報紙上看到過這個黑人。他因為開車超速被員警攔下來，被暴打了十幾分鐘才被戴上手銬，附近的一個居民在陽臺上錄下了員警毆打他的過程。

肇事的員警被釋放了，其中有一個似乎是義大利裔。

威廉依稀記得，這件事發生在遙遠的西海岸，他做夢也想不到這會觸怒眼前這些毫無關聯的人——這是他第一次看到示威遊行並置身其中。他從中國來，對此茫然不解。

威廉沒有看到員警。員警保護的是上東區那些權貴和資本家，他們不愛出現在「中國城」和「小義大利」這種黑吃黑的地方，畢竟這裡真正的納稅人少之又少。所以大多數時候這片就是個三不管地帶，即使打電話叫救護車也要等上一兩個小時。

黑人們的憤怒在帶頭幾個人的口號中被一次次地推向高潮，他們抓住香腸店外的鐵柵欄猛搖，踹飛了咖啡店外的凳子，還逮到一個在巷子裡準備離開的義大利人。

威廉聽不懂他們在說什麼，但明顯在吵架，繼而升級到肢體衝突，場面一下子混亂起來。

遊行的隊伍繼續前進，又有一些看起來像墨西哥裔的人加了進來。他們的情緒高漲起來，一些人開始砸義大利店的玻璃，用防火栓撞開柵欄。

很快，另一些義大利人出現在二樓的窗戶前，他們對著空地開了兩槍，用英語警告黑人們快離開這裡。

衝突已經演變成騷動，叫罵聲此起彼伏，遊行隊伍無法前進，一時間主幹道上站滿了人，堵得水泄不通。

又有人開槍了。

威廉的腳有點軟，他覺得他應該往回走了，這個遊行似乎並不像以前電視上說的那麼安全。

然而手裡的宣傳單讓他有些猶豫，如果發不完的話會被扣工資吧？威廉已經工作了一個月，每週三天在烈日下扮演著「當老鴨」，如無意外今天他會拿到四百八十美金，哪怕少一個子兒他都覺得心痛。

他笨重地往回邁了一步，突然聽到一聲尖叫——

「搶錢啦！」

那是威廉熟悉的母語，他朝街角看去，只見一家飾品店門口，一個華裔婦女拉住某個黑人女孩的胳膊。

「偷嘢啊，有人偷嘢啊！拿出來，給返我呀……」華裔店主一邊用半生不熟的普通話大聲吼叫，一邊從對方的口袋裡扯出一些首飾。

那個黑人女孩和另一個黑人男孩在一起，看起來不過十幾歲大。男孩一邊推開店主，一邊用英文罵著什麼。

「偷嘢呀！強盜呀！」店主一邊掙扎著從地上爬起來，一邊猛地揪住那個女孩的小腿。對方腳一滑，整個人向玻璃櫥窗摔過去。

「砰！」玻璃碎得稀爛。黑人女孩滑倒在地上，她的脖子上、臉上和玻璃上全是血。

那個黑人男孩大叫起來，他的聲音吸引了遊行的其他黑人。那些人衝了過來，把首飾店砸得稀巴爛，華裔老闆被其中一個抓住頭髮，拖到了街上。

「唔關我事！是她沒站穩……」首飾店老闆哭喊著，她忽然看到了威廉，就像看到救命稻草一樣，指著他大吼。「你看到的！你看到的！那個黑鬼偷嘢！」

威廉往後退了一步，他嚇壞了，剛想說話又吞了回去，他戴著這個可笑的「當老鴨」頭套，既不會說英語，也不想惹麻煩。

他害怕他說了任何一句話，就會被員警帶去錄口供——像電視裡演的那樣，他們發現自己是偷渡客，把他送回中國。

「你看到了啊！她是自己摔倒的，她偷嘢！」

首飾店老闆對威廉大喊，她被幾個人按在地上。憤怒已經讓他們發狂，其中一個拔出了槍。

「她偷嘢……嗚嗚，不要啊！」

一聲槍響。

威廉嚇得手一抖，傳單掉了一地。他第一次看見有人被殺死，就在他的面前。首飾店老闆的屍體抽搐了兩下，腦漿混著血流在水泥地上。

他想走，才發現兩邊已經有人抓住了他——那些紅了眼的黑人把他的頭罩拆下來扔到了馬路上。「當老鴨」的頭滾了兩滾，停在屍體中間，血把絨毛逐漸染成了紅色。

趙叔說過，這套衣服比他的工資還要貴，弄髒了他就不用幹了！

威廉瘋了一樣企圖掙脫開抓住他的手，他要撿回他的頭套，在天黑之前也許能再借到點錢，去洗衣店弄乾淨。他不能沒有工資，他不能失去這份工作。

然而那股力量又把他扯了回來，威廉看到黑人們因為憤怒而扭曲的臉，他們的唾沫飛到他臉上。

「中國佬。」

這是他聽懂的唯一詞語，他知道這是一個低賤的形容詞。

憤怒的黑人們把威廉從「當老鴨」裡拖出來，他們在他身上撒尿，最後把槍塞進他的嘴巴裡。

「中國佬。」其中一個拍了拍威廉的臉。

威廉使勁睜開腫脹的眼睛，他知道今晚不能再和福州老鄉一起喝酒了。

去你媽的，死黑鬼。

威廉歪著腦袋，口水順著槍托流下來。他的手動了動，突然摸到口袋裡一個硬硬的東西。

是的，這次他摸到的不再是「當老鴨」胖乎乎的身體，而是自己真實的褲子口袋——和那張五美元放在一起的，是一小玻璃瓶粉末。

「如果你感到絕望時，就打碎它。」某天晚上，那個福州老鄉笑眯眯地對威廉說。

威廉皺了皺眉頭：「我現在就已經夠背的了。」

他無法理解老鄉的意思。

「不，當你真正感到絕望的時候，你會知道的。」

偷渡客旅店魚龍混雜，威廉總把重要的東西隨身帶著——這個小瓶子並不太占地方。

我也許再也沒辦法在這裡生根了，威廉心想。

也無法回家了。

他把手伸進褲子口袋，然後用盡力氣把玻璃瓶往地上狠狠一砸……

閉上眼睛之前，威廉看到那些黑人發出痛苦的哀號。他們的皮膚上迅速爬滿了黑色的斑點，他們用手捂住喉嚨倒在地上。

我還不知道那個老鄉的名字呢。

這是威廉死前最後想到的事。

與此同時，在三千多公里之外的一輛七人座汽車上，汪旺旺忽然從沉睡中驚醒。

第一章　回家

除了開車的侏儒和清水，大家都東倒西歪地睡著了。我朝車窗外看了看，兩邊是南方沿海特有的茂密鬆針樹林。我不是在做夢，之前發生的一切都是真的，我們從阿什利鎮逃出來了。

數位時鐘顯示今天是九月十一日，收音機裡陸陸續續播著一段新聞，似乎在紐約的一場暴動中，某種莫名的病毒憑空出現，少數華裔和大量黑人被感染，目前形勢仍不明朗，幾個區域已經被封鎖等等。

我晃了晃腦袋，總覺得這段新聞似曾相識，就好像我曾經目睹它發生一樣。

也許是夢吧，我看了看身邊的達爾文，他靠著窗戶睡著了，卻一直拉著我的手，就像在鹽礦的時候一樣。

我們在中途停了兩次，一次是在密蘇里州，在黑市醫生那兒給沙耶加和達爾文進行傷口處理，另一次是在阿拉巴馬州的汽車休息站。除了侏儒開進加油站的時候能上廁所之外，我們不被允許下車，大部分時間像狗一樣睡在悶熱的車廂裡。

為了避開收費站和臨檢，我們沒有走高速，幾乎都在走鄉間縣城的小路。侏儒一路上都在因為清水把我們搞上車這件事喋喋不休。

「該死，他們幾個人散發出來的餿味和長蛆的乳酪差不多了。」他在激動時會一巴掌拍在方向盤上。「我警告過妳這別蹚這渾水，妳老糊塗了。」

「是你老了，老人才會變得越來越怯弱。做我們這行，越看不清的機會越叫機會，如果想要安穩，為什麼不去開個一元店賣沐浴液和塑膠花掙錢呢？」清水忍無可忍地回了一句，語氣倒像在抱怨老伴兒。

「那個人妳惹不起。」侏儒嘟囔著。

我不知道他們說的「那個人」是誰，這不是我現在關心的事。眼下最讓我焦慮的，是剛才迪克掏出他的藥瓶時，我瞥見裡面沒幾粒了。

我們離開阿什利鎮之後，回去過坎薩斯城的汽車旅館，卻沒有在那兒找到張朋的行李箱和那一大堆藥，不知道是他故意藏起來，還是被別人拿走了。

換句話說，現在剩下所有的藥就是這些了。

迪克似乎對這件事並未在意，他還沉浸在喪父的巨大悲傷中。迪克是一個不願意把悲傷外露的人，即使再難再苦的時候，他也會積極樂觀地去面對。可這次我能聽見他在午夜夢迴時的哭泣，也察覺到他盯著窗外，不知不覺眼淚就流了下來。

他失去了他最崇拜的人，從此也許除了我之外，再也不會有人喚他上校了。他前半生堅定的信仰在這幾日裡已經徹底粉碎，而前方只剩下一片漆黑的未來。

「你還好嗎?上校。」我輕輕拍了他一下。

「就是有點餓。」他露出一個疲倦的微笑。「我特想吃我媽做的牛肉餡餅，那可是她的拿手絕活，把馬鈴薯、洋蔥和豆子用番茄醬炒熟，和肉末攪勻，塞滿一個十二英寸的餡餅盤——我吃過用料最足的餡餅。我……」迪克說著，眼睛一紅。「我是說，我想我媽媽了，我能回去看她嗎？」

最後那句，他並不是對我說的，而是詢問著坐在前座的兩個人。

「如果你想害死她的話，當然。」清水頭都不抬，漫不經心地回答。

「迪克，我很難過。」沙耶加是個心地柔軟的人，眼淚也跟著掉了下來，她輕輕往迪克身邊靠了靠。

「兄弟，現在不是時候，但我會盡我所能讓你能夠回家的。」達爾文拍了拍迪克的肩膀。

我假裝不經意把身體向另一側傾斜，和達爾文保持一定的距離——在他醒來之前，我已經抽回了手。

靠近我的後座車窗沒有關緊，濕潤的風混合著雨水飄在我的臉和嘴唇上，我竟然覺得有一絲寒冷，那是我熟悉的喬治亞州秋天的味道。

快要入冬了，我的生命只剩下兩個月。

我沒有履行對自己的諾言，用剩下的時間陪伴媽媽，然後再去看看這個世界，最後回到我熟悉的中國南方，靜靜地等待死亡降臨。

我把最後的時間用來尋找我的朋友，M把我們帶回了她的過去，可至今為止我們仍然對她的蹤跡毫無頭緒。我想找到她，我對我的選擇並不後悔。

也許我並不需要再回到南方了，我現在的所在就是南方，另一個國家不同經度的南方，但這裡有我的朋友，這兒早已是我的第二故鄉了。

可我已經沒有時間擁有愛情了。

我想起小時候，曾經無意中把一個桃核扔在舒月種的盆栽裡，沒想到桃核竟然發了芽，不到一個月就長出了一株幼苗。

它還來不及抽芽，舒月就把它拔掉了。

「這麼小的花盆，容不下一棵桃樹，」舒月看了看我們家半公尺見方的小陽臺。「這兒沒有地方能容得了桃樹。再長下去，它的根擠破陶盆，結局也是枯死，它也不會快樂。」

時間於我，不正是那個小得可憐的陶盆嗎？

只是這一次我可以選擇，不把那個桃核扔進土裡，它不會發芽，不會生根，也沒了最後被拔除的痛苦。

再醒來的時候，車停在了路邊，我發現窗外的一切如此眼熟，這竟然是我自己的家。

繞了一圈，我們又回到了喬治亞的小鎮，回到了來時的地方。

「你們先在這兒躲一躲，不要跟任何人聯繫，食物我會派人送來。」清水抬了抬眼，看看沙耶加。「等我的消息。」

「大媽，妳不是搞笑吧？躲在這裡？」迪克瞪大眼睛，難以置信地看著清水。「妳老人家知道這是什麼地方嗎？我們在這兒隨時都能被發現！妳不會現在想跟我說電影裡那套『最危險的地方就是最安全的地方』吧？起碼給我們幾把槍吧？」

「我沒說過這是最安全的地方，」清水一哼。「但是如果軍方要幹掉你們，即使我把迫擊砲給你搬過來，或者把你送進比五角大樓還堅固的地下碉堡，他們都能幹掉你。我藏著你們沒，有，用！聽明白了嗎，小子？」

「那……那妳的意思就是，如果妳說的那個什麼大客戶——阿拉伯酋長也好，英國女王也好，要是談崩了，我們隨時都會在這間屋子裡被擊斃？」

「不只是這間屋子裡，而是美國的任何一個角落。」清水補充道。

迪克吞了吞口水，猶豫了半天，愣是沒打開車門。

「嘿，為什麼不往好的方面想想呢？」我盡可能地安慰著迪克。「如果對方答應這筆交易了，我們就算裸體上街也沒人敢動我們一根毛，是吧？」

迪克被我逗笑了：「我可不要跟你們一起裸體上街，我的面積註定我要吃虧。」

雖然嘴上這麼說，但我心裡一點底也沒有。迪克拉開車門，我們從他那一側四下張望著下了車。

「妳知道妳可以回家的。」清水突然轉頭對沙耶加說。「妳不需要跟他們待在一起。」

「謝……謝謝您的提醒。」沙耶加匆忙轉頭朝清水鞠了一躬，就跳下車跟上了我們。

算起來我並沒有離開多久，可是看到自己的家仍然有一種久別重逢的親切感。我繞到後院，在門廊的地毯下面摸到了大門鑰匙。

回家第一件事就是奔向臥室，謝天謝地，那塊從迷失之海帶出來的石頭還安安靜靜地躺在床底下。我和沙耶加把它拿到餐廳裡，幾個人七手八腳拆掉了沙耶加包的塑膠紙，塵封了這麼久，它們又一次展現在我們面前。

我仔細端詳了一遍，具體來說，沙耶加背出來的是三塊石頭，它們都泛著一絲銅綠色，每塊上面都用陰刻法刻了一個奇怪的圖案。

「這……會不會是什麼印第安文字啊？」我越看越覺得這雕刻像某種文字。「我記得以前歷史課說過，古代中國人喜歡在石頭上刻字。會不會以前的印第安人也有這個習俗啊？」

「如果這些石頭真的屬於印第安人，那麼他們刻的肯定不是文字。」達爾文沉吟著說。「印第安人沒有文字。」

「啊？不會吧？印第安文明好歹也是古老民族文明之一呀，怎麼會連文字都沒有呢？那他們怎麼記錄自己的歷史文化呢？」

「印第安人記錄歷史的唯一方式，是通過奇普繩結。」沙耶加說。「我們歷史課本的封面就有。」

「呃，是嗎？歷史課本……」我使勁回想了一下，歷史書封面上那個印第安土著的大頭照，似乎是戴著一大串帶穗兒的項鍊，但我一直以為那只是他們裝飾自己的項鍊而已。

「用這些繩結怎麼記錄啊？」

「比如說，今年水災了，就用藍色繩子繫一個結；去年瘟疫死了很多人，就用白色繩子繫一個大結……繫結的手法和大小都能分辨出這是一個什麼事件。」

「我的媽呀！那如果事件的跨度有一百年，需要繫多少個結啊！誰能記得什麼結就是什麼事？這太不科學了吧？」

「或許是妳對科學有什麼誤解。」達爾文聳了聳肩——他已經盡可能的表現得含蓄了，但我似乎總能輕易觸及他的底線。「古代有很多智慧，都是現代科學無法超越的。」

這句話倒不像是從他這個電腦駭客嘴裡說出來的。

「奇普繩結的記錄方法並不像其他文字一樣拘泥於二維，它是一種三維的記錄方式，裡面涉及的數學計算體系十分複雜，但看上去原始簡單。就像電腦程式設計，最基礎的代碼只有0和1，卻能編出世間萬物。」

「那這種記錄方式普通人也可以學會嗎？」

「已經失傳了。」達爾文搖搖頭。「現在連印第安人都已經忘記了奇普繩結的記錄方法，他們就像忽然被砍掉了手臂一樣，忘記如何去解讀繩結了。」

就在我們討論的時候，迪克已經溜進了客廳，一屁股坐進沙發裡，摸到了電視遙控器。

我和舒月租這間房子的時候，這台電視就在這兒了，搬進來這麼久，我基本上就打開過幾次。它是最早的那種平板電視，還沒擺脫傳統電視機的厚度，上了年紀的液晶顯示器讓畫面看起來模糊不清，四邊泛著白光。

我家沒開通網路付費頻道，只有一些基本的地方電視臺。此時，一個褐色頭髮的主播正在語速飛快地播報著一則新聞：

「在九月十一日的紐約有色人種示威遊行中，一種不明病毒導致至少七十九人死亡，兩百零一人受傷。目前疑似帶菌者已被隔離，事件仍在調查中……」

電視的聲音吸引了我的注意，我放下石頭，走進客廳。

這是我在汽車收音機裡聽到的那場暴動，當時還沒有死傷這麼多人。

我盯著螢幕，裡面正切到一個現場鏡頭，是從遠處高樓用長焦鏡頭拍攝的——在一片中文和義大利文的看板之間，扯滿了紅白相間的封鎖膠帶，軍方的裝甲車停在一堆路障前面，一些穿著無菌服的人抬著擔架從封鎖線裡走出來，上面似乎躺著一具黑漆漆的屍體。

我是不是在哪裡看到過這個畫面？

我突然冒出這個奇怪的念頭。

中文的看板，黑色的屍體，不知名的病毒……我盯著螢幕，頓時有點想吐。

迪克低聲罵了一句，也不知道是軍方的車，還是擔架上的死人，觸動了他跟我一樣衰弱的神經。在經歷過鹽礦的精神刺激後，每個人都條件反射地排斥著任何跟死亡相關的事。

他邊罵邊轉台，可另一個新聞正在播放的顯然是相同的事──某個穿著黑西裝的政府官員正站在一堆麥克風前面，背景是美國國旗和雙子塔遺址，他的語氣憤怒又激動：「幾年前，我就站在這裡，目睹世貿中心倒塌，我們都知道那是誰幹的──所以當我聽到數年之後的同一天，紐約再次出現了不知名病毒，我幾乎可以斷定，這又是另一場恐怖襲擊！他們只是換了種方式，從飛機劫持變成了細菌武器……」

迪克又換了其他台，這次是一個國家安全局的發言人。

「這會是黑人種族主義者策劃的嗎？」一名記者問。

「就目前情報機關提供的資料來看，伊拉克已經擁有生化武器！他們在製造生化武器，並且有明確的軍事部署，恐怖分子混入了遊行隊伍，在人群中釋放了含有病毒的氣體。因此我們必須加緊攻擊，解除大規模殺傷性武器。」發言人把拳頭捶在桌子上，吸了一口氣，語氣平緩下來。「我們是一個多種族、多文化的包容國家，我們熱愛和平……」

「美國政府已經掌握對方有大規模生化武器的證據了嗎？」另一名記者問道。

「我們有理由相信，美國正處於恐怖組織的危險之下！」

「這是什麼遊行？」沙耶加也跟了過來。

「我沒記錯的話，不久前有幾個涉嫌種族歧視的白人員警被無罪釋放了。」達爾文說。「網上流出一段影片，那幾個員警打了某個超速被攔下的黑人。」

「但這明明是白人和黑人之間的事，為什麼要選在華人區遊行？」

「這種遊行裡常常會混雜著許多目的不純者，他們期盼遊行能升級為暴動，再在暴亂中渾水摸魚，打砸搶撈上一筆。華人區是不二之選，」達爾文似乎對這種事見怪不怪。「華人區平時就屬於治安混亂地帶，不像白人區有那麼多員警，即使報警，員警也未必會管。這些生事之徒不傻，他們知道上東區有森嚴的安保，義大利人有黑手黨和機關槍，而中國人有現金。我爸媽開的速食店，都被這樣搶了好幾次。」

「那為什麼恐怖分子又要選擇在黑人之間發動攻擊？」迪克不滿地說。「這聽起來難道不荒謬嗎？」

「總要有一個什麼人來背鍋，這就是政治。」達爾文淡淡地說。

迪克又按下了轉台鍵。這次是一個醫生站在實驗室裡：「我們並沒見過這種病毒。是的，它有很高的傳染性，現在被感染的市民已經被隔離。當然，我們正在全力研製疫苗，相信近期內就能開發成功……目前送往隔離室的患者，情況已經得到明顯好轉。」

「這會是一種新型的生化武器嗎？」拿著麥克風的記者不依不饒。

「那要看你怎麼定義生化武器了。」

「該死！難道全世界除了恐怖襲擊，就沒有別的新聞了嗎！」迪克痛苦地抱著頭。

「不是……不是恐怖襲擊，」我忽然自言自語道。「是唐老鴨……」

「妳在說什麼？」迪克莫名其妙地看著我。

「呃，我剛剛說了什麼？」我回過神來。

「妳剛剛好像在說唐老鴨。」迪克歪著頭。「我不確定妳說的是不是迪士尼動畫片裡的那一隻。」

「唐老鴨。」我緊鎖眉頭，努力理清思緒。「我覺得這不是一場恐怖襲擊，犯人是一隻唐老鴨。」

「中尉，妳還好嗎？」迪克疑惑地問。

我低下頭，腦海裡浮現出一隻奇怪的鴨子，手裡握著一隻玻璃瓶。

我們自從離開阿什利鎮之後，精神狀態都不太好。舒月跟我說過，這是一種短暫的創傷後遺症，我們會本能地對血腥和暴力的圖像產生應激反應，就像迪克看到死人就要轉台一樣。這種病症嚴重時會產生幻聽和幻視，大腦甚至會偽造出不存在的記憶。

我不確定這隻鴨子究竟是不是來自我的幻覺。

「我……還好。」我在沙發上坐下來。「只是，我不知道為什麼，這個新聞我好像很久以前在哪裡看過，我覺得凶手是一隻唐老鴨。」

「唐老鴨是恐怖分子？」迪克重複了一遍。「那米老鼠是幫凶嗎？」

「我不知道，我記不清了……」我把身體埋在沙發和抱枕之間。

「也許是妳最近的精神壓力太大了，睡一會兒吧。」迪克安慰我。「我們都受了不小的刺激。」

他一邊說，一邊繼續轉台，在他鍥而不捨按了一大圈之後，音響裡終於傳出了一段「罐頭笑聲」——娛樂台每天下午的《歡笑一籮筐》背景樂。

此時正有一個孩子坐在雪橇板上，滑稽地摔了個跟頭。錄影片的似乎是孩子爸爸，一邊笑著一邊跑過去安慰他。

連看了幾個片段之後，我終於笑出了聲。

「這才是我們該看的。」迪克放下遙控器。「哪怕一個下午，讓我的人生輕鬆一點，哪怕我再也見不到明天的太陽。」

我對此不置可否，學他一樣脫了鞋躺在沙發上。達爾文打開了我的電腦，沙耶加則拿了一套我的衣服走進浴室。

是啊，躺在沙發上多好，也許下一秒就會被窗外的狙擊槍爆頭呢？也許這一秒閉上眼睛之後，下一秒再也不會睜開了呢？我盯著電視機裡那個有點微胖的中年男人，在聖誕舞會上學麥可傑克遜跳舞，扭著屁股的時候撞到牆上。

我什麼都沒有改變，我沒能救加里，也沒有找到M，我不是英雄，只是這個世界上最普通的人之一，銀河系的一粒塵埃。

當我回過神的時候，才發現身邊的迪克也和我一樣淚流滿面。

「上校……」

正當我想安慰他的時候，《歡笑一籮筐》的畫面消失了，電視發出了刺耳的噪音，幾秒鐘的雪花噪點之後，一個男人的臉出現在螢幕上。

「這他媽是什麼……」迪克邊說邊拿起遙控器，但無論換什麼台，都是同一個畫面。

「有人切斷了電視臺的訊號！」達爾文一邊說一邊飛快地站起來，熄滅了屋裡的燈，他打手勢讓我們蹲下來，我和迪克輕手輕腳地跟他爬到客廳的窗戶邊。

「他們這麼快就來幹掉我們了？清水談崩了？」迪克喘著粗氣。「我他媽就知道這些混蛋不會放過我們的，但為什麼要切斷電視信號？」

「噓。」達爾文做了個噤聲的手勢。

「怎麼了……」沙耶加剛從浴室裡出來，看到我們幾個趴在地上，下意識地馬上蹲下。

我朝她招招手，讓她爬過來。

達爾文撩開百葉窗的一角，可是外面街道上一個人都沒有。街道對面的鄰居從屋子裡走出來，隔著籬笆向另一家喊道：「嘿，你家電視出問題了嗎？」

「不只是我們。」達爾文說完，站起來打開大門跑了出去。我不知道發生了什麼事，只好跟在後面。

「嘿，哥們兒，那個老女人說過，她回來之前我們不應該出來的。」迪克邊走邊說。

「這很奇怪，」達爾文沒有回頭。「有人截斷了全國的電視信號，同一時間不同電視臺，你明白嗎？連五角大樓都很難做到。」

「我們要去哪兒？」沙耶加披著浴巾，頭髮濕漉漉的披在肩膀上。

我還沒來得及回答，就看到達爾文在路口停下了腳步。馬路斜對面是「溫蒂家鄉菜」——一家老式南方菜館，主打酸菜燉肉和炸雞。因為離我家很近，所以以前社團聚會的時候也會在這裡訂比薩。

此時「溫蒂家鄉菜」門口已經聚集了幾輛車和附近的一些居民，我們走進去，沒有人回頭看我們——他們都全神貫注地盯著餐吧上掛著的那五台四十八英寸液晶電視。要是在平時，每台電視都會播著不同的內容——橄欖球、足球、籃球，以滿足顧客的不同需要。可這一刻，五台電視機的畫面，都是同一個男人的臉。

此刻他正坐在窗邊，窗外似乎是一個住宅社區，又有一點像大學校園。

他有一頭濃密的黑色鬈髮，眼眶深凹，濃密的眉毛下面是一雙淺棕色的眼睛，這應該是個中東人。他的襯衫紐扣鬆開了兩顆，領帶歪歪扭扭地掛在脖子上，整個人精神狀態看起來不太好。他似乎剛剛調試好攝影機的角度——剛才他出現在我家電視上的時候，整個畫面是歪的。

「我再說一次，那是潘朵拉菌株，是一種新型的炭疽菌株⋯⋯」他似乎很緊張。「通過吸入傳播。最初會咳嗽，胸口陣痛，幾分鐘之內就會發展成敗血症，皮膚潰爛⋯⋯」

說到這裡，這個男人向視窗側了側頭，他的情緒明顯極其不穩定，一行眼淚從他的眼角流出來。

「他到底是誰？」我聽到人群中有人低聲議論著。「什麼潘朵拉菌株，已經開始散播了？」

「潘朵拉菌株到目前都無法被治癒，感染者只有死路一條！」那個男人回過頭來，他的音量因為憤怒而變得高亢。「它是致命的生化武器……但它不是來自什麼中東恐怖組織，不是來自伊拉克，也不是來自伊朗，它來自美國國家傳染病學院的實驗室！」

他的話像一顆重磅炸彈扔進人群裡，一些人開始驚呼。

「我就職於馬里蘭州的美國國家科學院……潘朵拉菌株最初只是我們的研究。我一直以為，研究它只是學術上的，直到不久前，『那個人』出現了。他讓我清醒過來，他告訴我，潘朵拉菌株將被美軍用來作為生化武器攻擊……我的祖國。」電視機裡的男人抬起頭，他的雙眼燃燒著怒火。

「是的，就是媒體報導中威脅著你們每一個人安全的我的祖國，這是莫須有的罪名。一旦潘朵拉用於戰爭，它的毀滅力不僅能殺死武裝分子，還能把整個中東地區的人都屠殺殆盡。可是美軍高層還是決定啟用它，搭上成百上千萬平民的生命，只為了加速戰爭勝利的進程……最大的恐怖分子，就是美利堅！」

我身邊的一個婦女跌坐在凳子上，她喃喃地說：「這不可能……」

「我把病毒樣本給了他，因為他答應我，他會阻止美軍在我家鄉的殺戮。那些殺戮並不像好萊塢電影裡那種暴力美學，不像新聞報導中寥寥幾句帶過的毫無情感的數位，它充斥著殺戮和無處可逃的絕望，就像這樣……」

那個男人邊說邊把身體伸出畫面外，當他再回來的時候，嘴裡塞著一把手槍。

我捂住嘴巴。

他模糊不清地說了幾個字，我還沒來得及聽明白，槍響了。

「不！」餐廳裡的人尖叫迭起，伴著哭腔。

電視上的男人從凳子上向後倒去，他的腦漿噴在後面的牆上，上面貼著一張皺皺巴巴的紙，上面用馬克筆潦草地寫著——

Bellicose（好戰的）。

離開「溫蒂家鄉菜」的時候，電視信號已經回到了體育台的橄欖球賽。我的腳就像踩在棉花上輕飄飄的，餐館門口的一個女人嚇暈在地，隱約有哭喊聲和警笛聲從遠處傳來。

這就是真實的美國人，他們生活在《歡笑一籮筐》和娛樂台所創造的繁榮美好之下，生活在CNN有線電視新聞網和國際新聞台散布的遠東的恐怖之下，事實上，在這個好戰的國家裡的人民，哪怕看到血漿噴在螢幕上都會嚇暈過去。

「『他』是誰？」沙耶加打破了沉默。「剛才電視裡那個人把菌株交給了誰？」

「全世界都想知道這個問題的答案。」達爾文聳聳肩。「FBI比我們更急於找到這個人，他和在遊行隊伍裡散發病毒的人有可能是同一個。」

「他究竟是什麼目的？」

「我不知道，但絕不僅僅是阻止美國在中東的生化武器襲擊。」

「末日審判到了。」

這句話不自覺地從我嘴裡說出來，我的腦海中閃現的，是電視機裡那個男人把槍放在嘴裡的畫面。

「妳說什麼？」達爾文轉過頭看了我一眼。

我渾身一抖：「他吞槍的時候說的話，末日審判到了。」

「妳怎麼知道？在我聽起來，他只發出了吞咽的『嗚嗚』聲。」迪克想了想說。

「那是人在哭泣時的自然反應。」

「我不是聽到的，我是看到的。」我沉吟道。

「什麼叫妳看到的？」

「我在哪裡見過這一幕……」

我邊說邊打開家門，沒想到裡面正站著一個人，怒氣衝衝地看著我：「小鬼，妳他媽的這幾天去哪兒了？」

竟然是駱川！我差點忘記了這個本該在醫院裡躺著的人。

「你怎麼從醫院跑出來了？」

「我還在等著妳回答我的問題。」駱川沒好氣地往沙發上一坐。「舒月就是這麼教妳的？一聲不吭就可以擅自離校？別忘記妳還是個毛都沒長齊的未成年人，妳的監護人是老子我……」

他還沒說完，我就一把上去揪住他：「快離開這裡，這兒不安全！」

「哎哎哎，幾天不見怎麼還動起手了。我要不是擔心妳，我能頸椎沒好就強行出院？妳別拉，我的脖子斷了！」駱川一邊扶著他的護頸一邊嚷嚷。

「我現在三言兩語跟你說不清楚，你快走吧！我們最近……出了點事，你在這兒會連累你的，再不走來不及了。」

「喲！」駱川瞅準了空隙一手按住我的頭，發出一聲誇張的感歎。「小土豆，妳也知道妳攤上事了？玩脫了吧？現在除了灰頭土臉地躲在這兒，哪兒都去不了了吧？」

「啊？」我有點意料之外。「你怎麼會知道？」

「我在醫院醒來，越想越覺得這件事不對勁。那個從背後襲擊我的人，並不是只想打暈我這麼簡單，他下的死手，根本沒打算留活口——要不是我練過，現在早就去見愛因斯坦了。那個人的目的是M的筆記本，他想殺掉看過那條公式並且有可能知道怎麼利用它的人。」

駱川放開我，理了理衣服：「所以我醒過來的第一件事就是打電話回麻省理工，詢問布朗教授的死。」

「他的死有蹊蹺？」我問。

駱川點點頭：「警方說他中了三槍，凶手是謀財害命。有蹊蹺的是事發地點，在查理斯河附近，那裡很安全。即使偶爾出現一兩個混混，也只會勒索一點現金，槍對他們來說只是個幌子，他們做不出殺人的事——何況誰會為了那個滿是考卷的公事包，槍殺一個手無寸鐵的老教授呢？那些混混早就搶出門道來了，他們知道這種老知識分子身上根本不會有多少現金。」

確實，如果在美國半路上遇到劫匪，無非就是求財，他們絕大多數只是缺點錢嗑藥而已，為了圖省事只要現金，連車都不會要——因為車容易被員警追蹤到。只要給點現金，不做反抗，是不至於出人命的。

「重點來了，布朗教授的死看起來明明就是疑點重重——多到連我這種非專業人士都能看出紕漏，但警方竟然輕易定案放棄追查了。」駱川咽了口口水。「布朗教授的前妻和家人都對他的死三緘其口。他的死和你們朋友的死同樣蹊蹺，這讓我不得不懷疑，一切都是有人蓄意安排的。」

「M沒死。」沉默了很久的達爾文開口了，他平靜地把真相說了出來。我的眼睛不由得一陣潮濕。

「你說什麼？」駱川一臉疑惑。

「那個數學天才，我們的朋友，她沒有死。那具屍體不是她，她只是被帶走了，你的猜測沒錯，她的失蹤和布朗教授的死一樣，是精心策劃的陰謀。」

「那她究竟被帶到哪裡去了？你們真的去查了嗎？該死！」駱川罵了一句。「你們真的他媽的去查了，現在你們惹上了什麼人？國際犯罪集團，還是什麼黑幫勢力？」

「你猜不到，」達爾文嚴肅地說。「我們惹上的人遠比你能想像的更有勢力，不是你或者我們任何一個人可以招惹的，所以你還是快離開吧。」

「快走吧。」我低聲說。「從後門走，儘量低調點。」

「我不能把妳扔在這兒，」駱川皺著眉打量了我們幾個一眼，最後看著我。「我答應了舒月，妳畢竟是她的侄女……」

「我不是她侄女。」我低下頭輕聲說。「我和她沒有任何血緣關係，她不欠我什麼，你也不欠我什麼，我對你而言只是個毛頭小孩，你不是我法律上的監護人，不需要對我負責。就算今天舒月在這裡，她也不會讓你管這件事。」

我不能再讓無辜的人為了我捲入這件事，駱川只是對舒月有感情所以才答應照顧我，但他做的已經夠多了。

駱川愣住了。

「快走吧。」

「喲，妳這個小丫頭口氣還不小嘛。」駱川哼了一聲，滿不在乎地轉身從冰箱裡拿了兩瓶啤酒——還是上次喝剩下的。「老子我差點就被你們唬住了。」

「哎！你這個人，」我一下急了。「跟你說人話你咋聽不懂呢？」

「現在我已經見過你們並且交流過了，如果生存率是五十％生五十％死，那麼我現在即使離開，我的生存概率也不會增加到一百％，反而會因為見過你們又落單，生存率變成二十％。我離開，生存率二十％，你們五十％；我們每個人單獨離開生存率二十％；我們一起留下來生存率仍能保證每人五十％，而我的智商又能給生存率加成十％到五十％不等——綜上所述，我應該留下來。」

我被他說得腦袋發暈，轉頭問迪克：「他在說什麼？」

「好像是說，他留下來，我們的平均生存率變高……」迪克掰著手指頭算著。

「博弈論。」駱川聳聳肩。「但這位胖同學的結論是正確的。」

「這不科學。」

「這就是科學，還是妳喜歡更無賴的方式——老子就不走，妳有脾氣？」駱川灌了一口啤酒。

「我……」我話音未落，駱川的視線突然停留在餐桌上刻著文字的那些石頭上，他的臉色沉了下來。

他走到餐桌邊上，仔細地端詳著那些石頭，看了好幾分鐘，他回頭盯著我：「這些東西是從哪裡來的？」

「這就是我之前讓你幫我聯繫做年代測試的石頭，我還沒來得及給你看，而且你也沒興趣幫忙……」我有點被他嚇到了。

「我是問妳，這些石頭妳是從哪裡弄來的？」駱川不再看我，而是皺著眉頭拿起其中一塊石頭。

我疑惑地看了看達爾文和沙耶加。

「為什麼您會這樣問，您在哪裡見過這種石頭嗎？」沙耶加試探性地問了一句。

「我見過，」駱川一改平常玩世不恭的樣子，沉聲說。「二十年前。」

第二章　駱川的回憶

「把你的髒手從我身上拿開。」

這是舒月跟駱川說的第一句話。

駱川已經記不清具體的年份了，也許是一九八六年，也許更早。那時他們正在科羅拉多州和新墨西哥州交界的一片峽谷區，就是美國西部電影裡經常出現的那種紅色的山谷，縱馬的牛仔們總會穿過那些停滿烏鴉的光禿禿的樹枝，在日落之前來到某個懸崖上，注視著峽谷下面的駝隊。舒月和他一樣，都是考察隊伍的一員。

駱川不會騎馬也玩不轉左輪手槍，但他對人生的追求和西部片裡的牛仔不謀而合——賭局和女人。

那時候他很年輕，剛剛申請上麻省理工的語言學博士，學院對他來說只是逃避社會中那些低智商的白痴的避風港——這裡有頭腦簡單的女大學生、致幻劑和每週一次的睡衣派對。

二十世紀八〇年代，雅痞文化還深深紮根在美國校園，他們絕不是街上只會穿破牛仔褲的混混，而是來自高級知識份子或中產階級的家庭，尤其在那些頂級大學的校園裡，像駱川一樣的學生們戴著古馳的手錶，穿著凡賽斯的內衣，叫囂著應該把ＬＳＤ（一種致幻劑）投入公共飲水系統，用藥物把生理的感官推向高潮。

駱川不喜歡錢，否則他不會選擇語言學，他的數學特長可以讓他選擇一個更吃香的專業，畢業之後就進入華爾街，成為某個跨國企業背後的操盤手——但這種生活對他誘惑不大。也許這與他從小養尊處優有關，駱川認為自己不再需要用掙錢證明自己的價值。與其成為股票市場的傀儡，他更沉迷於在來自布拉格的金髮美女面前，用捷克語講述希臘神話的那種優越感——他喜歡姑娘們那種從驚訝再轉變成仰慕的眼神。駱川精通西班牙語、法語和俄語，他甚至能說某種印第安語和古希臘語。

他曾經誇下海口，任何一個心智正常的女孩，在他的三分鐘攻勢下都會淪陷——他會用英俊的外貌打破她的防備，用優雅的法語讚美她的臉蛋，用俄文背誦普希金的詩贏得她的芳心。至於他的智商——他相信這些姑娘已經等不及要瞭解他有多聰明，爭先恐後地倒在他的床上了。

直到駱川被教授推薦到這個考察團隊的前一天，他還摟著一個法國姑娘入睡，同時與另外三位女孩保持著曖昧。

如果早知道這次考察只有一望無際的貧瘠山谷，我是打死都不會來的，當時就不應該在抽了大麻之後胡亂接博導的電話。駱川萬念俱灰地想。

第一次見到舒月的時候，駱川並沒有什麼特別的感覺，也許是美女見得太多了，中國女生並不是他的首選。二十世紀八〇年代出國留學的中國女生大部分是土了吧唧的，喜歡穿襪子再穿露趾涼鞋。相比之下，日本女生的皮膚總是更細膩，品位更好，脾氣更溫順。再美的女人，紮起滿是塵土的頭髮，把曲線掩蓋在工裝褲底下時，美麗都會打折。但考察隊裡除了舒月，唯一剩下的雌性動物就是那頭印第安矮騾子了。駱川在忍了兩週之後，終於忍不住對舒月出手了。

但他悲壯地發現，之前他屢試不爽的伎倆，對舒月沒有半毛錢作用。無論他如何口吐蓮花，這個女人始終用一種極度嫌棄的眼神看著他——那裡面除了冷漠，竟然還有一絲憐憫，就像憐憫智障一樣！這完全超出了駱川的認知範圍，他一度甚至懷疑舒月聽不懂人話。

可是這個女人在跟團隊裡的其他人溝通時，卻能使用流利的英文。她的聲音漫不經心，卻有一種奇怪的說服力，能在不經意間讓隊友接受她的思路。但是面對自己的插科打諢，她就像一塊石頭一樣，毫無反應。

太陽快要下山了，夕陽的餘暉把整個山谷映成了玫紅色，月亮在晴朗的天空上隱約可見。駱川打了一個冷顫，這裡的溫差很大，進入夜晚後氣溫就開始驟降。

舒月站在懸崖邊，注視著峽谷底部逐漸亮起來的點點火光——那是他們的營地。

「這裡很冷，妳會著涼的，我們還是回去吧。」儘管撩妹失敗，駱川還是想保持最後一點紳士禮節。

舒月轉過頭，她沒有準備走，而是盯著駱川的眼睛看了一會兒，眼神複雜。

「怎麼了？」難不成這姑娘終於開竅了？

「你不覺得這次考察很奇怪嗎？」

這是舒月第一次正面和駱川對話，但讓他意想不到的竟然是這麼一個話題。

「呃，我以前參加過的科考項目其實不多……」駱川有點語塞，事實上這是他參加的第一次團隊科考。「為什麼這麼說？」

「這是我第一次參加這種考察項目，」舒月直言不諱。「正因為這樣，我才覺得奇怪。你應該知道我們來考察什麼吧？」

這娘們兒是在質疑我的智商嗎？我來了兩週，難道連考察什麼都不知道？駱川憤憤不平地想。

「當然，女士，我猜這兩週裡連騾子都知道我們在考察什麼了。」駱川的話裡帶著譏諷，他看著峽谷底部的熒熒火光，不遠處的岩壁上凹下去一片，露出些許有棱有角的開鑿過的剪影。那是一座在懸崖之下的古代城邦，儘管已經被時間的風沙吹拂過上千年，仍然能看出曾經的雄偉輝煌。

三週前，科羅拉多州和新墨西哥州的交界處爆發了一次八點一級的地震，部分峽谷出現了開裂坍塌，才讓這個數千年前的古印第安遺跡重見天日。駱川來之前閱讀過相關資料，裡面說這座遺址隱蔽於山谷的縫隙中存在了幾千年，建造的原因不明，作用也不明。十八世紀居住在附近的印第安人曾把這裡當作神明崇拜，嚴禁任何人踏進這座峽谷一步，這或許也是遺址保存得十分完好的原因之一。

「你是不是想說，我們的目的是考察古印第安人的起源？」舒月看著駱川。「就像發給我們的研究資料裡寫的一樣。」

「難道是童子軍野外露營外加試膽大會？」駱川聳聳肩，他本想調侃一下，卻發現舒月沒有笑。
「你是什麼專業?」
「語言學。」
「我學的是生物學,但不是化石研究人員,而你學的也並不是古代文字學。為什麼要選擇我們來這裡?參加一個考古科考?」
「這是學院的標配,每次科考都要混合不同的專業人員……」
「這才是問題所在,我們的專業並不算對口。如果這只是一次普通的考察就算了,比如復活節島或者馬丘比丘城邦,我都不會覺得疑惑,畢竟那些遺跡已經被世人所知上百年,它們迎接過無數的科考隊伍,安全又安逸……你明白我的意思嗎?那些地方都不像這裡,這裡是一個上千年間無人踏足的地方,它位於的地方剛發生過強烈地震,這意味著在今後的一個月都可能會發生餘震。而我們要在這個節骨眼兒上冒險進入峽谷——可見對這個遺跡的考古是非常迫切的,哪怕犧牲幾個人也在所不惜。但如果它真的價值連城,為什麼不找更權威的專家,而要找我們這種還沒畢業、專業也不算完全契合的學生?」
「呃……」駱川沒想過這個問題,他有點尷尬地撓了撓頭。「但至少我們的領隊埃倫教授是考古學界的泰斗,我相信他挑中我們到這裡來,一定有他的理由。」
「那你也應該知道,埃倫教授的好友懷爾特是國家地理雜誌年度十大探險家之一,就連他辦公室對面的麥哲倫教授,也是古文物修復界的權威。為什麼埃倫教授不找他們，而要通過各種間接管道找到像你我這些名不見經傳的菜鳥？」

「我還是那句話，埃倫教授肯定有他的理由。」

「我並不是針對你，」舒月的語氣軟了軟。「但我實在想不通。」

「妳說得並沒有錯，我自認我完全是考古界裡的菜鳥，也許連菜鳥都不如，我連古希臘和古羅馬的工藝品都分不清。」駱川聳聳肩。「但我瞭解這些學院派老骨頭的作風，沒人願意隊伍裡有另一個學術大牛來搶自己的科研成果，就好像，怎麼說來著，那句中國成語，一山不容二虎。」

「那你怎麼解釋那份保密協議？」舒月皺著眉頭。「明天就要進入遺跡內部了，他們突然讓我們簽什麼狗屁保密協議，裡面寫明一切在遺跡中看到和聽到的事，都不准向外界透露，這已經超出尋常科考活動的協議範圍了。」

「或許是埃倫教授不希望我們搶他的功勞……」

「我真希望他只是一個貪慕虛榮的人，那一切就好辦了，」舒月打開背包，遞給駱川一疊厚厚的報紙。「我們在這裡這段時間，幾乎完全得不到外界的消息，幸好有運送食品物資的墨西哥車隊——這是我花了大錢拜託其中的一個司機弄進來的。這三週所有的新聞報紙和學術期刊，沒有一篇提及這個遺址！半個跟科考隊有關的字都沒提過！這裡完全從大眾視野中隱去了，似乎只有身在這裡的我們知道它的存在。如果埃倫教授在乎的是功名，還有什麼比儘早發布科考隊報導，宣布他是來這裡的第一個領隊更重要的呢？」

駱川歪著頭，審視著眼前這個頭髮淩亂的中國姑娘。她的臉頰因為幾週來的暴晒變得又紅又黑，嘴脣乾巴巴的，皮膚也因為風沙泛起細紋。可她在這麼粗糙的外表下，有一顆比誰都縝密的心，那份保密協議，駱川是看都沒看就簽了，連腦子都沒過一下，可這個女人在三個星期前就發現了科考隊的不尋常，從而四處收集證據證明自己的猜測。

「妳為什麼要告訴我這些？」駱川問道。

「因為我觀察你一段時間了，」舒月攏了攏頭髮。「我覺得你並不像看起來那麼愚蠢，你或許可以幫我。」

「我就當妳是稱讚我了。」駱川艱難地露出一個微笑。

「所以，你就是那個時候喜歡上舒月的？」我打岔問道。

「妳覺得我是那麼膚淺的人嗎？」駱川一臉無辜。

「你的膚淺已經超出了我對膚淺的認知範疇。」

其他幾個人集體點頭。

「那時我只是覺得她心思比較細膩，但老子睡過的女科學家也不在少數，她們能考上麻省理工可不是只憑大胸的。」駱川攤了攤手。「我的意思是，有腦的我也見過不少。」

「那到底是為啥喜歡她？」

「我以為我們談論的是我當年在哪裡看到這種石頭的。」

「呃，那你長話短說。」

在駱川和舒月聊完的第二天清晨，埃倫教授就帶著學生進入了遺跡。就在大家整裝待發的時候，駱川從營帳裡探出腦袋，一臉愁容。

「我拉肚子，實在是走不動，你們去吧。」

是的，這傢伙臨門一腳竟然裝病。舒月除了低估了駱川的智商之外，還高估了他的好奇心。

作為一個徹底的享樂主義者，駱川秉承的態度就是多一事不如少一事，拒絕麻煩，尤其是自己沒興趣的，比如說，考古。

昨天舒月說的那番話，有一點他百分百贊同，那就是這支考古隊裡，根本不需要生物學家和語言學家。

語言學家去對著那些斷壁殘垣幹麼呢？難道去跟幾千年前的骸骨談一下理想？峽谷裡一棵樹都沒有，太陽一升起來晒得就跟在非洲大草原一樣，與其跟其他科研人員一樣傻了吧唧地去攀岩，駱川更願意留在太陽椅上享受一下日光浴，或者在營帳裡睡上一覺——畢竟考古活動裡會發生的一切可能，都輪不到一個搞語言的去插一腳。

「祝妳好運！」他狡黠地朝舒月眨眨眼睛。

這姑娘還不算太聰明，否則應該跟自己一樣留在營地裡。

「小心點。」舒月走過他身邊，忽然莫名其妙地看了他一眼。

「小心什麼？劫財還是劫色？」駱川不改玩世不恭的本色。

「我不知道……」舒月揉了揉太陽穴。「總之來到這個地方，我就開始頭疼，總覺得隱約有什麼聲音在我腦子裡，我有不好的預感。」

「大多數女性焦慮的來源是荷爾蒙失調，也許妳需要……」

「需要什麼？一個男人？」

「這可是妳自己說的，」駱川露出一口白牙。「我的意思是，還有一種更快捷省事的辦法，一次見效……」

「你知道學生物有一種附加的好處嗎？」舒月也笑了笑。「我對切除某個器官十分在行。祝你好運。」

如果不是舒月臨走前的那句叮囑，駱川未必會這麼快發現不對勁的地方。

營地附近，出現了一些奇怪的印第安人。

駱川最開始發現的那個是在峽谷中間的山體斷層產生的狹縫裡——那個人眯著黑色的眼睛，嘴裡念念有詞，一言不發地盯著營地。猛烈日照產生的陰影很容易把他的身影隱去，如果不是他掛在胸口的銀項鍊反光，駱川根本發現不了他。

這裡不該有印第安人，駱川心想。

這些在美國的土著並不是西部片裡演的那樣人數眾多，大部分在十九世紀以前就已經病死或被屠殺殆盡，剩下的也早就移居到亞利桑那州的印第安保留區，靠政府救濟生活。

能在美國大街上遇到一個純種印第安人，都是大海撈金的事兒，更不要說在這個鳥不拉屎的峽谷帶了。

「嘿！」駱川想到這兒，朝著那個躲在山縫裡的印第安人叫了一嗓子。「你從哪兒來？」

還沒等駱川說完，那個人就往裡一縮，閃身不見了蹤影。

駱川剛想追上去，另一個人從營帳後面鑽出來擋住了駱川的去路：「怎麼了？」鑽出來的人叫尼莫多傑羅，大家都稱呼他尼莫，是埃倫教授在小鎮上聘的嚮導。尼莫是霍皮族人，他們家是為數不多留在小鎮上的印第安人之一，祖上據說以捕獵峽谷裡的羚羊為生，可羚羊在十年前絕跡後，這門祖傳的手藝算是徹底荒廢了。除了印第安標誌性的大鼻頭和紅皮膚，尼莫現在看起來就和任何一個普通老人沒區別，穿著牛仔褲和登山鞋，嘴裡叼著香菸，口袋裡裝著花花綠綠的美鈔，符合美國人對印第安人貪婪成性和好吃懶做的全部定義。私下裡，考古隊的年輕人都稱呼他為「蘋果」（對接受美國文化的印第安人的一種諷刺，外紅內黑）。

埃倫教授執拗地認為，隊伍裡必須有一個印第安人，就像佩戴某種吉祥物一樣。這一片曾經是印第安人的聖地，只有他們能為隊伍保駕護航。作為嚮導，尼莫的酬勞是一天五百美元，他唯一的貢獻就是把這幫搞科研的帶到這裡——這件明明能靠

GPS完成的事，卻讓埃倫教授花了一大筆錢。

「剛才我看到那裡有個人，」駱川朝山縫指了指。「一個紅種人（印第安人別稱）。」

「你看錯了。」尼莫朝椅子上一躺，半眯著眼睛，連頭也不抬。「沒有什麼印第安人，這一片是無人區。」

駱川抬起頭，看到遠處的峽谷之上，有幾個背對太陽的黑點，一動不動。

「那些又是什麼？」駱川反駁。「難道是仙人掌？」

「如果我是你，我會假裝什麼都沒看到。」尼莫抬起頭。「你不招惹他們，他們就不會招惹你。」

這要是某本探險小說裡的尋常套路，駱川一定會上去一探究竟，或者打破砂鍋問到底。

可他只是聳聳肩，開了瓶啤酒。

畢竟是來到人家幾千年的聖地，引來圍觀是正常的——他們如果只是看看，又關我什麼事呢？駱川心想，這已經是二十世紀八〇年代了，難道還會出現文明人被野蠻人分屍祭獻的B級片情節？

「我最不喜歡惹麻煩，對這片遺跡也毫無興趣。」駱川說。「如果可能的話，我想儘快申請回去，這裡不需要我。」

尼莫顯然對駱川的回答相當滿意。

「你很聰明。」他說。「你為什麼會在這兒？」

駱川本想說自己是個語言學家，因為每年需要完成科研指標，又因為教授的推薦才加入這支隊伍等等，可他轉念一想，印第安人的文化程度普遍不高，也許自己這樣解釋半天，人家還是聽不懂。

「我是一個一無是處之人，只想賺點外快的窮學生。」駱川隨口說了一句。

他沒想到，這一念之差會在不久後救了自己的命。

「那你應該回去，這不是你該待的地方。」

「那當然，我屬於文明社會。」駱川並沒有聽懂尼莫的言外之意。

「日本人？」

「中國人，」駱川回應著。「正宗的雲南人。」

「在哪裡？」

「你聽說過香格里拉吧，離納木措很近。」

尼莫的眼裡閃過一絲不易察覺的光：「你是納木措人？」

「呃，差不多吧。」駱川並不想繼續這個話題。「你又為什麼會在這兒，怎麼不跟著埃倫他們去那片遺址？」

「那裡不是活人該去的。」尼莫微笑，露出白森森的牙齒。

駱川聳聳肩，古老的信仰他不懂。他索性往太陽椅上一躺。

尼莫坐在帳篷的陰影裡面，斷斷續續地哼著一首印第安歌謠，駱川聽出那是霍皮語。

「暴雨將至……周而復始……」

駱川莫名其妙地看了一眼頭頂萬里無雲的大晴天，別說暴雨了，連一滴雨都不可能有。

這真是個奇怪的人。駱川一邊想著一邊睡著了。

直到被豆丁的聲音吵醒，駱川才睜開眼睛，太陽已經快掉進峽谷裡了。

「該死！」豆丁抹了一把汗，把工具包扔在地上。

豆丁的本名叫做西羅多，是個墨西哥人，目前是文物發掘保護方向的助教，因為身材矮小，大家都叫他「豆丁」。

「亞力克和柯林斯，就是那兩個大塊頭，他們不見了。」

「什麼叫不見了？」駱川從椅子上彈起來。

駱川對亞力克並不熟悉，但柯林斯是個地質學家，平常兩個人還能聊上兩句。

「我們標記好路線後分了兩組，他們向內部探路，我們在四周做考察記錄……但過了約定時間，他們沒有出來。」

「會不會是迷路了？」

豆丁搖搖頭：「我們找遍了，按理說這個遺跡並不算大，大家也都有對講機，可就是找不到。他們回來過嗎？」

「我不認為他們回來過。」駱川想起早上看到的那些印第安人。「你們……有沒有見到一些奇怪的人？」

「沒有啊。」豆丁一臉莫名其妙。

「呃，我就是隨口問問，」駱川想起尼莫還在帳篷裡。「對了，那個中國女孩呢？」

「舒月嗎？她和埃倫教授一起，她還在找人，一會兒就該回來了。」豆丁一邊說，一邊罕見地從製冰桶裡拿出一瓶啤酒，一口氣灌了下去。

在駱川的印象中，豆丁是個虔誠的基督教徒，他是從來不喝酒的。

「別緊張，他們會回來的。」駱川以為豆丁是因為那兩個人的失蹤而害怕。

「不，不是這個……」豆丁垂下頭，他的臉上布滿了密密麻麻的汗珠。「這個遺跡從外面看起來是個城市——至少我之前是這麼以為的，但它並不是……給人住的。」

「不是給人住的？哥們兒，我不是學考古的，一個不是給人住的城市，這正常嗎？」駱川被豆丁搞得雲裡霧裡。

「在考古歷史裡，這也並不是先例，」豆丁吞了口口水平復心情。「金字塔群、瑪雅城遺址、馬丘比丘，都不是給人住的，古代很多大型遺址，尤其是修得精細華麗的，都是給神住的……在蒙昧時期，虛構的神永遠比真實的人能獲得更高的待遇。」

「所以這裡會不會也只是一座露天大寺廟而已？用來給不存在的神仙居住？」

豆丁猛然沉默了。

「再來一瓶？」駱川遞上第二瓶啤酒，但豆丁沒有接。

「我一開始也這麼想……直到我看到那些敘事壁畫，上面的內容……」豆丁睜大眼睛。「他們的『神』，曾經從他的世界降臨到這兒來，並居住了一段時間……」

「那這些『神』後來去了哪裡呢？」

「從地底來，又回到了地底……」豆丁喃喃地說。

豆丁一臉認真的表情把駱川逗笑了，他使勁控制住上揚的嘴角，怕豆丁看出一點異常。

這有什麼值得恐慌的？駱川心想，考古雖然不是他的專長，但中國歷史書也看過幾本。詩意的比喻是古代人慣用的伎倆，從織女到濟公，瀟灑來人間走一回的神仙大把，就算被畫在牆上，又能有多稀奇。

駱川打量著豆丁，這傢伙應該是那種大門不出二門不邁，只坐在圖書館裡靠一堆現有資料寫論文的宅男。

「你不相信嗎？」駱川努力克制的情緒還是被豆丁發現了。

「我只是覺得你太緊張了，放鬆點，」駱川有點尷尬。「古代人也許只是用誇張的手法來粉飾自己的信仰罷了。」

「如果你也看到了，就不會這麼說了。」豆丁轉過頭，看著遺址的方向。「古代人為了信仰確實很瘋狂，但縱觀世界歷史的任何一個朝代，再虔誠的信仰也不會殺掉所有臣民祭祀神明的。」

「什麼？」駱川有點反應不過來。

「遺跡的內牆裡鑲滿了人頭，也許幾十萬顆，也許一百萬顆……幾千年前整個中部的印第安人加起來都未必有這麼多。如果不是親眼見過神，是無法解釋這種瘋狂的。」

「所以，整個國家的人都為『神』殉葬了？」

豆丁正準備回答，駱川突然看到遠處的山腳下走過來兩個人——舒月和埃倫教授。從舒月凝重的表情來看，另外兩個人還沒找到。

「這個遺跡有問題！」這是舒月走進營帳說的第一句話。「兩個人失蹤了，就這麼在光天化日之下人間蒸發了，這不正常！」

「別激動，也許他們只是到別的什麼地方去了，這個峽谷本身就錯綜複雜，對講機沒有信號也很正常……」駱川跟進來，極力安撫舒月。

跟在後面的是戴著漁夫帽的埃倫教授，他已經有點上年紀了，常年的室外考古工作把他的皮膚晒得通紅。他看起來累壞了，沒有發言，在營帳另一角坐了下來，緊皺著眉頭，看上去似乎有什麼心事。

「我們應該立刻撤離，這個地方不正常……」舒月雙手撫額。

「這裡還沒有勘探完畢，如果再次地震，這一片區域很可能會再次埋進地底，沒有機會重見天日了。」埃倫教授的語速很緩慢，就像他平常站在講臺上給學生們講課一樣，但他的聲音中透露著一股威嚴。

「您是這個項目的負責人，現在我們的兩個人不見了，您說該怎麼辦？」舒月吸了一口氣說。

「我相信他們是成年人，能夠對自己的去向負責。」

「如果他們是出了意外呢？誰又能對他們的安全負責？」舒月的聲音有些發抖。
「我們至少應該報警！」
埃倫教授用他的灰色眼珠盯著舒月看了半天：「我認為沒必要。」
「您究竟在隱瞞什麼？」舒月也盯著他。
「妳只要做好妳的本職工作就行。」
「我是學生物的，我不知道這裡有什麼是我的本職工作。」舒月一直壓著的火氣爆發出來。「我只知道現在我們有兩個夥伴失蹤了，他們隨時隨地都有危險，但您無動於衷，仍執著於在地震帶進行遺址勘探，您究竟在找什麼？」
埃倫教授沒有說話，氣氛一時間陷入尷尬。
「唉，你們都冷靜一點，現在天也快黑了，最近的高速公路離我們還有五十公里，就算立刻離開峽谷也不現實。明天運送食物的人會在下午來，我們可以讓豆丁跟他們一起出去報警……」駱川咳嗽了一聲，站出來打圓場。
「我說了，不能報警。」埃倫教授闔上了手邊的記事本。「這不是一次公開性的考察活動，報警會驚動媒體。」
舒月和駱川互相看了一眼，看來她的猜測沒錯。
「所以你才找到我們，一群……學生，而不是有社會知名度和人氣的業界大牛？」
「這是一部分原因，」埃倫教授抿了一口茶。「但生物和語言學的專業人才，是資助方特別要求的。」

「資助這次考察的人究竟是誰？」

「中央情報局。」

舒月和駱川都呆住了，他們沒想到，事情比他們想像的複雜得多。

「等等……」駱川擺了擺手。「這不合理，為什麼中央情報局會資助一個考古活動？他們之前在意外星人我已經覺得很扯了，為什麼現在還要在考古界插一腳？浪費納稅人的錢？」

「這就回到我剛才的問題了，」舒月抱著胳膊。「我們究竟在這裡找什麼？」

「你們應該知道的都知道了，不該知道的也知道了，現在離開吧。」埃倫教授轉過頭，不再回答。

第三章　暴雨

半夜，駱川在床上翻來覆去睡不著，越想越不對勁。這裡橫豎不需要我，明天跟著送物資的車子出去吧，到小鎮上就找個藉口不回來了，駱川心裡暗暗地想。把那個土妞也勸走吧，誰願意繼續勘探誰待在這兒，無論贊助人是中央情報局還是天王老子，都不能逼著我用生命去冒險，我還是回去做我的單身漢吧。

想著想著，駱川突然聽到外面有一陣窸窸窣窣的聲音。

那是豆丁帳篷的方向。

這傢伙不會是早上受到驚嚇還沒緩過來，這會兒和自己一樣也失眠了吧？駱川從床上爬起來，輕手輕腳地拿出兩瓶啤酒走出營帳。

「豆丁、豆丁……」駱川壓低了嗓門，搖晃著手裡的酒。「喝一杯。」

沒有人回應。

這傢伙去哪兒了？駱川拉開了豆丁營帳的拉鍊，他的被子還是熱的，人卻不在。

駱川憑藉月光四下張望，忽然，他看到營地不遠處閃過一絲隱隱約約的光。

嚮導尼莫坐在一塊大石上，劃亮火柴點了一支萬寶路香菸。

原來還有一個人沒睡。駱川剛想上去打個招呼，就聽到尼莫身後有人說話。駱川看不見他的臉，卻認出了他胸口反著光的銀項鍊。

「把那個矮子扔進去了。」

那個藏在暗處的人聲音低沉，說的是霍皮語，和印第安語有些區別，駱川能聽懂個大概。

「帶走的時候沒人看到吧？」

「在帳篷裡就把喉嚨割了，很安靜，沒人察覺。」

「別留下血。」

「還有一個男人、一個女人和一個老頭。」那聲音又說。

「他是納木措人，是古老神祇的朋友，神明會不高興的。」尼莫吐了一口煙。

「關於這裡的一切，都不該被人知道。」

「他什麼都不知道，也沒興趣知道，他對我說了，會儘快離開的。」

然後，他們又快速地交談起來。

駱川腳一軟，蹲了下來。連傻子都能聽懂，這些印第安人根本不是因為好奇來圍觀的，而是要把他們幾個幹掉。

怎麼辦？逃跑？

駱川四下看了看，營地之外一片漆黑，連一輛越野車都沒有，能逃到哪裡去？

地震之後的一週之內他們就趕到了這裡，營帳搭得十分匆忙，除了對講機之外，沒有拉電纜，也沒有衛星電話，可以聯繫外界的任何通信設備都沒有。

還是先告訴教授和那個土妞吧，駱川琢磨著。無論是天一亮徒步離開，還是等待運送物資的車隊，都能夠提前防備，不至於被人殺了都不知道怎麼回事。

想到這裡，駱川彎下身子就想往回走，沒想到「嘩啦」一聲，他的腳踢到一塊石頭上。

石頭的滾動聲在寂靜的山谷裡，刺耳得就像炸雷一樣。

「誰？」

「呃，誰這麼晚還在那裡啊？」駱川吸了一口氣，假裝打了個哈欠，解開褲腰帶。「有時候啤酒喝多了真他媽不是件好事情。」

他強迫自己冷靜下來，終於哆嗦著尿出一泡熱液。

「殺了他。」那個「銀項鍊」用霍皮語說。

「是尼莫在那裡嗎？」駱川壓了壓顫抖的聲音，他平常泡妞的那套偽裝在這個時候派上了用場，他極力用開玩笑的語氣說。「想再來一瓶嗎？」

「他聽見我們的對話了。」

「他聽不懂，」尼莫低聲說。「下午他就看見你們了。」

「你跟我說什麼？我聽不清。」駱川假裝喝得醉醺醺的。

「怎麼不在營帳裡解手？」尼莫冷冷地問道。

駱川被問得措手不及，他的腦子裡迅速閃過了無數種可能性，拉上褲鏈掩蓋自己的遲疑：「剛在裡面吐了，太臭，我的鳥說它要出來喘口氣。」

說到這兒，駱川露出一個猥瑣的笑容。

「黑燈瞎火的，別亂走。」尼莫的語氣鬆了下來。

駱川馬上順勢打個哆嗦：「年紀大了，眼睛看不清，還越來越怕冷了。」

說完，他退回營帳裡，才發現背上已經被冷汗浸濕了一片。

駱川聽到有腳步聲在不遠處停了下來，那些印第安人一定沒有完全相信他。他從背囊裡摸出了一把小刀攥在手裡，關了燈躺了下來。在黑暗中他一動也不敢動，只聽見自己的心劇烈地跳動著。現在不敢再出去了，要是自己稍微有點不正常的行蹤被發現，就會小命不保。

只能等到早上了。駱川咬了咬牙，不知道那個土妞能不能靠著自己的智商活下來。

不知道過了多久，外面竟然開始下雨了。

真的被那個印第安人說中了！駱川簡直難以置信，在這片每年降雨機率不超過百分之一的紅土峽谷裡，竟然下起了大雨，這就像戈壁或沙漠上突然發生海嘯一樣，實在是太不尋常了。

雨點劈裡啪啦地打在帳篷上，駱川突然聽見舒月帳篷傳來了動靜，他想都沒想就立刻跳起來爬了出去。

帳篷外面的印第安人不知道什麼時候離開了，只有舒月站在不遠處，有點呆滯地伸出手接著天上掉下來的雨滴。

「太……太詭異了……」舒月怔怔地看著手心發愣。

駱川這才看到眼前的奇景——科羅拉多紅河山谷，這個地球上最大的裂縫之一，此刻像一條怒吼著的暴龍，匍匐在凱巴布高原之上。雨水從高原上方傾瀉而下，混雜著紅色與黃褐色的砂岩，或粗或細、或緩或急地形成了一條條密集的溪流，流向穀底。

天已濛濛亮，但天空中黑雲密布，一眼望去沒有盡頭。駱川從谷底抬頭向上看，峽谷兩側是重巒疊嶂的地質層，層層向上蔓延，從寒武紀，到泥盆紀，再到三疊紀，這些岩層就像一座座孤獨的紀念碑，記錄了這顆星球從形成到現在的所有歷史。它們存在了億萬年，但接觸雨水的那一刻，就像突然有了生命般鮮活過來。

眼前這兩崖壁立千仞、中僅一線蒼天的景色，並沒有讓駱川發出古代詩人的感慨，他迅速想到了一個現實的問題——泥石流。

如果雨勢不減，從峽谷上沖刷下來的雨水很快就會形成小型瀑布，這些乾燥易碎的岩層會迅速被沖潰，造成大面積的山體滑坡。到時候別說這些印第安土著會不會殺了他們，推測大家全得被埋在這兒。

「我們必須離開這裡！」駱川一把上去揪住舒月，把她扯進帳篷裡，再慌張地把防雨布門簾拉上。

「掉隊的人還沒有找到呢，我們可以先把營帳往高地移。」舒月一邊說一邊撿了塊毛巾擦頭髮。「快搶救一些食品和物資，你去叫教授和豆丁，我們只要移到峽谷中間相對開闊的地方，就沒有什麼危險……」

「妳聽懂我的話沒？不只是山洪……」駱川頓了頓，壓低聲音。「再在這兒待下去，我們都會死！」

「什麼意思？你知道些什麼？」

「總之，我們要趕緊走……」

「那兩個人的失蹤，你是不是知道什麼？」舒月立刻起疑了，向門口靠過去。「他們在哪裡？豆丁呢？豆丁——」

「不用找他了！」駱川搖著頭。「去叫教授，我們立刻離開，徒步向南走，那邊有公路……」

「什麼叫不用找？豆丁人呢？」

駱川深吸了一口氣：「那些印第安人殺了他，把他丟到某個地方了。」

舒月怔住了，她想了好一會兒，才緩緩吐出兩個字：「死了？」

駱川點點頭：「從昨天起，這兒附近出現了很多印第安人，他們講一種古老的印第安方言，我能聽懂一點……」

「這麼重要的事，你竟然沒說？你是什麼時候發現的？」舒月厲聲說。

「我……」駱川一時語塞。「一開始我以為，他們只是過來圍觀自己家園的開掘，所以並沒在意。他們很多時候只是在高處注視著……」

「如果你及早告訴我們，豆丁也許就不會死。」舒月沉默片刻，一字一頓地說。

「獅子在狩獵的時候從不會叫。」

「我很抱歉，我沒能救他……所以一定要救你們。」駱川一邊說一邊拉開防雨門簾。「一起走……」

一絲入骨的涼意從脖子處傳來，在雨裡，駱川看見一把銳利的印第安短柄獵刀抵在自己的咽部。尼莫皮笑肉不笑地看著他。

「你果然是裝的，你能聽懂我們晚上的對話，你是什麼人？」

「我……我真的……真的是學生，」駱川已經嚇得語無倫次了。「語、語言學……」

「真的也好，假的也罷，無論你以前是誰，你的終點都在這裡。」尼莫挑了挑眉。

「你應該感到榮幸，畢竟要是在以前，不是什麼來路不明的野狗都能成為神的祭品的。」說著，他手起刀落。

「放下刀！」埃倫教授的聲音從營帳後面傳來，透露著一如既往的威嚴。

他端著槍，指著那個戴銀色羽毛項鍊的印第安人，從帳篷的另一邊走出來。

「救我，救我……」駱川慌亂地說。

「舒，妳過來，」埃倫教授向舒月使了一個眼色。「打開我的腰包。」

舒月跌跌撞撞地跑到埃倫旁邊，從他的腰包裡摸出另一把槍。

「我們有兩把槍，我身上還有雷管。尼莫，你的刀還不夠快，最多只能殺一個人。」

「呵呵——」尼莫乾笑了兩聲，把刀慢慢放下，就勢一推，駱川就被推了開來。

尼莫沒有表現出任何害怕，而是就地靠在一塊岩石上，撿起了一塊石頭把玩。

「我們快走吧。」駱川哆嗦地走到埃倫旁邊，盯著尼莫。「就是他們殺了豆丁，亞力克和柯林斯的失蹤八成也跟他們脫不了關係，我們再不走，他們的人來了就走不了了。」

駱川一邊說，一邊焦慮地盯著山谷上方。

可埃倫教授仍然站在那兒，他的槍舉到了那個印第安人的後腦勺上。

「祭壇的位置，就是那個地方，」埃倫緩緩地問。「你知道對吧？」

尼莫看著他，良久，並沒有回答。

「帶我過去。」埃倫邊說邊打開了槍栓。「不然你們倆都要死在這兒。」

尼莫和戴銀項鍊的人對視一眼，咧開嘴角露出白森森的牙。

「你說什麼？」駱川簡直無法相信自己的耳朵。

「我們的任務就是找到祭壇的入口。而這兩個紅毛，則是不想這個古老的祕密被洩露，才打算殺了我們。」埃倫教授晃了晃手裡的槍。

「亞力克和柯林斯都被殺了？」舒月舉著槍的手在顫抖。

「我們已經沒辦法像從前那樣祭獻大量虔誠的鮮血和頭顱，才會選擇你們這些外來者。」一直沒有說話的印第安人開口了，他的英語很差，還帶著濃重的口音。「有些祕密不該被知道。」

「祭壇裡面到底有什麼？」舒月問。

「很快妳就知道了，我們時間無多，這裡不知道什麼時候會再發生餘震……」

「等一下等一下！」駱川打斷埃倫教授的話。「你不是在開玩笑吧？三個學者死了，我們現在最需要做的事不是出去報警嗎？我們應該立刻離開這個危險的地方，立刻！還有幾小時送物資的車隊就要來了，我們可以離開這裡，我們完全沒必要去找什麼破祭壇，冒這個險！」

「這是我們科考的任務。」

「這是你的任務，不是我的，拜託。」駱川舉起雙手。「我就是一個靠偶爾編兩篇論文謀生的人，你們那些什麼世界驚人發現跟我一點關係都沒有，我沒必要去什麼祭壇——這項科考對我而言已經徹底結束了。一切已經超出我的認知範圍，我不會離開營帳半步，直到救援帶我離開這裡。」

「我同意駱川說的，我們不應該再去什麼祭壇了。」舒月附和道。

「恐怕已經太遲了。」埃倫教授說完，向峽谷上方看了一眼。

駱川擦了擦臉上的雨水，才看清頭頂的懸崖上不知什麼時候起，出現了影影綽綽的幾個黑點，一動不動地站在傾盆大雨裡，三個、四個、十個……那是早已經從歷史上消失的印第安土著，穿著蓑衣，戴著羽毛，背著箭筒，手裡架好了弓箭，朝著他們的方向。

「你們留在這兒，沒辦法活著等到救援。」埃倫教授淡淡地說。「我必須去那裡，你們去不去，可以自己選。」

說完，他指著尼莫和「銀項鍊」：「帶路。」

「你不能走！」舒月舉起槍指著尼莫。

「妳不會開槍。」尼莫沒有回頭，而是踏著碎石子路朝上走去。

舒月的手劇烈地顫抖起來，最終還是放下了槍。

「我們沒有選擇了，留在這兒……是死路一條。」駱川拉著舒月跟上了埃倫。

乾燥滾燙的土地碰到瓢潑大雨，蒸騰起霧氣，峽谷內逐漸煙雨朦朧。紅泥碎石在雨水的沖刷下已經變成混濁的泥漿，五個人踩著泥漿，連走帶爬地終於到了遺跡入口。

這是一個在崖壁之內的城市，因為地震而暴露出來冰山一角。古人不知道用了多少代的時間，硬生生地把一座峽谷的內部掏空。駱川站在遺跡周邊的一塊高地上向裡面望去，日光能射進的距離，只看見重重巨大的斷壁殘垣，一直蔓延到內部的黑暗中，一眼看不見盡頭。只有撲面而來的泥土腥味，訴說著這裡塵封的歷史。

也許是因為地震的原因，周邊的坍方比較嚴重，即使這樣，仍能看出這裡昔日的輝煌。將近二十公尺高的護城牆，每一級一公尺多高的巨大臺階，如果要說這裡是修建給什麼人居住的話，那麼這些人一定是巨人。

這是駱川第一次近距離觀察這片遺跡，他終於明白豆丁為什麼會那麼恐懼了。

就在他的眼前，這些數以萬計的牆面和石級上，鑲滿了密密麻麻的人頭。

沒有四肢，沒有軀幹，只有整齊的，一排一排的骷髏頭骨。

駱川一向數學很好，卻也一時間算不出來，如果整個城市的城牆和地面都是用人頭鑲嵌而成的，總共需要死多少人。

他有點眩暈，隨即酸水一湧而出，哇的一聲吐了出來。雖然這個城市已經存在了千年，但誰看到這幅場景，都會被這種殘忍和荒蠻震驚。

「時間不多了。」埃倫教授喃喃地說，他蒼老混濁的眼底綻放出一絲不易察覺的精光。「快走吧。」

五個人又往裡走了一會兒，陽光越來越暗淡，四周逐漸黑了下來。駱川拿出手電筒，在碎石堆裡蹣跚前行。

沒過多久，他就看到了一塊巨大的黃色石壁，上面畫滿了奇怪的壁畫。

這應該就是豆丁說過的那塊壁畫，駱川心想。

在壁畫的正中，有幾個漆黑的巨大的人形，他的身邊圍繞著一些奇怪的動物。在它們的周圍，包裹著許多小小的人形。而所有人，又被幾層更大的圓形包裹起來。

「我聽豆丁說過這幅壁畫，」駱川說。「他認為這是一幅記事圖，記錄了古人和某些他們信奉的神明曾共同居住在這裡。」

「這確實是真實的紀錄。」尼莫咧開嘴，狡黠地看了一眼駱川。

「你怎麼知道是真實的？」

尼莫舉起他被埃倫綁住的雙手：「我的手勒得太緊了，幫我鬆一鬆，我就告訴你。」

埃倫的槍托砸到尼莫頭上：「別耍花招。」

「這只是你們一廂情願的想法，」駱川對尼莫的回答嗤之以鼻，他指著壁畫上巨人旁邊的一隻動物，那明顯是一條魚的形狀，頭頂還噴著水。

「從比例來看，這是一條鯨魚——古人和鯨魚一起在陸地上生活？」

「這更像是遊走鯨。」舒月走到石壁旁邊，用手拂去壁畫上的灰塵，鯨魚變得清晰起來，只見它的下身，畫著四隻不太明顯的爪子。

「遊走鯨？」

「是一種可以在陸地和海洋之間生存的兩棲類鯨魚，現代鯨魚的祖先。鯨魚是一種特殊的哺乳動物，它們是從陸地向海洋進化的。遊走鯨在五千萬年前已經滅絕了。」埃倫教授有點體力不支，他一邊靠在旁邊的岩石上喘氣一邊說。

「你們把我搞迷糊了。五千萬年前……」駱川皺著眉頭。「我生物學得不好，但我記得人類是兩百多萬年前才出現的？」

「你沒記錯，」舒月開口道。「人屬類是在大約兩百四十萬年前從猿人屬分離出來的，而會用工具的『智人』，則是在二十萬年前左右進化出來的。」

「好吧，所以妳是在告訴我，五千萬年前就滅絕了的動物正在和二十萬年前的人類一起玩，還修建了這個城市住在一起？」駱川啞然失笑。「這不科學，照妳這麼說，壁畫或者進化論，總有一樣是假的。我寧願相信進化論。」

埃倫教授咳了幾聲：「也有可能這兩者都是真的。」他邊說邊指著包圍著「神」和動物的那一圈小人，眼神裡綻放出貪婪的光芒。「這裡畫著的，也許並不是今天的智人，在我們之前，還出現過其他人類文明。」

「你瘋了。」

駱川愣了半晌，喃喃地說：「埃倫，我之前覺得，你也許是受CIA脅迫，不得已才來尋找這片遺跡……但我現在明白了，你的野心和任何人都無關，你不願意回去，因為你瘋了。我知道在你這個年紀的學者、馬上半隻腳要踏進棺材的老頭，總期待著退休前幹一票大的，不顧我們死了這麼多人，不顧隨時可能發生的餘震，你想要用這個遺跡的發現令自己載入史冊，你已經喪心病狂了。」

「歷史總是存在著多樣可能性，真相往往來源於大膽的推斷。」埃倫笑了一聲。

「也許我是瘋了，但有一點你沒說對，我追求的並不是名利。」

「那你究竟要尋找什麼？你為什麼非要冒險深入？」舒月反問道。

「走吧。」教授並沒有回答，而是晃了晃手中的槍，催促兩個印第安人。

五個人繼續往遺跡內部的黑暗中前進，四下一片死寂。尼莫張開嘴，用駱川能聽懂的霍皮方言，吟唱著古老歌謠：

「暴雨將至，周而復始……第一次被洪水吞沒，第二次被雷暴擊落，第三次被大火燒光……迴圈反覆，以至無窮……當鐵鷹飛翔之時，東方的守護者會回到這片土地……」

第四章　遺跡入口

「這首歌……這個旋律……我們是不是在哪兒聽過？」一直沉默的沙耶加突然打斷了駱川。

她這麼一說，倒是提醒了我，M在迷失之海裡那個神祕的祭壇上，唱的似乎也是這首歌！雖然M沒有用霍皮語，但旋律和意思都是一樣的。當時救人要緊，我並沒有仔細思考這首歌，現在想起來，迷失之海和駱川所說的這片遺跡果然是有千絲萬縷的聯繫！

同樣的石頭，一樣的歌謠，不同尋常的暴雨……

「尼莫是印第安土著，M也有印第安血統，這該不是巧合吧？」迪克提出另一點相似。

「堪薩斯州和亞利桑那州都是在中部，彼此之間相隔並不遙遠，M和尼莫會不會祖上都是一個族的？」

「可是M打小就和她媽媽離開了阿什利鎮啊……」

「妳別忘了，她跟霍克斯生活過一段時間，也許是她爺爺教她唱的呢？」

「還有，M的大腦本身就跟我們不同，她的記憶系統比普通人更複雜，或者這首歌也是她那些看不見的『朋友』告訴她的，就像它們帶領她進入迷失之海的祭壇一樣。」

「可是修建這些龐大遺跡的目的是什麼呢？這些石頭又有什麼作用？」

「它們是『入口』的標識。」駱川幽幽地說。

駱川一行人又往裡面走了半小時，陽光已經徹底被遮住了，周圍開始變得陰冷。沒人知道遺跡還有多深，三隻手電筒在石壁之間亂晃著，所到之處只能看見揚起的灰塵。

「唔——」舒月發出了一聲痛苦的呻吟。

「妳怎麼了？」

「我頭好疼……」她使勁按著突突跳的太陽穴，明顯體力不支。「我聽到什麼聲音，在我腦子裡……好像是動物的叫聲，還有一些奇怪的語言……」

這土妞怕是有密閉空間恐懼症，有的人在幽暗的空間裡待久了就會產生某種幻覺。駱川想著，瞅了一眼走在前面的埃倫，這傢伙完全不在意他倆的生死，更別說會在意舒月難不難受了。按這樣發展，即使後面他們遇到什麼危險，埃倫見死不救也是極有可能的。

往裡面走和回到山谷都他媽是死路一條，駱川第八百次在心裡懊惱著，被土著拿弓箭射死和在遺跡裡當砲灰，沒有哪個比另一個更好些。

「這裡沒有聲音。」駱川攙扶著舒月安慰道。

「別唱了，」埃倫不耐煩地用槍托朝尼莫的後腦打了一下。「一定是因為你該死的歌聲。唱什麼唱，嫌死得不夠快嗎？」

「呵。」尼莫非但沒怕，還發出一聲輕蔑的笑聲。

「看來你非要挨個槍子才會消停，紅皮豬。」埃倫說完就朝尼莫的腳邊開了一槍，頓時塵土飛揚，刺耳的槍聲差點沒震破駱川的耳膜。

「銀項鍊」倏地趴在地上，一邊跪拜一邊念念有詞。

「你想幹什麼？給我起來！」

埃倫一腳踹在「銀項鍊」寬厚的背上，可他像什麼都沒發生一樣，繼續跪在地上。

「讓他給我起來！繼續走！」埃倫向尼莫揮動著手裡的槍，叫得歇斯底里，溫文儒雅的教授形象早已不見，取而代之的是一個癲狂的探險家。

「你觸犯了他的信仰。」尼莫歪著嘴，他的手被捆著。但駱川覺得他自始至終就沒害怕過挨子彈，他對埃倫沒有一絲一毫忌憚，反而像是一個故意惹惱大人的小滑頭，露出奸計得逞的微笑。

這很危險。駱川吞了吞口水，卻一時想不出裡面的門道。

「即便只是身單力薄的血肉之軀，在這個地方，我們也會得到萬物之靈的庇佑。這裡沒有恐懼，只有古老的神祇、原始的力量，伴隨著我對你們永生永世的詛咒，願蛇神像擰斷鳥兒脖子一樣擰斷你的……」

「給我住口！你這個蠻化未開的紅皮豬！」

「是的，無論再融合多少年，社區比鄰，接受同樣的學校教育，你們偽善的笑容下面，仍然把我們當成茹毛飲血、偏居蠻荒之地的野人。你們不相信我們的信仰，不相信郊狼和鷹堆起山脊創造了世界，不相信大神米查波孕育了人類，不相信濫殺生靈就不會再得到守護神鹿的幫助，也不相信把羽毛織成的網子掛在床頭就能過濾噩夢。你們只相信電視和網路上的養生廣告，靠著一堆金屬器械能治療疾病，每天一個生雞蛋治療陽痿；相信電視上口若懸河的政治候選人，購買名牌讓生活變得優質，綠色的廢紙和存摺裡的數位支配著你們的快樂和痛苦——我為你們感到悲哀，你們失去神的同時也失去了他的眷顧，你們早成了沒有靈魂的軀殼，最後只能在泥土裡腐朽……」

「乒！」

埃倫一槍打在「銀項鍊」的腿上，對方晃了一下，仍然跪在地上，一動不動。

「你給我起來！」埃倫辱罵著，又朝他的手臂上開了一槍。

「夠了！」駱川顫抖著擋在「銀項鍊」的面前。「再打下去他就死了！」

「你他媽的給我滾開！」埃倫把槍頂在駱川的腦門上。「滾開！」

「你到底要幹什麼？」舒月雙手握著手裡的槍轉向埃倫吼道。「你在殺人！」

「這些紅皮豬，殺了我們的人，還帶著我們在這裡繞圈子！」

「駱川是我們的一員，是你的學生啊！」

三個人，就這樣僵持著。

「冷靜點，埃倫，放下槍好嗎？」過了一會兒，舒月努力使自己的聲音平緩下來。駱川腦門上的槍口終於移開。埃倫瞬間像是蒼老了十歲，他靠著牆歎了一口氣。

「他們在作弄我們，這裡根本沒有什麼入口。」

「你錯了，我們早就到祭壇的『入口』了。」尼莫乾笑了兩聲，指著不遠處一塊黑暗的地方。

駱川拿手電筒照過去，那是一面牆，卻和其他牆面的材質不一樣。它由一些奇怪的石頭壘成，每塊石頭上都刻著若隱若現的文字。

「你想誆我們？這兒明明沒有入口，連路都沒有！」埃倫罵道。

「你為什麼不湊近看看呢？」尼莫邊說邊朝前走去。

「我就是在那面牆上，看到它們的。」駱川看著餐桌上的石頭，若有所思。我們幾個這才從駱川離奇的經歷中回過神來。

駱川所去的遺跡和迷失之海並不相似，但兩個地方都出現過這種奇怪的石頭。這其中有什麼聯繫呢？

「達爾文說，印第安人是沒有文字的。」我沉吟道。「你確定這些石頭上刻著的是文字嗎？」

「我不但確定，而且我幾乎立刻認出那些文字是甲骨文，漢字最早期的形式，在商朝以前就存在了。」

「甲骨文？」我不可思議地看著這些石頭。

「是的，甲骨文，因為這是一種象形文字，單個辨認很容易把它當成普通的圖案。可我在那個遺跡裡看到的是一面牆，當它們有序地排列在一起的時候就很好辨認了。」

「所以你的意思是，在商周之前，中華大地就有人把那些甲骨文帶到了美洲？」

駱川點點頭。

「可是，這不科學啊，幾千年前的人根本沒辦法橫渡太平洋，他們產生文明的時間即使比歷史記載得更早，也不可能有如此發達的航海技術……」

「當時我跟你們想得一樣，我還和舒月做出了各種猜想，包括巨大的風浪把南粵沿海一帶的漁船刮到了太平洋群島，又在夏季因西北風被刮到美洲大陸……可後來我們才知道，這些假設都是錯的。」

「那他們從哪兒來？」

「從地底來。」

埃倫已經走到石牆邊了，他的步履有些蹣跚，拿著槍的手早已垂下來，就像完全忘記了後面還有兩個印第安俘虜，另一隻手則把帽子緩緩地摘了下來，露出一頭半禿的銀髮，就像某種莊重的儀式。

駱川從來沒在埃倫教授臉上見過這種表情，這讓他想起了去年在拉斯維加斯的賭桌上，那個借了巨額高利貸孤注一擲的賭徒。那是一種近乎絕望的貪婪，就像沙漠裡迷路的人看見水，經歷饑荒的人看見食物。

「這些甲骨文……」埃倫念念有詞。「真的存在……阿格哈塔真的存在！」

駱川想不明白，究竟是什麼能讓一個老教授如此痴迷。他剛想伸手摸一下面前的石頭，舒月拉住他的手臂：「別碰！」

「怎麼了？」

「我不知道，我覺得不對勁……」

「快告訴我！怎麼開啟這面石牆？」舒月還沒說完，就被埃倫狂喜的聲音打斷了。「是機關還是咒語？讓我進去！」

「你真想知道？」尼莫向前走了兩步，貓著腰笑道。

「你想要什麼？我都給你……錢嗎？支票嗎……」埃倫語無倫次了。

「我只想要一樣東西……」尼莫突然猛地向前一衝，身體使勁把埃倫向後撞去！

「你的命！」

埃倫一下子就被撞得幾個趔趄，朝石壁倒去。

駱川還沒有來得及驚呼，奇跡發生了——

那面石牆，忽然蕩漾起一陣水波，埃倫就像掉進了湖裡一樣融進了牆面，一瞬間就消失了。

「這是怎麼回事……」

舒月剛想抬起槍，只見地上中槍的「銀項鍊」一躍而起，抬起手一拳打到舒月的頭上。舒月向後摔倒，也墜入了石壁。

著了他們的道了！他們根本不是「被迫」帶我們來到這裡，而是巴不得我們來，當成祭品推下去！駱川瞬間反應過來，下意識地一把揪住尼莫：「我死你也要陪葬！」

眼前一黑。

這一切都是個夢。駱川迷迷糊糊地對自己說。

他想起八歲的某一天，他喜歡的那個鄰居女孩一腳把他踹到了村口的水塘裡。水面的冰還沒有完全融化，彌漫著一種尿液和死魚的味道。他掙扎著不讓自己沉下去，可包裹他的池水冰冷又刺骨，他大叫著，卻只看到岸上的她和另外幾個大男孩指著自己笑出了聲。後來他被路過的村民救了起來，生了一場兩個月的傷寒，從此那種徹骨的寒冷再也沒有消失過，他在每個夜裡都打著哆嗦驚醒，肉體和靈魂都下意識地尋找溫暖的地方。

後來他憑著優異的成績離開了終年潮濕陰冷的滇山之南，到了城市，又到了美國。他喜歡麻塞諸塞州夏季的乾燥和炎熱，白天在海灘上晒著太陽，晚上則擁著不一樣的身軀入睡，那些女孩把溫熱和躁動傳進他的體內。

這麼多年過去了，他以為他身體裡的寒冷早就被融化了，可這一刻，它們肆意占據他的每個毛孔，那種該死的感覺又回來了。

這會不會只是我的幻覺？人怎麼可能從一面石牆穿過去呢？

然而鼻腔裡灌入的液體讓駱川劇烈地咳嗽起來，他費勁地睜開眼睛，坐了起來。

他不知道自己在哪兒，準確來說，他看不清楚。這裡很暗，可視距離大約是一公尺，四周籠罩著稀薄的白色霧氣。

駱川看了看腳下，他正坐在一攤墨黑色的積水裡，雖然水很淺，只沒過他的腳背，但散發著一股無法形容的臭味，就像是幾十年沒維護過的下水管道一樣。

這是真的，這不是做夢。

駱川的心狂跳起來，他攤開手掌，裡面有半塊撕裂的布料，他認出來那是尼莫的格子上衣。

從上一次到現在，自己有多少年沒這麼臭過了？駱川被熏得只想嘔吐，他一邊朝前走了幾步，一邊四周環顧著叫：「有人嗎？舒月？埃倫？」

「咚。」一聲很輕的響聲，如果不仔細聽幾乎分辨不出來。

駱川隱隱約約看到，前面水面上，綻出一片半徑至少有十公尺的巨大圓形漣漪。

「誰在那裡？」駱川喊道。可沒有人回答他。

「咚。」又是一片漣漪。

駱川揉了揉眼睛，這圈漣漪，明顯不是靠一塊小石頭能製造出的，這波紋更大更廣，如果是在任何一個普通的湖或者池塘裡，駱川都會認為漣漪之下有條非常大的魚——可這裡水深不過幾寸，怎麼會有大型生物呢？

駱川迅速腦補了一堆看過的恐怖電影，《天外魔花》《異形》……他週末的時候會開車去露天影院，他喜歡姑娘們尖叫著閉上眼睛撲進他懷裡，他從來沒覺得這些電影裡面的怪物有多麼可怕，有時候甚至覺得可笑，因為他知道那是假的，是樹脂和矽膠的混合物製成的面具。可是在這一刻，他之前欠下的恐懼一次翻了幾千倍報應在他頭上。

人對黑暗有著本能的恐懼，就像兔子懼怕豺狼、麋鹿懼怕獵人，因為你永遠不知道黑暗中有什麼，你越拚命看，越是什麼都看不見，可你就能感覺到，有什麼在盯著你，在或遠或近的地方觀察著你、覬覦著你，趁你不注意的時候給你致命的一擊。

駱川胡思亂想著，腳底突然被什麼絆了一下。

雖然光線很暗，但駱川仍然看清了那是襯衫的紋路。

是柯林斯，那個失蹤的地質學家！此刻他正面朝下趴在水裡。

「哥們兒？」駱川蹲下身的一瞬間就後悔了——柯林斯被翻過來的臉已經成了一坨凹進去的肉醬，混雜著黑色的泥水，只剩一顆眼球吊在旁邊。

駱川嚇壞了，他想站起來，腰包卻被柯林斯的上衣鉤住了，他倆以一種很奇怪的姿勢一起「站」了起來。駱川突然覺得柯林斯的身體很輕，他下意識地向下看去，才發現對方的下半段身體沒有了，連帶消失的，還有腸子和內臟。

那傷口，就像是被什麼猛獸一口咬掉半個身子，連骨盆也咬得粉碎。

駱川想不到陸地上有哪種野獸能製造這種傷口，事實上他現在根本無法思考。他猛地把柯林斯的身體甩到水裡——他知道這樣做對死人來說很過分，但他忍不住，然後他捂住嘴巴乾嘔起來。

他想叫，歇斯底里地大叫，可理智告訴他聲音或許會引來不好的東西，它會一口咬掉他的大腿，再給他一個跟柯林斯一樣的結局。

他摸索著衣服口袋，褲子裡有一個硬硬的東西，那是他的銀制 Zippo 打火機。駱川不喜歡抽菸，他有時候甚至討厭煙味，但他喜歡這個花哨的小東西，男人唯一可以擁有的幾件裝飾品之一。

他顫抖著掏出打火機，剛想打燃，一個熟悉的聲音突然制止了他：「別犯傻！這裡充滿沼氣，任何火星都能導致爆炸。」

是埃倫。

眼睛逐漸習慣了昏暗，視力變得清晰起來，前面的黑水裡慢慢出現了一些不同年份的白骨。駱川勉強辨認著，有肋骨、大腿骨……唯獨沒有看見頭骨。駱川終於明白了，他在遺跡裡看到的那些頭顱的軀幹去了哪裡。骨頭漸漸堆起了一個小坡，埃倫坐在坡上，他旁邊的白骨上，歪歪地靠著昏過去的舒月。

「舒月！」駱川扶起舒月，她仍昏迷著，但呼吸、心跳都還正常。駱川摸到她頭上有傷，看來是摔下來的時候跌到的，傷口還在流血，他馬上撕下一隻袖子簡單為她包紮了一下。

「這他媽的是哪裡？」駱川一邊包一邊問。

埃倫看起來更蒼老了，他極力控制著呼吸，但仍喘著大氣。此刻，他的臉上寫滿了疑惑和不解。

「這裡什麼都沒有，不應該呀……一定是哪裡出錯了……」埃倫喃喃地說。

「這裡應該有什麼？」

「不應該……和資料不一樣……」

「到底是什麼資料!?你給我說清楚！」

駱川終於發怒了。他一直盡力做一個彬彬有禮的人，他對很多事情都滿不在乎，因而他幾乎從不發怒。可是現在再不說清楚，連命都沒了。

「喀喀，我知道這裡有什麼。」黑暗中，另一個聲音幽幽地說。

駱川才發現他們的不遠處，尼莫半趴在地上，他的手仍然被捆著，左臂形成一個非常扭曲的姿勢，應該是掉下來的時候受力不均勻導致骨折了。

「把我扶起來好嗎？」

駱川猶豫了一下，看了眼埃倫，像徵詢他的意見。但埃倫絲毫沒有反應，仍皺著眉頭想著什麼。駱川只好蹚水過去，把尼莫拉起來。尼莫哼了一聲，駱川才發現他的大腿也骨折了。

「我知道這裡有什麼，也知道它在哪裡。但你要幫我一個忙。」

「你又想怎麼樣？」

「我的項鍊在T恤裡，我掉下來的時候，鏈墜跑到背上去了。你能幫我把它拉順，弄出來嗎？」

駱川不知道尼莫想幹什麼，但這聽起來並不是一個太過分的要求。

駱川把手伸進尼莫的後背T恤裡，掏了兩下，就摸到了一個吊墜，跟「銀項鍊」的吊墜一模一樣，是一根銀製的長羽毛，大約有一根小拇指長。

尼莫抬起被綁住的雙手，用沒斷的手撫摸著吊墜。

「這不是鷹的羽毛，它屬於印第安蛇神。蛇神披著羽毛，能在地上游走，能在天空飛……它就生活在這裡，從世界混沌之初它就存在於這裡，等待著我們的祭獻……」

「它在哪兒？」駱川一邊問，一邊撿起了舒月手邊的槍。可他環顧四周，除了一片薄霧之外，一無所獲。

「它就在這裡，在我身邊，可是你看不見它，只有被選中的人才能看見它……」

埃倫聽到這句話，忽然抖了一下。

「我現在沒空跟你扯你的那些見鬼的信仰，我們究竟怎麼才能出去？」

駱川還沒說完，就被埃倫打斷了，神采再一次回到他蒼老的眼睛裡：「你能看見？你真的能看見？上帝保佑，我沒選錯人，告訴我它在哪兒？阿格哈塔的入口在哪兒……」

「沒有人能到得了，也沒有人能夠出得去……」尼莫獰笑著，他突然舉起羽毛鏈墜，一下插進了脖子裡！

鮮血瞬間噴湧而出。

「所有人……都……祭獻……」尼莫還沒說完就倒了下去，鏈墜捅穿了他的大動脈。

駱川嚇傻了，他從沒想過一個鏈墜也能用來自殺。

血腥味蔓延開來，駱川似乎看見不遠處的霧氣動了一下，可他揉了揉眼睛又沒了。

「好像，有什麼在霧裡……」駱川話音未落，突然尼莫的身體騰空而起！

就在駱川前方不到五公尺處，濃霧集結在一起裹住了尼莫，就這麼短短一秒，他的身體重重地摔回了地面。

準確來說，是小半個身體。

尼莫的胸腔以下到大腿外側，被某種尖銳的牙齒咬掉了很大一塊，胰臟和小腸流了出來，流進黑水裡。胸腔的起伏表明尼莫的心臟還在跳動，他還沒死絕。

讓駱川感到深深恐懼的，是尼莫臉上的表情。

他仍舊在笑。

跑！

駱川腦海裡只有一個念頭。

駱川抱著舒月一路狂奔，四周除了淡淡的白霧之外沒有任何標誌性的東西，他不知道自己該跑到哪兒去，也不知道自己在逃離什麼。

他喘著氣，一遍又一遍地回憶著尼莫被拋向空中又墜落，和他身上詭異的傷口——他無比確定他除了薄霧之外，什麼都沒看到。

就像是空氣吃了尼莫，但他身上的咬痕是動物造成的。

難道那是一種會隱形的生物？

周圍只有水花濺起的聲音，駱川上氣不接下氣，他的手臂又酸又累，腿也開始抽筋。舒月說得沒錯，這個地方不正常，除了環境之外還有氣壓——他的耳朵嗡嗡地響起來，就像飛機降落前一樣，腦袋漲得下一秒就能爆炸。

「等等我……等等……」埃倫也跑不動了，他一個踉蹌跌坐在黑水裡，劇烈地咳嗽起來。

駱川看向他的身後，除了霧，什麼都沒有。

「別丟下我……」

「你知道這他媽的是什麼地方……」駱川已經到崩潰的邊緣，他看著埃倫，語無倫次地說。「我沒興趣知道你那些齷齪的目的，但你知道這地方有入口，就一定知道出口，你知道怎麼離開這個鬼地方，對不對？」

埃倫咳得兩頰通紅，他沒說話，只是搖了搖頭。

「中情局不可能沒告訴你，臭老頭！他們一定給了你資料，出口在哪裡？現在說出來我還能把你帶出去，我不管你為什麼要到這裡來，我沒義務陪你殉葬！」

駱川邊說邊抬起腳，想把這個害了整個科考隊的人踢飛，儘管眼前這個虛弱的老頭，哪怕是一個耳光都可能要了他的命。

意料之外，駱川還沒碰到埃倫，他竟然咳出了一口鮮血。

「我活不長了……」埃倫喘著氣，抹了抹嘴角。「兩個月前的診斷，呵，肺癌末期。」

駱川的腳僵在半空中，他被埃倫的話搞得有點不知所措。

「很諷刺，是嗎……」埃倫喘著粗氣，他極力想讓自己的聲音平緩下來。「我知道癌症有可能會遺傳，我的母親是胃癌，舅舅也是胃癌。我從二十歲起就嚴格控制飲食，只喝清水，我參加有機蔬菜食療，用西芹和玉米榨汁喝，四十多年的素食者，每年的胃腸鏡複查，再加上一堆又一堆的保健品，天知道我遭了多少罪……可笑的是，我成功地避開了胃癌，癌細胞卻出現在我的肺裡……我從不抽菸，甚至連廚房都很少進，可醫生發現的時候，它們已經向淋巴擴散了……」

「所以你想在你被癌症弄死之前幹一票大的，讓全世界都認識你？」駱川深吸一口氣。

「不。」埃倫疲倦地搖了搖頭。「你……你們在來的路上不是一直問我，到底在找什麼嗎？」

駱川點了點頭。

「永生。」埃倫抬起頭，混濁的眼睛看著駱川。「我不想死。」

「你說……你在找什麼？」

駱川懷疑自己聽錯了，他難以置信地看著眼前這個麻省理工學院的老教授。這位上過無數次專業雜誌，可以被稱為考古界泰斗的學者，竟然會相信三流科幻小說裡才有的東西。

他更不敢相信的是，埃倫為了這麼荒謬的追求，搭上了他們科考隊幾乎所有人的性命。

這太可笑了！

「我知道你不相信，你以為我瘋了……起初我也不信，」埃倫又咳出了一口血。「中情局告訴我的時候，我和你的表情一樣……直到他們給我看了一些東西，一些二戰時破譯的解密文件和照片。納粹在納木措尋找阿格哈塔的地下王國，傳說中的香巴拉祕境，原來並不是網路上以訛傳訛的奇聞逸事，它真的存在……他們找到了它的入口，地下王國的大門曾一度向他們打開。他們在那裡目睹了早已滅絕的史前生物，和人類之前的輝煌文明……他們甚至帶回了那裡面居住的智慧物種……它們比人類進化得更超前，基因更優良，那種生物身上有永生的祕密……」

「你在放屁！」駱川的聲音顫抖著。「你，他娘的，在放屁！」

「我明白，單憑這些資料和照片也不足以讓人信服。我是一個經歷過二戰的人，我知道中情局的這些人為了達到目的可以不擇手段，即使偽造資料也輕而易舉，直到，直到……」艾倫的臉上浮現出一絲狂喜。「他們帶我去見了另一個癌症患者，他已經被醫生宣告物理性死亡，當我見到他時，他的心跳已經停止了……可當那個中情局的人從口袋裡掏出一顆藍色的膠囊塞進他嘴裡時，他的心跳在幾分鐘之內恢復了跳動！」埃倫的眼睛裡綻放出希望的光芒。

「那種藥的成分，就是從這裡的智慧物種身上提煉出來的。」

「他們甚至還向我展示了一個孩子……至少他看起來是孩子，但他從一九四〇年活到了現在，一直是八、九歲的樣子，他不但沒死，還一點都沒有衰老！」

「你的話簡直是漏洞百出——你說在納木措發現了香巴拉的入口，你知道我們現在在哪裡嗎？我不知道是你糊塗了還是我瘋了，這兩個地方隔著十萬八千里，你不會想告訴我地球是空心的，這兩個地方就像下水道一樣彼此相連吧？好吧，即使我們假設這一切都成立，假設中情局已經掌握了你說的那個什麼……生物的永生技術，還研究出了藥物。」駱川擺擺手。「你讓他們把藥直接給你就好了，你為什麼還要來這個地方？」

「拿菲利……他們稱呼那種生物為拿菲利，《聖經》裡擁有半神血統的巨人……」埃倫糾正道，他的眼神迅速黯淡下來，剛剛湧現出來的希望瞬間熄滅了。「可是那種藥物並不完美，它的副作用遠遠比它的藥效大。目前服用藥物的人，最後都變成了怪物……我寧願死也不願意變成那種怪物！所以我一定要再次進來，我要比之前的人都更深入這個地方，我要找到比拿菲利更完美的永生物種！」

「先生，我再說一次，這裡是亞利桑那州邊境的峽谷地區，地球不是空心的，你沒辦法從地底穿去喜馬拉雅山脈，納木措只能坐飛機去！這裡沒有你的狗屁永生物種和史前王國，這裡只有他媽的不知道哪裡來的霧和狗日的吃人野獸！」

薄霧裡回蕩著駱川憤怒的聲音，隨即而來的是一陣沉默。

「以羅、耶和華、亞杜乃、彌賽亞、迦南神、伊利昂、以愛俄蘭……」埃倫自言自語地沉吟著。

駱川盯著眼前這個垂死的老頭。

「這些都是神的名字……《聖經》裡的耶穌，為世人所知的就有七個名字，在不同時代、不同地域的稱呼都不一樣——他最早自稱為迦南神，可在以色列人面前被喚作耶和華，巴比倫時期的人又稱他為以羅……神有很多個名字，無論他走到哪裡，出現在哪個時代，被稱為什麼，神本身的能力都是永恆不變的，變的只是時間、地點和一代又一代的人。」

「你究竟想說什麼？」

埃倫看了駱川一眼，從腰間解下了自己的水壺——那是一隻鋼化玻璃材質的圓柱形水壺。裡面的水幾乎沒喝，埃倫把它放在手上輕輕地轉動，透過玻璃，只見裡面的氣泡隨著水位的變化而從瓶口移動到瓶底。

「香巴拉就像這個氣泡一樣，它一直在地幔裡移動，和耶和華一樣，它在不同的時代和地點所擁有的名字都不同——它出現在納木措地下的時候叫香巴拉，在瑪雅文明的歷史裡被稱為安莎爾，在歐洲的時候又被人們稱為亞特蘭提斯……無論它的名字變成什麼，它都是同一樣東西，都是同一個地方。」

「氣泡……我們現在身處在某個存在於地幔中的氣泡裡？」

埃倫點了點頭：「香巴拉，也可以稱為阿格哈塔，沒人知道它是什麼時候出現的，也許是在這顆星球形成的時候就存在了。這座地下城市總是沒有規律地出現在世界各處，沒人能計算出它的運行速度和方位，那是非常龐大的計算量，目前人類的科技是無法算出來的……歷史上踏足這裡的人全憑運氣，我們也不例外……要不是這次突然的地震導致這個遺跡暴露出來，我就算窮其一生都無法找到它。」

「我……」駱川還想說點什麼，突然感覺到懷裡的舒月動了動。

舒月捂著頭痛苦地哼了一聲：「我們這是在哪兒……」

「別動，妳的頭受傷了……」駱川剛想跟她解釋，舒月眯著的眼睛突然瞪圓了，她幾乎是尖叫著跳起來：

「這是……這裡是哪裡？怎麼會有熱帶雨林……」

駱川驚訝地順著舒月的視線看過去，可除了深不見底的白色霧氣之外，什麼都沒有。

「熱帶雨林？」

「妳……妳也能看見!?」埃倫語無倫次地問。

第五章　奇怪的聲音

「什麼叫我能看見？」舒月有點愣，她揉了揉眼睛，四下張望著，猛然，舒月的眼神停留在駱川的頭部上方三、四公尺的地方。

舒月的臉白得一絲血色都沒有，一聲咕嚕從她的喉嚨裡發出來，她一屁股坐在地上，使勁往後退：「唔——唔——」

舒月一邊說一邊在水裡蹬著腿，她努力地嘗試說出一個完整的詞，可恐懼已經吞噬了她的理智。

駱川順著舒月的目光向上看去，他的頭頂除了薄霧，什麼都沒有。

「怎麼了？」

正當駱川想繼續詢問的時候，突然，有什麼東西滴到了他的臉上。濕濕的，感覺是某種黏稠的液體，像蟑螂扇動著翅膀，迅速從他臉頰上掃過時噴出的粘液。

駱川頓時一陣噁心，他用手摸了摸臉，可手指接觸到的皮膚，卻什麼都沒有。

「跑！」舒月竭盡全力大吼一聲。

她一邊吼著，一邊一躍而起向身後某個方向跑去。駱川剛想拔腿追去，他的後背突然被一種巨大的力量扯住了，整個人淩空而起，被牽著猛晃了兩下。隨著一聲尖銳的撕裂聲，他身後的背包被整個扯爛了，裡面的物資應聲落地。駱川一下被甩出四、五公尺，腦袋狠狠地撞到地上，頓時眼冒金星，天旋地轉中他看到不遠處的舒月向他揮動著手臂大吼：「往這邊跑！」

即使駱川再遲鈍，也反應過來剛才自己被薄霧裡的某種「東西」抓住了，某種他看不見但舒月能看見的「東西」。

「快跑！」

駱川用盡全力爬起來，他在黑暗中追逐著舒月和埃倫的喘息聲，瘋了一樣地躲避著黑水裡激起的大片漣漪。他彷彿聽見背後傳來水花沉重的拍擊聲，腦海裡揮之不去的，是尼莫被啃剩下的半個身體。

不知道跑了多久，水開始沒過小腿，舒月終於喘著粗氣停了下來，警惕地打量著四周。

「喀喀……妳看見什麼了？妳究竟是什麼人？」埃倫上氣不接下氣地問。

舒月沒有回答他，她檢查四周正常後，眼神逐漸呆滯下來，就像一個剛從噩夢裡驚醒的人，還沒分清現在究竟是夢境還是現實。

「剛才襲擊我的是什麼？」駱川拉了一把舒月的胳膊。「妳看到了，對不對？」

「我不知道，那東西，像是環齒形動物……」舒月就像是回憶起某種恐怖的經歷一樣，身體蜷縮成一團，雙手抱著自己的身體。「我不知道，我的頭好痛……」

「什麼叫環齒形動物？」駱川試圖安撫舒月。「這種動物能隱形嗎？」

「它們不會隱形，它們的外形是鰻魚和吸血水蛭的混合體，是迅猛的肉食類動物。它們被稱為環齒形動物，是因為口腔呈圓形，能像花瓣一樣分開，裡面是五圈牙形刺，可以把整個獵物吸進嘴裡，迅速嚼碎變成肉泥。它們生活在濕潤的雨林裡，本應該只有手指一樣大，但剛才我看見那條……」舒月吞了吞口水。「那條至少有五公尺長、一公尺粗……」

駱川嚇得汗毛直立，他吞了吞口水，問：「所以我們的敵人是一條巨型大螞蟥？」

「不是一條，這種蟲子和螞蟥一樣，雌雄同體，卵繭繁殖，蟄伏在沼澤和泥水裡。你看到一條，就意味著附近有成千上萬條！」

「這個世界上怎麼會有這麼逆天的生物！」駱川頓時感覺頭皮發麻。

「這個世界上確實不應該存在環齒形動物，」舒月抬起頭看著駱川，眼裡閃著恐懼，她喃喃地說。「因為它們本該在幾億年前就滅絕了。」

三個人就這樣尷尬地沉默著，最後還是埃倫教授開了口：「跟我說說，除了剛才攻擊我們的那條大蟲，妳還看到了什麼？」

「我……」舒月看了駱川一眼，她一點自信也沒有，卻還是咬了咬牙。「現在我看到的是，我們三個人站在一片類似熱帶雨林的沼澤裡。」

「熱帶雨林？」駱川重複著。

「別打斷她！」埃倫喝止了駱川，繼續問。「陸地上有覆冰嗎？」

「沒有……這裡有一些紅色砂岩，還有許多蕨類植物……我沒見過這些品種。」舒月半蹲著，伸出手在空氣中劃了一下。

「沒有覆冰，至少不是寒武紀，」埃倫自言自語地說。「妳還看見什麼別的生物沒有？」

「剛才跑過來的時候，我好像還看到了某種節肢類動物，非常巨大，至少有三公尺，在沼澤裡爬行，速度很快……」

「節肢類動物！你說的不會是蜈蚣吧？」駱川深吸了一口氣，雞皮疙瘩掉了一地。三公尺多的大蜈蚣，想想它的腿都頭皮發麻。

「巨型馬陸……我明白了，這是三疊紀中期！」埃倫用雙手箍住舒月的肩膀，激動地說。「妳還看見別的生物沒有？更高級的生物？」

「你放開她！」駱川掰開埃倫的手，把嚇得不知所措的舒月護在身後。「什麼三疊紀中期？這裡到底是什麼地方？」

「我已經告訴你了，我們身處一個氣泡裡。」埃倫搖了搖手裡的水壺。「但這個氣泡，比我們想像中更特殊。它並不只是三維的存在，而是四維的——它包含著不同的時間維度。」

「你到底在說什麼，我聽不明白。」

埃倫突然開始劇烈地晃動手裡的水壺，裡面的水頓時泛起了許多透明的泡沫。

「無論在這個宇宙中也好，還是在地幔中也好，存在著很多這樣的氣泡，似乎在神創造這個水壺之時，這些氣泡就存在了，雖然它們都是同樣的東西，可是時間維度並不同——有的是寒武紀時期的，有的是三疊紀的，有的則是二十世紀的……在水壺晃動的時候，它們分裂出越來越多的小氣泡，當水壺裡的水平靜下來時，這些小氣泡就會重新融合，變成一個又大又完整的氣泡。」

說著，埃倫的手停了下來，那些分散的泡沫不到半分鐘，就重新融合在了一起：「不同的時間維度就重疊了。」

埃倫蒼老緩慢的聲音在空曠的霧氣中迴響，駱川感覺頭上挨了一記悶棍：「時空……重疊了？」

埃倫點了點頭：「我們現在所處的氣泡中，兩億多年前的三疊紀和二十世紀同時存在，就像兩條疊在一起的平行線。而我們的難題是，似乎只有『被選中』的人，才有同時看見兩條平行線的能力。」埃倫一邊說，一邊看向舒月。「尼莫死的時候，我覺得一切都完了……沒想到，她也是『被選中』的人！」

舒月打了一個寒顫。

「你早就知道這裡的情況，」駱川咬著牙，從牙縫裡吐出幾個字。「對不對？」

埃倫側過頭回避了駱川的眼神：「最初這一切都是猜測。」

「你早就知道！所以你才建議中情局帶生物學家，而不是古生物學家——因為古生物學家的研究都是靠化石推導的，而生物學家才會以生命為研究物件……你從一開始就知道時空會重疊，這地底下的東西不是化石，而都是活生生的！」

「我沒得選！我沒得選！我必須找到香巴拉，我不想死……」埃倫再次猛烈咳嗽起來。

一個可怕的念頭突然從駱川腦海裡閃過：「你……為什麼要帶語言學家？」

埃倫抬起頭，才和駱川的眼神對視上，就迅速地閃開了，良久，他輕輕地用幾乎只有他自己才能聽見的聲音說：「為了……和某些上古種族溝通……」

「你他媽說什麼——」

「噓！」舒月打斷了駱川，做了個噤聲的手勢。「有聲音！」

駱川立刻警惕起來，低聲問：「是那條蟲子嗎？」

「不像……」舒月搖搖頭，她豎起耳朵仔細分辨著。「不像是動物發出來的，這種聲音很複雜，就像是……有人在說話！」

人！聽到這個字，駱川的心瞬間狂跳起來，會不會是搜救人員？會不會是送物資的車隊發現他們失蹤報警了？還是其他的印第安人？

「他們在說什麼？他們在哪裡！」駱川邊說邊想大叫救命，誰知話才到嘴邊，舒月衝上來一把捂住他的嘴巴！

「不是……不是我們的人。」

「妳怎麼知道？」駱川有點生氣，掰開她的手。

「因為這聲音，就像那些史前動物一樣，只有我聽得到，你聽不到！」

舒月短短一句話，已經說明了問題。駱川忽然心頭一緊，轉身看向埃倫。難道真被這老頭說中了，重疊的時空裡還存在著某種文明？

可他不是說這些生物都生活在兩億多年前的三疊紀嗎？連人類的祖先，古猿類都還要再過一億八千年才出現，那時候的地球怎麼可能出現文明？

「他們在說什麼？聽起來像哪裡的話？」

「我不知道，我從沒在其他地方聽過這種語言。有很多音節，就像在吟唱什麼……」

「你能學給我聽嗎？」

舒月又側頭聽了一會兒，搖搖頭：「距離太遠了，我實在聽不清楚，必須走近一點。」

霧似乎越來越濃，臭味聞起來就像腐爛的內臟。駱川的胃已經空空如也，把該消化的都消化掉了——否則他隨時隨地都能吐出來。

偶爾有一兩隻死老鼠從黑水裡漂過，也許是誤打誤撞掉下來的。舒月走在前面，努力地分辨著什麼，走走停停。

至少她是有方向的，而駱川和埃倫早已經接近麻木，他們除了一片白茫茫之外，什麼也看不到。

「妳究竟從哪裡來？」埃倫喘著粗氣，他從咳嗽中平緩下來後，就一直鍥而不捨地追問舒月。

「現在這種情況下，我從哪裡來重要嗎？」

「當然重要，妳的眼睛能看見另一個重疊時空的景象，而我們卻看不見，這說明妳的祖先和尼莫的祖先——那些霍皮族人一樣，也是『被神選中』的人……」

「什麼神啊鬼的，這跟我的祖先有什麼關係？」

「大部分人都沒有這個能力，這也是我要把尼莫綁到這裡的原因……我曾經看過中情局的資料，他們認為這種能力是通過血統繼承的，也許妳的家族，妳的上上上輩的祖先們，一直為了這個能力保持著純正的血脈。我並不太懂這些，妳是學生物的，或許應該是妳告訴我？」

駱川留意到舒月的身體，忽然微微顫抖了一下。

「妳的家族，並不簡單吧？」埃倫試探性地問了一句。

「我聽不懂你在說什麼。」舒月愣了一秒，隨即否定道。「也許我只是視力比你們好而已。」

埃倫搖搖頭：「能看到不同維度的世界，並不是取決於妳的視力，而是取決於妳的腦波……」

「嘩啦——」埃倫話還沒說完，不遠處突然傳來清脆的水花聲。

「誰？」

「救……救我……」一件紅藍相間的格子襯衫從不遠處的石堆後面露了出來。是亞力克！那個和柯林斯一起消失的科考隊員，他還活著！

駱川連忙跑過去，只見亞力克歪歪扭扭地坐在黑水裡，背部靠著石堆，雙腿叉開，其中有一條腿不自然地外掰著，駱川幾乎立刻辨認出那是相當嚴重的骨折。

他的臉色白得像紙一樣，恐懼幾乎已經讓他失去了所有思考能力。他顫抖著，瞪大了眼睛盯著駱川，兩隻手緊緊攥住他的衣服，就像抓住了救命稻草一樣。

「救我……救我……」亞力克不停重複著。「水裡有東西……有東西……」

「嘿，哥們兒，冷靜點，」駱川一邊扶著他往上拉了拉，一邊示意舒月遞給他一點水。

「有東西……看不見……拖走了柯林斯……」

駱川回想起在黑水裡找到的柯林斯的屍體，和他剩下的半個腦袋，突然一陣噁心。

「你是怎麼到這裡的？」他試著換個話題。

「印第安土著，在遺跡裡襲擊了我們……醒來時就在這裡了……這是哪裡啊？嗚嗚……」

亞力克抖得更厲害了，駱川留意到，他臉上的皮膚薄得幾乎透明，眼白上布滿著接近黑色的紅血絲，鼻子上還有沒乾的血跡，一直順著鼻孔流到嘴唇上，已經有點結痂了。

「你早些時候是不是受傷了？」駱川抬起袖子，幫他擦了擦。

「受傷……受傷……」亞力克顯得有些疑惑，他似乎在努力回憶著。

「你是摔下來的嗎？」駱川看了看他的腳，補充了一句。「你骨折了。」

「噢，我骨折了。」亞力克木然地重複著。「骨頭斷了，流了很多血。」

舒月皺著眉頭看了看亞力克，又看了看駱川。
「他的精神好像不太正常。」舒月小聲用中文說。
「換成我，在這裡待上一天，受了這麼重的傷，我也瘋了。」駱川不以為意。中文似乎是一個很好的交流方式，至少沒有第三個人能聽得懂。
「不用害怕，我們帶你離開這兒。」駱川一邊安慰亞力克，一邊打算扶起他，可一隻手突然按住了他。
「把他留在這裡。」埃倫掏出了槍。
「你在說什麼？」駱川完全沒有料到埃倫教授會這麼做。
「我們不能帶上他。這裡危機四伏，我們自己活著走出去的可能性都很低。他的脛骨骨折，已經活不長了。」埃倫的聲音沒有任何感情。
「亞力克是你的學生！」
「我來這裡不是為了送命的。」埃倫邊說邊拉開了保險栓。「如果你執意和他在一起，你只好留下了。」
「你還是人嗎!?是你把他倆害成這樣的！」
「我可以讓他死得痛快些。」埃倫把槍口對準了亞力克。
「不要……不要殺我……」亞力克大口喘著氣，剩下的一隻腳拚命在水裡撲騰。
駱川反身擋在了亞力克前面。
「你他媽的死老頭，你個死瘋子……」

「我勸你別做蠢事。」埃倫絲毫沒有放下槍的意思。

「你要是敢傷害他倆中的任何一個，我保證你不會活著找到你要的東西！」舒月的聲音不大，她兩手托著槍，顫抖著頂著自己的下頦。

埃倫愣住了，駱川也愣住了，他完全沒想到舒月這個看起來又土又糙、外表弱得不堪一擊的女人，這一刻能把自己的命搭上，救一個不相干的人。

「你說對了……我沒殺過人，所以我沒辦法對你開槍。」舒月吸了口氣。「但我不敢殺人，不代表我不敢自殺……跟你正相反，我還嫌命長呢，老實說我想過自殺好幾回了，這個世界橫豎也沒有什麼值得我眷戀的。吞槍這個方法挺好，子彈直接穿過腦額葉，沒幾秒就能造成腦死亡，算是沒什麼痛苦……」

舒月一邊說，一邊打開保險：「你連自己的學生都能殺，我寧願死都不想讓你找到永生，你就該死一百回！」

「妳沒這個膽量自殺。」埃倫搖了搖頭。

「這次你儘管試試。」舒月毫不在乎地哼了一聲。「但我提醒你，你賭不起。」

「愚蠢。」埃倫啐了一口，還是放下了槍。

駱川舒了口氣，把外套脫下來扯開，給亞力克的腿上做了簡單的包紮處理：「疼嗎？」

亞力克有氣無力地搖了搖頭，駱川心裡有一絲訝異——若是普通人大腿骨折，只要稍微碰到，都會疼得渾身冒汗大吼大叫，而亞力克並沒有太大的反應。

難道真的嚇傻了？

「我好餓……」亞力克歪了歪腦袋，可憐巴巴地說。從時間上來說，亞力克失蹤到現在已經過了整整一天，餓是必然的，可這漫天臭氣實在讓人很難有食欲。駱川渾身上下摸了個遍，只找到一塊被忘在口袋裡的壓縮餅乾。

駱川把包裝袋撕開，送到亞力克的嘴邊。他貪婪地兩三口就塞進了嘴裡，可還沒嚼兩下，就哇的一聲全吐了出來。

「怎麼了，哥們兒？」駱川一把扶住亞力克，發現他吐出來的餅乾渣兒裡夾雜著血跡和一股惡臭。

和這裡彌漫著的臭味一樣，但濃烈十多倍。

「我靠！你是喝了這裡的水嗎？還是吃了屎？」駱川差點被熏了過去。他以為自己開了個玩笑，但立刻發現這並不好笑，亞力克的胃裡發出咕嚕咕嚕的聲音。

「對不起，我不是故意吐出來的。」亞力克哭喪著臉說。「我真的好餓，可是又吃不下……」

「沒關係，我們走吧。」

也許是他摔下來的時候受了內傷。駱川一邊想著一邊扶起亞力克，四個人繼續向霧裡走去。

「你能不能給我搭把手啊？」又走了一會兒，駱川終於忍不住向走在前面的埃倫吼道。

他不想求助於女人，埃倫似乎是他唯一的選擇。不是駱川力氣不夠，而是亞力克似乎越來越重，也越來越軟。

就像沒了骨頭一樣。

「餓——」亞力克的喉嚨裡發出了一聲呻吟。

駱川身上實在沒吃的了，他低頭看了亞力克一眼，發現他的肚子高高隆起，和他纖瘦的身材有點不搭。

駱川努力回憶著亞力克之前的樣子，但他本身對這個人就沒什麼印象，更記不清他之前是不是有啤酒肚了。

「再堅持一會兒。」駱川自己也覺得這句話說出來很無力。

埃倫走到了亞力克的另一邊，搭起他的肩膀。然而他們的腳程並沒有變得更快，反而是埃倫被亞力克壓著走得更慢了。

「我說過不要帶著他。」埃倫嘟囔著。「他會把我們都連累死。」

駱川剛想反駁，亞力克的手卻從肩膀上滑了下去。

一陣劇烈的臭氣突然傳來，駱川下意識地向亞力克的臉上看去，只見他的眼睛裡布滿了黑色的血絲，鼻孔裡流出了兩行黑色的液體。那陣難以忍受的腥臭，就是從這些液體裡發出的。

「餓——」亞力克突然一個鯉魚打挺，一側身就向埃倫脖子處啃了下去！

亞力克重重地壓在埃倫身上，埃倫舉起手裡的槍胡亂掃射著，電光石火間，他發出一聲哀號，兩個人跌進了黑水裡。

六發子彈一下就打完了，埃倫的脖子也被亞力克啃穿了。他很快停止了呼吸，只剩下兩隻眼睛不甘心地怒視著。

亞力克抽搐了一下，他的肚子朝下，突然像泄了氣的皮球一樣塌陷了下去。一些黑色的像無殼蝸牛一樣的蟲子，從他的鼻孔裡、嘴裡蜂擁著爬了出來，爬過埃倫的屍體，爬進水中，消失在黑色的汙水裡。

隨著蟲子的離開，亞力克的身體像掏空了一樣乾癟。駱川這才看清他的後背——紅藍格子襯衫下面，脊背上有兩道血肉模糊的傷口，也許是摔下來的時候受的傷。那些黑色的蟲子在傷口的皮層裡若隱若現地遊動著，它們通過傷口感染了亞力克，又在他體內繁殖，幼蟲靠吸食他的內臟成熟後，離開他的身體，再次回到黑水裡——黑水裡的臭氣，就來自這些蟲子。

「這……這是那些環齒形動物、那些大螞蟥的後代……它們一直活在這片水域裡，只是體型變小了……」舒月看向駱川，她的臉唰的一下白了。

突然一陣劇痛傳來——駱川向下看去，只見自己的胸口一片鮮紅。埃倫射出的流彈，有一發正中他的胸口。

駱川向前一栽，倒在舒月懷裡。

第六章　駱川之死

「駱川！駱川！」

駱川的耳朵嗡嗡直響，舒月的聲音由大變小，他感覺到她的手壓在自己胸口上。

「我……」他的心臟在費力地運送著血，劇痛之下，他的喉嚨一塞，再也說不下去了。

舒月迅速撕開他的衣服：「沒有打中心臟，打偏了。」

「打到哪裡了？」

「肺葉。」舒月躊躇了幾秒，輕輕地說。

絕望瞬間把駱川淹沒了，殘存的理智告訴他，在這種極端情況下，沒有水和急救用品，他不可能走出去。子彈擊中肺部後能活三、四個小時，但痛苦會逐漸遞增，最後因為肺出血導致呼吸衰竭，窒息而死。

還不如一槍打中心臟呢，他心想。

「你還能挺一段時間，我們能找到出口，你不會有事的。」

「幫我個忙好嗎？」他露出一個慘笑。「埃倫還有一把槍，給我個痛快……」

「你不會死的。」舒月拚命搖頭，她很堅強，眼淚已經在眼眶裡打轉，她卻忍著沒讓它們掉下來。

「我活不了多久了，這麼死太痛苦了，我很疼……血腥味會引來妳說的那些蟲子，我可不想被我看不見的東西吃掉。聽我說，我不想成為誰的負擔……太他媽疼了，給我一槍，然後妳離開這兒，努力走出去……」

「我不會扔下你，我們一起出去！」舒月邊說邊把駱川靠在旁邊的白骨堆上，她兩三下從埃倫身上脫下外套，撕成布條，迅速做成簡易繃帶，繞著駱川胸口捆起來。

「唔——」壓力讓駱川痛苦地哼了一聲。

「別閉上眼睛，別睡著，跟我說話。」舒月又撕開衣服紮了一圈。她綁得很緊，手法嫻熟，暫時止住了失血。

「土妞，妳這招在哪兒學的啊？」駱川吐了一口含著血沫的口水，喘著粗氣問。

「沒想到妳還有這一手。」

「很多人以為我們這一行只會殺死動物，把肚子剖開，卻不知道我們還能救活它們。」舒月一邊打結一邊乾笑了一聲。「我學過急救。」

「妳不害怕嗎？」

「怕什麼，怕血嗎？我切過的動物，比你吃過的還多。」舒月把駱川的手搭在自己肩膀上。「能站起來嗎？我們要快離開這裡，血腥味蔓延得很快，我覺得那些蟲子要來了。」

「去哪裡？」

「去聲音的源頭，我覺得它越來越近了。」

兩個人一瘸一拐地在薄霧裡前進，駱川每一次呼吸都要忍著劇痛，他能感覺到自己的肺上穿了一個洞。眼皮越來越沉，他的意識正在一點點消失。

「別睡著！」舒月晃了晃他。「跟我說話。」

「妳……一直……都這樣嗎？」駱川邊喘邊問，事實上他根本不知道自己在問什麼，他不在乎，只是說話能讓他分心，讓他暫時忘掉疼痛。

「我？」舒月愣了一下。「不，我只是經常接觸動物的屍體，所以對血啊肉的，見怪不怪……」

「我是說，妳對男人一直都這樣嗎？」

舒月一下子沒反應過來。

「拒人於千里之外……性冷淡？」

「你他媽才是性冷淡，你們全家都冷淡。」舒月沒好氣地說。「你對女人的理解還停留在石器時代嗎？年輕雌性的唯一需求就是交配和繁殖後代，她們在頭上插著花，穿比基尼，扭著屁股招搖過市，用胸部盡可能吸引健壯雄性，滿足彼此肉體的需求。但是，抱歉，我活在二十世紀末。」

「我並沒有詆毀妳的意思，我是想說，其實妳長得很漂亮……」駱川咳了一聲。「如果稍微打扮一下，溫柔一點，會有很多男孩追。」

「我才不稀罕很多人追……」舒月頓了頓，咬著嘴唇問道。「我真的很老土嗎？」

「呃——」駱川用上他剩餘的所有思考能力，他可不想得罪舒月。「像妳這種，腿那麼長、腰部又細的女生，其實很適合穿長裙……妳知道嗎，那種黑絲絨長裙……亞洲女生，適合帶綠色耳環，顯得皮膚更白……」

「你怎麼懂這麼多？」

駱川心想，我睡過的女人比你解剖的動物還多。

「就是……喀喀，我擅長在日常生活中觀察。」

「你的心思都花在觀察女人上了吧？」

「女人……真是種美好的生物，她們散發香氣，溫暖，光滑，柔軟細膩……」

駱川邊說邊閉上眼睛，他以為他的腦海中會閃現出他曾經迷戀過的臉和肉體，帶有東歐血統的艾蜜莉、練瑜伽的伊莉莎白……可他什麼也想不起來，她們的模樣，哪怕是聲音和溫度，都虛無縹緲，就像一場大夢，從未發生過。

他看到童年時那個池塘，冰冷的池水淹沒了他，他已經精疲力竭，岸邊越來越遠。

「我知道他們私下稱呼我『冰山』。」舒月的聲音。

「我覺得這個外號跟妳還滿搭的，他們的形容很客觀……」

「其實我只是不知道怎麼跟人相處。」舒月歎了口氣。「我從小生活在大家族，身邊都是長輩，後來為了考上大學拚命讀書，其實我成長過程和同齡人很少有交集。」

「怪不得……」

「怪不得什麼？」

駱川本想說，怪不得老子這麼帥、這麼有魅力，妳竟然無動於衷，但他這會兒真怕舒月把他扔在這裡。「我是說，怪不得妳給人感覺這麼高冷……妳有男朋友嗎？」

駱川感覺舒月明顯頓了一下，沒說話。

「別告訴我妳沒有談過戀愛。」

沉默。

「認真的嗎？妳今年多少歲……」

「關你什麼事！」

「呃，那妳總有喜歡的人吧？我是說，喜歡過誰吧？」

「嗯。」沉默了幾秒，舒月應了一聲。

「聽語氣，不像是太好的回憶。」駱川又咳了幾聲。

「他……很優秀。」舒月的聲音很小。

會比我優秀？駱川心想。

「我們很小就認識了，他的家族和我的家族……我們……」

「哦，青梅竹馬，指腹為婚。中國流行的那種？」

「他現在有女朋友了。」舒月低下頭，駱川看不見她的表情。「他沒喜歡過我，不是那種喜歡。」

「那是他沒眼光。」駱川淡淡地說。

「不，我見過那個姑娘，她很美，就像雪地裡盛開的紅薔薇，和她一比我就是只醜小鴨……」舒月自言自語。「他們很相愛。」

「妳是那隻會成為天鵝的醜小鴨，妳這樣的女孩子，值得擁有一段完美的愛情……我要是沒中槍，妳會不會考慮我？」

舒月被氣笑了：「這時候了你還開玩笑……」

舒月話音未落，駱川眼前一黑，向地上栽去。

「快醒醒！就到了，就到了，不要睡著……」舒月拍著駱川的臉，駱川迷迷糊糊地看見她臉上的淚。

「那個聲音就在前面，我能感覺到，很近了，我看到前面有一個建築，一些牆，像是迷宮……」舒月使勁吸了吸鼻子。「睜開眼睛。」

駱川抬起眼皮向前看了看，迷霧中只有一些碎石堆成的牆，大部分已經坍塌了。算了，反正我也看不見，或許她是騙我的。駱川心想。

他的血已經把前胸後背的衣服都浸濕了。

「我走不動了……我好害怕，好冷……」

舒月把駱川摟在懷裡：「你能走過去的，堅持住。」

「我小時候，差點淹死……有個女孩，我後來再也找不到那種溫度……冷……或許那時候我已經死了……」駱川胡亂說著話，他的意識正在一點點喪失。

「我不會扔下你的！不要睡！」

「妳走吧……」

「你剛剛不是問我，要是我們走出去，要不要考慮你嗎？你堅持住，我們活著出去，我就忘記過去，當你的女朋友……戀愛，結婚……」

什麼嘛，這土妞，還大義凜然的樣子，好像跟我在一起是多大犧牲似的，想嫁給我的女人多了去了。

駱川在心裡笑了一聲，他已經說不出話了。

眼皮在打架，駱川感覺到自己的靈魂游離在身體之外，變得愈來愈輕。周圍的景象慢慢消失，他站在一片漆黑當中，前面有一束白光。他情不自禁地朝白光走去。

「駱川……駱川……」他聽到有人在叫他的名字。

他回頭看去，一個瘦弱的女人，把一個滿身是血的男人費力地從汙水裡抬起來，綁在背上，一步一步艱難地朝前行走。

他看不見這個女人的臉，但她的體溫透過衣服溫暖著他。他忽然有一種奇怪的感覺，在這個陰寒的潮濕地底，他覺得前所未有的安全。

他知道有個人，在拚盡全力守護著他。

記憶又飄回了童年的那片池塘，包裹著他的冰冷海水逐漸退卻，水面的冰悄然融化，他終於看清了岸上呼喚他的人。

是舒月。

時間靜止了，很多回憶都變淡褪去，只有這個女人的聲音留在了他的腦海裡。

他似乎終於聽見了那首古老的歌謠，那段原本只有她能聽見的吟唱。

「一切眾生本寂靜，迷心不停時輪轉，一時頓悟無生法，示現萬象轉時輪……」

第七章　時輪經

客廳裡的光線變得昏暗下來，太陽已經快下山了。駱川哼起了一段奇怪的旋律，他的喉嚨發出某種古怪的音節。

「這就是你當時聽到的歌？」我問。

「這只是一些零星的句子，當時我整個人也在恍惚的狀態，並不知道唱的是什麼，但我的專業本能讓我迅速記下一些發音。」洛川攤攤手。「當時我的第一反應是這種語言不是印歐語系，倒有點像古埃及兩河流域使用的蘇美爾語。後來我反覆模擬當時聽到的音調，請教了一些行業大牛，才確定這是一種古納木措語。它的行文結構和現代語十分相似，於是我又用每句話的韻腳做出不同的比對……」

「不要賣弄你的專業知識，說重點。」我翻了翻白眼。

「重點已經說了，就是剛才那幾句話。」駱川露出了得意的笑容。「翻譯成現代文，就是『一切眾生本寂靜，迷心不停時輪轉，一時頓悟無生法，示現萬象轉時輪』。其他的老子不記得了。」

「這幾句話聽起來並沒有意義。」達爾文淡淡地說。

「對你而言確實沒有什麼意義，但對有些人來說價值連城。」駱川笑了笑。「九〇年代我參加了一個研討會，會上有幾個納木措來的上師，機緣巧合中他們聽到我在念這幾句話，當場就給我跪下了！你猜怎麼著，他們說這首詩唱的是他們的最高寶典——《時輪經》裡的內容！」

我的心顫抖了一下，想起在出國時的飛機上，那塊莫名其妙出現在我口袋裡的絲織品——舒月說它的名字叫「時輪曼荼羅」，是我的家族歷代只傳長男的寶物。這半年的奇怪經歷中，時輪曼荼羅的圖案一次又一次地出現，迷失之海的祭壇上，賢者之石地下的老照片上。我突然有一種強烈的預感，時輪曼荼羅和《時輪經》一定有著強烈的關係。

「《時輪經》……是本什麼樣的書？」我輕聲問道。

駱川聳聳肩：「這本書早在一千多年前就失傳了，現在留下的也只是有關它的隻言片語和傳說。多少善男信女哪怕散盡千金，也想一窺其內容。唉，可惜當時我已經不省人事了，否則憑著我精湛的記憶，把全部經文背下來也不是什麼難事。」

「這也不對啊，按照埃倫教授的理論，困住你和舒月的氣泡，只有兩個時間維度——三疊紀中期和二十世紀九〇年代。」沙耶加掰著手指。「那究竟是誰在吟唱呢？為什麼會有古納木措人活在三疊紀？」

「使用納木措語的可不一定是納木措人——甚至這門語言也不一定就是納木措人發明的，它有可能是納木措人從別的文明繼承而來的。就像埃倫教授說的，三疊紀之前存在著更先進的文明，古納木措語就是他們當時使用的語言之一。」駱川邊說邊開了一瓶啤酒，意味深長地看著驚呆了的我們。

「想瞭解在納木措人之前，究竟是什麼人在使用這門語言，就要瞭解《時輪經》本身記錄的內容。儘管現在具體經文已經遺失，可是根據一代又一代僧人的口口相授，可以得知這本書的主要內容講述的是一個叫香巴拉的地方。不是那些英國冒險家杜撰出來的什麼世外桃源，而是一個神的國度。」

「神的國度？」

「正確。」駱川靠在桌子上，又開了一瓶啤酒。「《時輪經》裡記載的香巴拉，不存在於已知世界的任何一塊土地之上，也不屬於地球上任何一個國家。香巴拉由九億六千萬個城邦組成，這些城邦呈八瓣蓮花狀，花蕊就是它們的主城阿格哈塔。阿格哈塔里居住的是神明和先知，他們洞悉這個世界的緣起緣滅，曾經創造人類，又把智慧的種子賦予了人類。但這些神明並不屬於阿格哈塔，它們守衛著阿格哈塔中心的一道門，誰要是能穿越那道門，就會得到和釋迦牟尼一樣的大智慧。香巴拉的入口遍布世界，其中一個就隱藏在喜馬拉雅山脈的某個地方——聽起來很扯，對不對？但埃倫相信了，我本身不信現在也相信了，我知道你們覺得難以置信……」

「我們相信！」迪克打斷他。

我和達爾文交換了一下眼神，我們知道埃倫沒有騙人，我們看過拿菲利的照片，還見識過 MK-58 藍色膠囊的威力。似乎除了相信這些是真的之外，我們已經沒有其他選擇了。

駱川有點吃驚，他沒想到我們這麼容易就被說服了，還對自己的口才有點沾沾自喜。

「不如你先告訴我們，舒月把你背起來之後到底有沒有進去那個什麼迷宮，你們倆看到了啥。」迪克舔了舔嘴唇，顯得有些焦躁。

「還有你們是怎麼逃出來的。」沙耶加插嘴道。「畢竟你受了這麼重的傷……」

駱川灌完了剩下的啤酒，歎了一口氣：「我不知道。」

「我醒來的時候我們已經在遺跡外面了。」駱川低頭看了看他的胸口。「別說槍傷了，連中彈的痕跡都沒有。要不是今天看到你們的這塊石頭，我也許真的會相信舒月說的，我只是做了場夢。」

駱川是被太陽的光線晒醒的，他睜開眼睛，活動了一下痠痛的身體，坐了起來。他們兩人正坐在峽谷頂上的懸崖旁邊，新的一天開始了，舒月坐在他的身邊，心事重重地凝視著遠方。

駱川下意識地摸了摸自己的胸口，他驚訝地發現，彈孔消失了，他的皮膚完好無損，連外套和襯衫都沒有一絲一毫被打穿的痕跡。

「我們……我們是怎麼從那裡出來的!?這裡，這裡是哪裡?我是不是死了?」駱川驚訝極了，他費力地組織著語言，試圖說出一個完整的句子。

「你在說什麼?」舒月皺了皺眉頭。「你被石頭砸到了腦袋，已經昏睡一天了。」

「不……不是這樣的。」駱川努力回憶道。「我們跟著尼莫穿過了一道石牆，闖進一個史前世界。我中槍了，埃倫和其他人都死了，只剩下我們倆，這不可能是假的！我明明……」

駱川的手摸到了自己毫髮無傷的胸口，他的心臟健康地跳動著，呼吸均勻，但他的大腦一片混亂。

「放鬆點，你只是做了個噩夢罷了。」

駱川抬起頭，他猛然注意到舒月額頭上的傷口，表皮已經結痂，但周圍還粘著乾涸的血跡——那是他在地下親手給舒月包紮過的傷口！就在她掉下去不省人事的時候！

「妳為什麼騙我？妳額頭上的傷口怎麼來的？」

「我們遭遇了餘震——山體滑坡導致遺跡坍塌，我們的營地被崖壁上滾落的碎石擊中。你被砸暈之後我也受了傷，埃倫教授和其他幾個人都被活埋了，我只救出了你一個。」

「妳他媽的在說什麼？我們明明遇到了一場暴雨，史無前例的暴雨……」

「峽谷地區是沙漠氣候，怎麼可能下雨呢，你夢魘了。」

舒月說著，往峽谷底下一指。火熱的太陽烤灼著大地，一丁點雨水的痕跡都沒有，有的只是無數坍塌的碎石，和露出來的營地帳篷一角。

「我們現在在這裡等待救援，我相信用不了多久就會有車隊趕來。」舒月淡淡地說。

「這不可能，我經歷的一切都歷歷在目，不可能只是一場夢……」

「你為什麼不相信我說的話呢？」舒月臉一沉就生氣了。「你說你在夢裡快死了，又中了槍，可你現在不是好好的嗎？這樣不好嗎？還是說你就想死？」

駱川被舒月的話戧住了，他轉念一想，舒月說得確實一點也沒錯，至少他還活著。

而且他的性格也從來不是一個刨根問底的人，尤其是對他不感興趣的事。讓地底世界見鬼去吧，如果舒月不願意承認，就由她去，只要她願意兌現在地底下說過的話就可以了。

「我確實不想死，因為我記得某個人跟我說過，如果我能和她一起逃出來，她就放下過去，接受我做她的男朋友，並且……」

駱川突然單膝跪地，拉起舒月的手說：「嫁給我。我不知道之前發生了什麼，但我覺得，她應該不會違背自己許下的諾言。」

「你這個人怎麼這麼無賴！」舒月明顯沒想到駱川會這樣，她的臉一紅，但立刻恢復了鎮定。「你自己做夢夢見的東西還要我給你兌現，看起來你還沒被石頭砸夠！」

「我不管，反正妳要是不同意，我就一直纏到妳承認為止。」

「你！」舒月話音未落，突然怔怔地看著峽谷下方——三輛黑色的越野車從遠處駛了過來，車牌用軍綠色的迷彩布蒙住了。

「記住，你只是做了一個夢！這個夢不應該向任何人提起，答應我，為了你好。」舒月的表情嚴厲而肅穆，她的聲音不大，卻有著一股不容置疑的語氣，說話之間，她輕輕地掙開了駱川的手。

「會不會是她被你噁心到了？」迪克皺著眉頭，一臉嫌棄。「我覺得一個剛醒來就去抓別人手的人真是超級噁心。」

迪克拖長了「超級噁心」四個字，使勁抖了抖手。

「這位同學，你拉過女人的手嗎？我就不問你談沒談過戀愛了，你跟異性來過電嗎？」駱川白了他一眼。「當一個女人在自己都前路未卜時，冒著生命危險也要把另一個男的背出去，那這個男的對於她是什麼樣的存在？」

駱川的話似乎觸到迪克心裡的小祕密，他瞅了一眼沙耶加，臉漲得通紅。

「得了，就你是專家。」

「我覺得就算換成其他阿貓阿狗，舒月也會這麼做……」我撇了撇嘴。

「我不知道怎麼跟你們這些小屁孩解釋，總之我們之間的某些感覺，我非常肯定。」駱川聳了聳肩。「但這種感覺在我醒過來之後，消失得無影無蹤，她的神情就像……就像捲進了某些非常可怕的事情裡，讓她做了某個重大決定，沒有劫後餘生的喜悅，總之一切都不同了。我們獲救後，她一直有意避開我，不但換了研究所，沒過多久就音訊全無了。我找了她很久，上次在麥克阿瑟基金會頒獎典禮上，是她這麼多年第一次打電話聯繫我，我還以為她終於回心轉意了，但沒過多久，她把你扔給我又失蹤了。」

「如今看來，這一切都是有關聯的。」駱川皺著眉頭盯著我。「遺跡裡發生的事，直到現在都在困擾著她，是我太疏忽了。」

「遺跡裡的石牆能夠像水一樣穿透，進入氣泡世界，可是迷失之海的這幾塊石頭似乎失去了這種作用。」達爾文看著石頭，若有所思。

「我應該能聯繫到離這兒最近的檢測中心。」駱川掏出電話。

「恐怕已經來不及了……」

門鈴響了。

門外的清水已經換回了黑白相間的和服，看起來像是精心打扮過，臉上撲了一層淡淡的粉，花白的頭髮用一支金釵挽了個髻，肩膀上還披了一條貂毛。

「妳的運氣太好了，」她誇張地用衣袖掩住嘴，眼睛眯成兩道縫。「那個大人物，肯和妳做這個交易。」

我吐了一口氣，這意味著我們只要把這些石頭交出去，就會安全。

「有個條件，」清水狡黠地看著我。「那個大人物指定要妳親自去送——只有妳一個人。」

一時間，我愣在原地沒反應過來。

「妳要把她帶到哪裡去？」駱川從屋子裡走出來。「我是她的監護人，妳是誰？」

清水連眼皮都沒抬，完全無視駱川，轉身走出院子，打開了車門。

「要去我們一起去——」達爾文還沒說完，我就攔住了他，搖了搖頭。

如果對方想要我死，他只要不做這個交易，我們遲早會被軍方掃成一堆爛泥。雖然我不知道他讓我單獨赴約的理由是什麼，但他既然託清水來傳話，就證明他並不想傷害我。

「也許他只是想讓我親口告訴他迷失之海裡發生了什麼而已。」我把我的推測告訴達爾文。

「我也能告訴他事情的經過。」達爾文搖搖頭。「我們失去了M，不能再失去妳。」

「我們沒有選擇，橫豎要死的，去了還有點機會。」

「遲到是一件很失禮的事情。」清水不耐煩地催促著。

我向駱川使了個眼色，示意他不用擔心，拿起裝著石頭的書包上了車。

第八章　夜宴

一路無語，我抱著書包，心裡反覆想著同一個問題。

為什麼對方要見我？

我有一種很奇怪的直覺，我認識這個人。

我把我出國後接觸過的人都想了個遍，似乎除了迪克的爸爸愛德華，沒有誰有撼動軍方的能力——他在阿什利鎮的實驗基地已經被炸死了。

汽車開下了高速，轉進一條盤山公路。天已經完全黑了下來，我們在黑暗的羊腸小徑上無聲地前進。過了一會兒，道路的兩側開始出現橘黃色的引路燈，一扇巨大的雕花鐵門出現在森林中間。

在這之前，我以為電影裡那種莊園只有歐洲才有，美國的豪宅無非就是自帶四、五百平方公尺花園的大別墅。沒想到在這座黑漆漆的山裡竟然隱藏著這麼大的一個私人莊園，光是從鐵門到府邸門口，車就開了將近十五分鐘。

借著窗外昏黃的路燈，汽車駛過了一座斜拉索橋，橋下的湖水裡種滿了睡蓮。河岸的另一邊是一條筆直的林蔭大道，道路兩旁密密麻麻地排列著遮天蔽日的橡樹，看起來每一棵的樹齡至少有兩百年。

穿過林蔭道和兩座花園，汽車終於在一扇棕色實木大門前停住了。大門十分質樸，並沒有太多裝飾，門前的廊燈用的不是燈泡，而是燒的天然氣，跳動的火苗被罩在一個又一個雕花水晶燈罩裡，折射出柔和的光。

兩隻半人高的鎏金唐三彩馬被隨意地扔在門廊後面，已經蒙了一層灰。我以前在國內的電視節目裡見過，就算是假的也是價值連城。

我心想，也就是這種富豪才會一擲千金地去買幾塊破石頭。

沒有想像中的幾十個僕人夾道歡迎，一個看似年邁的女管家把我們往裡領，清水低眉順目地邁著碎步跟在後面。穿過前廳，她走向一條悠長古典的走廊：「這邊請。」

我四處打量著，要不是有偶爾端菜穿過走廊的僕人，我真以為自己進了博物館。走廊的兩排放著不同時期的化石——有動物的、植物的，甚至有人的頭蓋骨。它們躺在真空密封的展示櫃裡，被鋼化玻璃隔開保存。我粗略數了一下，光是類目就有幾十種。

中庭正中有一個巨大的金絲鐵籠，大約有四層樓高，裡面分為三層，每一層都圈養著不同種類的動物，從下到上分別是猛獸、靈長類和飛禽——通體雪白的獅子、黑臉紅毛的猩猩、湛藍的雀隼，每一種都是教科書裡的瀕危物種。

忽然，我聽到一陣動物的腳步聲，只見迴旋樓梯上跑下來了幾隻獵犬，有大有小，在我身前五、六公尺處停了下來，我目瞪口呆。它們似乎很少見到陌生人，此刻正警惕地盯著我。它們發出呼哧呼哧的喘氣聲，卻沒有一隻亂叫，非常訓練有素。

「它們很忠心。」一個虛弱的聲音從樓梯後面傳來。

然後我看見了一個蜷縮在電動輪椅上的老人，他的身體誇張地偏向一側，一隻手操縱著輪椅的控制杆，腿上蓋著一條薄毛毯。

我很難看出他到底幾歲，他的頭髮所剩無幾，雖然臉上的皺紋跟乾枯的河床一樣多，他的雙眼卻絲毫沒有普通老人的混濁，而是像鷹一樣銳利。

我認出了跟在他身後的那個穿黑色西裝的女祕書，四十三從陽臺上摔下來那晚，我見過她。

「晚安，羅德先生。」我身邊的女管家向他鞠了一躬。

「是你！你……是不是把舒月帶走了？她在哪兒？還有四十三呢？」我顛三倒四地說。

是呀！我早該想到，除了眼前的這個隱形大富豪，還有誰會有這種翻雲覆雨的能力呀！

舒月說他費盡心思把四十三帶走，為的就是尋求永恆的生命。按理說他和埃倫教授是一類人，只不過他比後者擁有更多的財富和權力，但在生命面前，他的帝國大業顯得更加諷刺——我仔細地打量著他，看來他之前的如意算盤打得並不成功，金山銀山沒有幫他擋住時間的鐮刀，四十三永恆的生命力並沒有移植到他身上。此刻，羅德先生看起來仍然是個風燭殘年、苟延殘喘的老頭子。

「我請妳來，並不是為了回答妳的問題的。」羅德緩緩地說。

我還想繼續追問，卻極力忍住了——我意識到他並不是一個好相處的人，哪怕我說錯一句話，他都會立刻取消交易，目前看來最好的辦法是順著他的毛摸。

「你……你要的石頭。」我摘下背包往前一遞。「我們在迷失之海的地下發現的。」

羅德先生並沒有說話，他只淡淡地看了一眼，就扭開頭。

靠，他不會突然不想要了吧!?

他這一個細微的動作，把我驚出一身冷汗。

「這些石頭是我們從迷失之海帶出來的，它們還在其他印第安遺跡出現過……它們很特殊，在某種特定情況下能夠聯通另一個世界……我相信對此你掌握的資料比我多，它們能幫你達成你的願望。」我吞了吞口水，像夜市上的小攤販一樣推銷著自己的商品，生怕對面的老頭反悔。「或許能讓你找到永生的祕密。」

「呵。」半晌，老頭子露出一個意味深長的笑。

「珍，接過來。」他擺了擺手招呼管家。「看看儲藏室還有沒有位置，如果沒地方放就直接扔掉吧。」

什麼!?

我對羅德的冷漠猝不及防，我本以為他把這些石頭看得十分重要，竟然這麼輕易就扔掉了?

「等……等一下，這是什麼意思?」

「我從沒說我感興趣的是這些石頭，我感興趣的是妳。」老頭咧開嘴，露出僅剩的幾顆牙。

「入席吧，晚餐準備好了。」

說罷，羅德轉過輪椅，朝另一側的走廊駛去。我沒有別的辦法，只好戰戰兢兢地跟在後面。

「無論你想要什麼，我們最初的交易就只是石頭，現在石頭給你了，交易不能作廢。」我吸了一口氣，鼓起勇氣說。

羅德似乎疲於說話了，他只向身後的祕書揮了揮手。那個金髮美女似乎得到了某種示意，她微笑著轉頭對我說：「妳和妳的同伴已經安全了，羅德先生既然答應妳，就不會出爾反爾。」

我在心裡暗暗舒了一口氣，卻還是按捺不住內心的好奇：「那些石頭這麼珍貴，為什麼就這樣輕易丟掉了呢？」

「第一，那不是石頭，而是一種太空金屬；第二，它確實曾經非常寶貴，可是現在它已經失去了對我們的價值，和一塊普通的廢鐵沒有區別——它失效了。」

「失效？」我重複著。

金髮女郎看了一眼羅德，他點了點頭，像是默許了她繼續講下去。

「就像是磁鐵經過長時間會消磁，核反應爐經歷數萬年後會耗盡，任何一種能量都有它的極限壽命，只有在某段時間才會發揮作用。很可惜，你們在迷失之海發現的『入口』，已經失去了它原有的時效性。這些金屬也就成了廢鐵。」

我沒吭聲，但從她的話裡我能聽出來，羅德對這些石頭掌握的資料，比我所想的全面得多。

我正想著，坐在輪椅上的羅德開口了：「這些『入口』都通往同一個地方，香巴拉。」

輪椅突然停了下來，羅德抬起頭，盯著我的眼睛：「妳見過拿菲利了，對嗎？」他的眼神有一種無形的壓力，讓我不寒而慄。我想起在迷失之海裡看見的那些像小汽車一樣大的頭骨，和在賢者之石發現的納粹照片一模一樣，不禁點了點頭。

「我想，我見過它的……遺體。」

羅德收回了目光，輪椅繼續不緊不慢地前進：「妳覺得它們是什麼？」

「我……」我一時語塞。「我不知道，但肯定不是人，也不是目前已知的任何一個物種。如果它們的發現被公之於眾，人類的歷史將會被改寫。」

「哼。」羅德對我的回答並不太滿意，他冷冷地從牙縫裡擠出幾個字。「為什麼妳覺得它們不是人？」

我一下被他問得一愣。誠然，拿菲利雖然和人類長得有些許相似，但前者生活在未知的地底世界，體型巨大，通體烏黑，還有著超長待機的生命，以至於那些喪心病狂的科學家利用它的細胞開發了MK-57，還製造了章魚雅典娜和四十三這樣的怪物，無論從哪方面來說，它們也不可能是人呀。

羅德好像猜出了我心中所想，他隨手往地下一指——輪椅旁邊跟著的是他飼養的獵犬。

「這只是塞爾德，純種吉娃娃，體重不過五磅，」他一邊說，一邊從輪椅一側拿出了兩片薄薄的肉扔向空中。頓時我身後另一隻像小馬駒一樣的狗衝上來，在肉片掉地之前吞進了喉嚨。

「而這一隻大丹犬，是世界上最大的狗種之一，體重達一二〇磅。這兩種狗的體重差了十多倍，無論從外形、體力還是敏捷度來說，都天差地別，可它們是同一個物種，擁有一樣的DNA庫，甚至能交配。而我們總是被表像所迷惑。」

羅德摸了摸身上的毛毯，他的聲音很小，卻在狹窄的走廊裡格外清晰：「我手下有世界頂尖的科學家，他們通過常年的研究和比對，得出的結論是，拿菲利就是『人』。它們是一種比我們所知的『智人』更古老的人類，它們比我們進化得更好，生命更長久，也創造過先進的文明，卻因為某種原因被遺棄了。在三疊紀之前它們迅速滅亡，就像恐龍一樣，只剩下極少數倖存者生活在香巴拉。在這場浩劫之後，人類——也就是智人迅速崛起了。我們繼承了拿菲利人的DNA，卻缺失了它們最先進的基因鏈——長久的壽命和迅速的自愈能力。新一代的『智人』身體脆弱，一場感冒就能要了性命；生命短暫，所謂長壽也不過區區幾十年——從任何一個角度來看，我們都不如拿菲利人完美。諷刺的是，這樣的我們倖存下來，在地面上開枝散葉，直到現在。」

「可是⋯⋯這說不過去啊。」我歪著頭想了想高中生物。「吉娃娃和大丹犬雖然是同一個物種，但它們是同時存在的，只是因為地域環境不同而朝著兩個方向進化出了不同的體型。可照你所說，拿菲利和人類是一種從屬關係，我們『繼承』了拿菲利的基因，那我們的基因不是應該變得越來越優秀嗎？怎麼還會比它們差這麼多，反而朝著退化的方向演變呢？」

「妳問到點子上了，孩子。」羅德微微點頭。「按照自然演化的規律，人類的退化確實無法說通——但妳可曾想過，這一切並不是物競天擇，而是有另一隻更巨大的手在背後刻意操縱的呢？」

「更巨大的手……是什麼？」

「它是一切生命的造物主，是我們所說的『神』——雖然我本人並不喜歡這個稱呼。」羅德說著，停住了輪椅，他指向走廊一側的玻璃櫃，一顆看起來十分殘破的人類頭骨躺在裡面。

「一九九一年，我在倫敦蘇富比拍賣行用四百萬英鎊競得，目前已知最早的『智人』頭骨，距離現在二十萬年。而另一顆——」

我順著他指的方向看去，只見在人類頭骨的不遠處有另一顆頭蓋骨化石，看起來不但比前者小了不少，而且更扁更窄。

「這一顆，則是一百萬年前的南方古猿頭蓋骨化石，我們現在常說的人類祖先。」

我有點迷惑，不知道他究竟想要說什麼。

「我是一個凡事只相信證據的人，任何一個聽起來合乎邏輯的推論，只要中間的一個細小環節出現差錯，就能被輕易全盤推翻。我從三十多歲起，就開始在考古界收集南方古猿和早期人類的頭蓋骨碎片。我唯一的目的，是找到這兩者之間的聯繫——哪怕是一片能證明南方古猿在逐漸變成人類的頭骨證據。」

說著，羅德自嘲地笑了兩聲。

「很可惜，我收集了幾千個樣本，得到的結論是，在這幾百萬年間，南方古猿沒有出現任何朝著人類進化的痕跡，直到現在，它們的後代還同倭黑猩猩和長臂猿一樣，在森林裡上躥下跳，沒有出現一絲複雜的思維和情感。」

我回頭朝來時路看去，在那個大金絲籠的第二層，那隻一身紅毛的猩猩還抓著鐵絲網，一臉挑釁地看著我。

「如果自然演化論是正確的，為什麼這些靈長類直到今天還被關在動物園裡，而不是都進化成人類？這個推論聽起來非常完美，卻缺少了證據鏈上最重要的一環，而真相恰恰相反——人類這種生物，是突然出現在世界上的，無論是缺失的基因鏈，還是幸運的繁衍不息，都是有預謀的，我們是『被創造』的。」

羅德說完，操縱著輪椅向前駛去。

餐廳的風格沿襲了前廳，並沒有什麼繁複的裝潢，牆上僅有的掛飾是幾張印象派早期的風景畫。巨大的實木桌子上放著三組銀質燭臺，和餐具交相呼應。

我的第一道菜是黑鬆露燴小牛肝，而羅德只能喝一種看起來是蔬菜打的綠色糊糊，配餐碗裡放著六、七種藥丸。他用手指掐起來其中一顆塞進嘴裡，又喝了一口糊糊，隨即猛烈地咳嗽起來，然後一口濃痰吐了出來，祕書忙在旁邊小心地幫他順氣。

我頓時食欲全無。

這樣活著很痛苦吧，我心想，即使擁有全世界的財富，也不過和世界上任何一個上了年紀的老人沒有區別，換成我，也許也會傾其所有尋找永生。

「不合胃口？」羅德漱完口，清了清嗓子問我。

「呃，我不是很餓。」

「嚇到妳了吧？」他擦了擦嘴。「有時候情況會更糟。」

「你有沒有想過，如果你得到了永生，卻要像現在這樣活著，難道不也是一種痛苦嗎？」

我還沒說完就意識到自己說錯話了，真是腦袋被驢踢了，哪壺不開提哪壺！頓時我悔得腸子都青了。

沒想到，羅德愣了一秒，突然爆發出一陣笑聲，他沙啞的嗓音頓時充斥著整個餐廳。

「妳覺得我做的這些，只是為了能活得更長一點？哈哈——」

他說著，露出一絲狡黠：「對我來說，永生早就唾手可得。」

「什麼是永生？」沉靜的客廳裡，回蕩著羅德乾巴巴的聲音。「呵呵，我知道無論妳還是妳的阿姨，看到我這具殘破的軀殼和醜陋的樣貌，都會篤定我所做的一切皆因我不想死。永生對於大部分平凡人而言，是遙不可及的夢。」

羅德拖長了最後一句話的尾音，饒有意味地頓了頓。

「但對我而言，永生是什麼，就要看死亡怎麼定義了。」

怎麼定義死亡？

我的腦海裡浮現出一句中國的古話：閻王讓你三更死，誰敢留你到五更。

命運無常，半點不由人。生和死，這兩個詞無論在中西方的歷史裡，都蒙上了一層濃濃的宿命感。西方的死神是一個騎著白馬、手持鐮刀的斗篷骷髏，它的工作絕不因為活人的喜怒而被左右，無論如何祈禱、如何哀求，它都會在時間來臨時一刀戳破你的咽喉，猝不及防，不可避免。

生命短暫，唯有死亡永恆。

羅德向身後的祕書招了招手，她走到我身邊，拿起水晶酒壺。

「謝謝，我不喝酒。」

「妳可以叫我莎莎。」她露出職業性的微笑。「羅德先生在一九九九年收購了羅斯林研究中心，並雇用了維倫生物團隊的所有科學家。如今，他們已經為賢者之石工作五個年頭了。」

「什麼……什麼研究中心？」我有點疑惑。

「羅斯林研究中心。」莎莎掩嘴一笑，綽約多姿，一瞬間美得連我都覺得晃眼睛。

「或許我這樣說您會更熟悉——一九九六年全球第一隻成功的複製羊桃莉就是羅斯

林研究中心複製的。而維倫生物則是全世界最頂尖的器官移植團隊。雖然現在複製生物還屬於法律的灰色地帶，但我們的人體複製和大腦移植技術已經十分成熟了。」

我盯著眼前銀質餐盤上的肉塊，暗紅色的生血從表面煎熟的牛肝內部流出來，粘在叉子上，和脂肪凝成一團，頓時我一陣反胃。

人體複製和大腦移植——怪不得羅德問我怎麼定義死亡！

如果原始肉體的腐朽相當於死亡的話，所有人都難逃一死。但控制我們整個身體包括思考的器官只有一個，不是脾胃，不是手腳，而是大腦。只要羅德的大腦不死，那麼他在一次又一次替換新肉體的過程中，就相當於永生了！

「可是……大腦移植應該風險很大吧？」我結結巴巴地問道。

莎莎並沒有回答我，她微笑著放下酒壺，緩緩解開她脖子上圍繞著的那條淡藍色絲巾。我看到她的頸部有一圈深紅色的縫合痕跡，儘管已經蓋了厚厚的一層遮瑕霜，仍然觸目驚心。

「你……的頭……」我驚訝得合不攏嘴。

「我曾經是一名情報員，在沙烏地戰場遭遇了自殺式襲擊，頸部以下的身體嚴重燒傷，四肢完全鈣化。而我現在的這具身體，來自一名罹患腦血栓的芭蕾舞演員。」

我終於明白羅德為什麼把她留在身邊了。她就是這項技術成功的鐵證。

「妳無須懷疑我們的技術，連汪舒月都不曾懷疑過——在妳母親蒙難之時，汪舒月第一個想到的就是聯繫我們。她知道，這個世界上除了賢者之石的醫療技術，沒人能救她。」

我頹然地跌坐在凳子上：「既然你已經擁有了永生的科技，為什麼還要尋找香巴拉的入口？」

「砰」的一聲！羅德的拳頭砸在桌子上，銀質餐具劈裡啪啦地掉在地上，我倒吸一口冷氣。

「因為我不喜歡當一個被操縱的木偶，我要拿到主導權。」

「羅德先生剛剛已經提到過了，人類的基因很大可能來自拿菲利人，但相較於它們，我們的基因有著嚴重缺失。」莎莎拿起圍巾，優雅地在脖子上系出一隻蝴蝶結。「不完整的基因鏈讓我們的壽命和身體機能都不如我們的祖先。隨著研究的深入，我們發現包括人類和拿菲利人在內，地球上至少存在過三種以上的類人文明的物種。它們的出現和消失都十分突然，並不是自然演化的結果，反而像是在實驗室裡通過強大的科技培養改造的——我們姑且把實驗室的主人稱為神吧。羅德先生希望能夠解決的問題是，神的目的是什麼？它為什麼要摧毀拿菲利人，又創造了人類？」

莎莎頓了頓，站直了身體，一字一頓地說：「如果有一天神再次出現，它會不會毀滅人類，再創造另一個物種？」

「我明白了……你害怕的是，即使現在獲得了永生，一旦某天『神』再次出現，它會不分青紅皂白地把人類毀滅，把你擁有的一切全部剝奪。你之所以要尋找香巴拉……」我喉嚨一陣發緊，有點說不下去。「是為了摧毀它……」

「我相信，香巴拉就是神和人類乃至這顆星球建立連接的地方。」羅德接過我的話。「我要摧毀舊神，才能成為新神。」

我看著桌子對面這個蜷縮在輪椅裡的人，他大膽到近乎瘋狂的想法讓我不寒而慄。

「你憑什麼有這種自信……」我喃喃地問。「你憑什麼覺得你能夠戰勝神？」

「妳養過狗嗎？」羅德抬起跟朽木一樣的手，摸了摸身邊的大丹犬。那隻狗乖巧地坐在地上，比餐桌還要高出大半截兒。

「服從是我們從狗兒小時候開始的教育，但不是它們的天性。換句話說，你養育它們，它們敬畏你，但不代表它們不能一口咬斷你的咽喉。」

儘管後面又上了幾盤菜，但我已經沒有胃口再吃下去。

「你為什麼要救我？」離席的時候，我問。

既然羅德的目的不是石頭，我想不出他還能從我身上得到什麼。在這個世界頂級大富豪的眼中，我們都不過是隻螻蟻而已，他完全沒必要救我甚至告訴我這麼多。

「因為我欠妳的，這次就當我還了一個人情。」他頓了頓，像想起來什麼似的。「我能救妳一次，卻不是每次都能救妳。」

我的心顫了一下，我想起來M對我說的話。我的生命只剩下不到兩個月了。

「給妳一個提示。」羅德從輪椅裡抬起頭，指了指自己的腦袋。「答案在妳的回憶裡。」

「我的回憶裡？什麼意思？」

「我能說的就這麼多了。妳走吧。」說完，他像耗盡力氣一樣，打了個手勢讓莎莎送客，就虛弱地縮回了他的王座。

我在莎莎的帶領下走了幾步，仍然忍不住回過頭問：「你讓我專程來見你，就是要告訴我這些？」

「是妳讓我告訴你的。」

我懷疑自己的耳朵出了什麼問題，我肯定聽錯了：「我從來沒見過你，也不認識你……」

「是的，妳從來沒見過我，我認識妳的時候妳已經長大了。」

羅德認識我的時候，我已經長大了？我反覆把這句話在心裡讀了幾次，這是一個邏輯錯誤的病句，他如果以前認識我，那我應該年紀很小才對，怎麼可能是大人？我疑惑地看著羅德，但我看不清他的表情，燭影搖曳，他和他的輪椅已經退進了黑暗中，只剩下聲音回蕩在我的耳邊。

我唯一能想到的解釋，就是他太老了，和所有老人一樣糊塗，說話前言不搭後語。

「這邊請。」莎莎領著我向來時的路走去。

我們一路穿過前廳，清水的車已經候在門口。

「希望你沒有被老闆嚇到。」莎莎打開門。

我發現她並沒有像早前一樣稱呼他為「羅德先生」，只是簡單粗暴的叫作「老闆」。

「有時候連我也不太理解他的話。」莎莎又露出了那個標誌性的禮貌微笑，倒讓我感到她在刻意地討好我一樣。

「我……還好。」一時間我也不知道該怎麼回應，只好小聲嘟囔著。

「汪舒月還活著，她很好，妳不必擔心。」

莎莎不緊不慢的一句話，像是平地驚雷，我抬起頭驚訝地看著她。

「這條情報，是見面禮。」說著，她把一張黑色的名片迅速塞進我的手裡，同時用只有我們兩個人才能聽見的聲音說。「妳會需要我的。」

在回家的途中，我坐在車裡想著羅德的話。

如果人類真的是被「創造」的，那麼創造者的目的是什麼？

我想起了上帝創造亞當、夏娃，女媧用黏土造人，埃及天神阿圖姆把眼淚變成了人……這些神話裡對人類被創造的過程有著詳盡的描述，卻忽略了人類被創造的原因。

是為了彰顯神的愛，還是它的恩賜？

古往今來，我們用自己的思想去揣度神的思想，卻忽略了不同維度和智力的生物根本無法互相理解的事實，正如螞蟻無法理解大象的遷徙，動物園裡的猩猩無法理解人類向它扔香蕉一樣。

當人們每個週末坐到教堂裡向神祈禱的時候，是否想過，連人類自己都無法做到的仁慈和公正，卻為什麼會固執地相信神能做到，甚至認為那是理所當然的？

我找不到答案。

家門剛打開，沙耶加和達爾文就急匆匆圍了上來，確定我沒事之後長舒了一口氣，但我明顯感覺到他們看著我的眼神透露著某種疑惑。

「中尉，妳真的說對了。」就在這時，迪克在客廳裡向我吼道。

「說對了什麼？」

「犯人真的是『唐老鴨』！」他激動地說。「妳究竟是怎麼知道的？」

我一下沒反應過來，只聽見客廳裡的電視還在發出新聞播報聲，媒體圍繞著下午的那場「恐怖襲擊」展開各種詳盡的報導。那個吞槍的中東科學家像是一顆原子彈，把美國在伊拉克戰場的輿論炸向史無前例的高峰。

經過下午到晚上的短短數小時，無孔不入的記者已經挖到了關於這名伊朗人的一切資訊——喬伊・穆罕默德・哈達坦，三十一歲。爸爸是伊朗人，媽媽則來自伊拉克。他十二歲時全家移民到美國，他以優異的成績從史丹佛大學畢業，曾就職於州政府的生物防疫實驗室，現任國家科學院的生物研究助理。

新聞直播上使用的照片，是他和同事生日聚會上的照片，彼時的他戴著紙殼禮帽，手裡捧著巧克力蛋糕和大夥打鬧在一起，笑得很開心。

「我真的難以置信……他不是個壞人，嗚嗚。」喬伊的鄰居站在高檔社區的柵欄外，抱著兩隻狗哭泣著，臉上被打了馬賽克。「他一週前和妻子剛離婚，當時她還懷著孕，我們都很不理解。夜裡總能看見他開著燈在客廳踱步……」

「暫時無可奉告。」國家科學院的高官用西裝遮著頭，一邊快速走上臺階一邊用手擋開話筒。

「潘朵拉菌株是你們研發的嗎？用途是什麼？」一個記者問道。

「我們稍後會有發布會。」

「它真的是用以攻打伊拉克的生化武器嗎？」

「無可奉告，謝謝。」

……

「喬伊・穆罕默德・哈達坦是個不折不扣的恐怖分子……」另一邊，員警總署的發言人還沒有說完開場白，人群裡就有幾個爛雞蛋砸到他頭上。

「騙子！都是騙子！你們違反了《禁止生化武器公約》，你們欺騙了民眾！」台下的反戰分子叫囂著。「美國政府就是最大的騙局！我為你們感到羞恥！」

「美國自己生產了害人的惡魔。」

「美利堅，我們不再信任你！」

「你的暴行最終傷害到了你的子民！」

……

喬伊，這個軍方實驗室裡的研究人員，把極度危險的炭疽偷出實驗室，間接導致了紐約遊行中的大量市民死亡——光是這一個罪名，用美國的任何一條法律來判決，喬伊都是徹頭徹尾的恐怖分子。

可最諷刺、最反轉的事情出現了，喬伊交出來的炭疽不是其他國家的生化武器，而是美軍自己研發的，準備打破國際公約、發動戰爭的生化武器。

喬伊甚至用自己的死證明了這一點，他死前所說的不想讓家鄉生靈塗炭的遺言，再次把國內輿論推向高峰。

「中尉，看這裡。」迪克說著，指了指達爾文的電腦，裡面正播著一條不太清楚的監控影片。

「這是紐約唐人街遊行區域的監控影片拍下來的，現在已經傳到影片網站上了，裡面拍到了病毒的爆發始末。你看這裡。」

順著迪克的手指，我隱隱約約看見一隻奇怪的唐老鴨正被幾個黑人推搡著踩在腳下。

「這個玩偶外套好奇怪呀……」沙耶加沉吟道。「跟迪士尼的不是完全一模一樣，我從來沒見過這種樣子的唐老鴨。」

「亞特蘭大的中國城也有很多這種法律擦邊球玩偶，蜘蛛人、超人、粉紅豹都做了外觀上的加工改良，又想吸引孩子，又不想交巨額版權稅，只有華人區有。」

突然，我看見其中一個黑人扯掉了「唐老鴨」的頭套扔在地上，裡面露出一張流著眼淚的絕望男人的臉，儘管他一而再再而三地求饒，那個黑人還是沒打算放過他。

「這個人叫丘福坤，英文名叫威廉，是個偷渡客。這段影片流出來之後不到半小時，他的資料就被貼到暗網上，連他在老家做過三年皮條客的歷史都被挖出來了。」

我盯著螢幕上丘福坤那張驚恐的臉，他似乎竭盡全力地說著什麼，可那群發狂的黑人根本不聽。他們把威廉的頭按在下水道排水口上，還朝著他頭上撒尿。

然後，其中一個人掏出槍，塞在丘福坤的嘴裡。

就在這時，被踩在腳底的丘福坤，哆哆嗦嗦地從口袋裡猛地掏出一瓶什麼東西，砸向舉著槍的人。他的突然攻擊顯然在那人的意料之外，沒有來得及躲閃，那東西就直接地落在了對方的臉上。

可怕的一幕發生了，瓶裡散落出的黑色粉末像孢子一樣迅速在空氣中蔓延，變成了一小團黑霧。那個黑人還沒反應過來，臉上的肉就像融雪似的大片大片剝落。

「這就是……潘朵拉菌株嗎？」

迪克在一邊點了點頭：「看起來，似乎可以通過空氣傳染。」

那個被感染者身邊的幾個同夥驚呆了，其中一個離得近的剛想逃跑，卻也立刻吸入了黑霧。他雙手摳著咽喉，猛烈地咳嗽著，一邊大叫一邊衝進旁邊示威的人群。

不到幾分鐘，病毒就迅速在人群中擴散開來，前一分鐘還在叫囂著的示威群眾，瞬間被捲入了潘朵拉菌株的噩夢。一些人開始脫衣服，更多的人用手拚命地撓著暴露在空氣中的皮膚。從皮膚變黑潰爛，到呼吸困難，最後衰竭倒地不過幾分鐘的時間。人們大喊著四散而逃，頓時亂成一鍋粥——開槍的、踩人的、哭喊的，一時間，恍如末日降臨。

「所以，喬伊把潘朵拉菌株交給了丘福坤？」

達爾文搖了搖頭：「丘福坤的住址也被人挖出來了，他到美國後就一直住在唐人街的春天大酒店。說是大酒店，其實就是給偷渡客和打工仔住的一種隔間旅館……」他邊說邊按下影片暫停鍵。

「像他這種底層華工，是接觸不到喬伊那種尖端科研人士的，他們根本不是一個世界的人。」駱川攤了攤手。「他們一定是通過某個人傳遞炭疽菌株的。」

「會不會這個人，就是喬伊臨死前說的『他』？」

「你們覺得丘福坤知不知道那個瓶子裡裝的是致命生化武器？」

「當然知道了！如果不知道，他為什麼要用那個瓶子扔對方？」

「不……我覺得他不知道。」達爾文想了想，又把影片倒回「唐老鴨」被打的時間碼上。「丘福坤被這群人折磨了整整五分鐘，如果他知道自己手裡握著的是反人類的生化武器，他還會等待自己被對方打得要死的時候才採取行動嗎？你們再看這裡——」

達爾文拖動進度條，影片記錄了丘福坤看著對方的臉皮被炭疽侵蝕時那一瞬間的表情。

「你們覺得，他的心理活動是什麼？」

「我覺得，他看起來……好像受驚了。」沙耶加歪著腦袋看了半天。

「我也覺得，他受到了驚嚇，似乎這個結果和他預料的不同。然後，迅速地，他也被感染了。」

「他死了嗎？」

達爾文點點頭：「正因為他距離病毒菌株很近，整個人都爛成水了，所以最初的調查沒有鎖定到他身上。」

「其實丘福坤知不知道瓶子裡裝的什麼不是重點，重點是，把菌株給他的人，怎麼會這麼確定他會在遊行當天出現在現場，還會被暴徒襲擊，最後還要被逼吞槍？」

「也許只是巧合——」

迪克還沒說完，我就打斷了他：「這個世界上沒有巧合，上帝不擲骰子……」

等等！我就像被人狠狠從後面掄了一錘。

「上帝不擲骰子」這句話，是M跟我說的！她曾經就在我面前，精確地計算到了未來發生的必然事件！

「不可能！怎麼會是她……」沙耶加捂住了嘴巴。

我盯著飄滿雪花的電腦螢幕，釋放病毒的唐老鴨，預言未來的先知，一邊說著末日審判來臨、一邊吞槍自殺的科學家……

這一切於我是那麼熟悉，我究竟在哪裡見過？

九月十六日

徐子清站在廚房裡。

六十六平方公尺的職工分配房，原來的廚房才不到五平方公尺，跟陽臺打通後才顯得大一點。

水龍頭沒關，裡面扔著幾隻沒刷的碗。灶臺上堆著香菜、大蔥、八角、花椒、老抽和乾麵醬，都是去腥的香料。

五月中，反常的回南天。

按理這個季節應該已經入夏了，但牆面仍潮得快要浸出水來。透過狹窄的防盜網，能看見陰霾的天空一角，雨壓在天上始終沒下來，沒有一絲風，悶熱無比。

徐子清擦了擦額頭上的汗，盯著那隻他從沒見過的動物。

體型和貓差不多大，後腿側的毛掉了大片，露出暗紅色的皮肉，蜷縮著身體，被鎖在一隻和捕鼠箱差不多大的鐵絲網籠子裡，瑟瑟發抖。

它也盯著徐子清看，兩顆豆子大的眼睛裡充滿了警惕和恐懼。徐子清注意到它的鼻梁和兩頰，各有一道白毛。

「模考的成績出來沒？你爸呢？怎麼他沒去接你嗎？」

一個中年婦女拎著兩袋米，一臉大汗地從外面進來。

「唔，」徐子清應了一聲。「媽，這只是什麼？」

「花面狸，活血的，補氣補腦，你還有兩週就高考了，你爸下的血本。」

徐媽把米放在桌上，又故作神祕地說：「今天下午你爸和我去買，不到十分鐘全脫銷呀。嘖嘖，你是沒看到，馬囡她媽——你記得吧，五棟那個阿姨——」

徐媽誇張地豎起三根手指：「三隻！」

徐子清皺了皺眉頭，掐住鼻子：「好大一股臭味……」

「衰仔，你懂什麼……」徐媽這才突然想起什麼似的。「不要轉移話題，成績出來怎麼樣？」

「英文高了十二分，但總分比一模低……」

徐子清越說聲音越小，他把目光瞥向牆角的那隻動物，不敢看徐媽失望的表情。

「唉。」沒有想像中的責罵，徐媽只是片刻後歎了一口氣。

「小時候你好精靈，年年課代表，初二還是副班長……」徐媽拉了張凳子，坐在餐桌旁邊。

家長會老師講過，考前不要給孩子們太多壓力，徐媽努力表現得並不太在乎，可她的口吻讓徐子清覺得肩膀上的壓力有千斤重。

「低過一模，那一本就危險了。」

「還有半個月。」徐子清低著頭，不知道是說給徐媽聽，還是說給自己聽。

「是，還有半個月，」徐媽強打起精神，附和著說。「張老師都說你是上一本的料，只是這幾個月不在狀態。你看你，精神萎靡，人都瘦得脫形了，真可憐，定是元神渙散，那個詞叫什麼來著……五行相克，陰陽失調！你總是日夜顛倒，就是陰陽不調，吳大師說得沒錯的啦，這時就要補氣血，以毒攻毒。」

「吳大師？」

徐子清剛問出口，就注意到桌上放著一張紅通通的宣傳單——吳道仁養生講座，中華中醫科學院榮譽博士教你「吃」出健康。

其中那個巨大的「吃」字在日光燈底下，反著白慘慘的光。

「媽，妳不會信這些江湖郎中吧？」徐子清咂吧咂吧嘴，胃裡有點難受。

「衰仔，什麼叫江湖郎中呀！吳大師是養生專家呢，省電視臺都有報導，都是給領導人看病的，他的頭銜都有新華字典那麼厚啦。一次講座要三百塊，你爸和我為了你專門去聽，真金白銀交給人家的！不是為了你，我們怎麼可能花這麼多錢。你爸連十塊錢以上的煙都不捨得買，日日抽『中南海』，還不是希望你有出息？」

難道考上大學才叫有出息嗎？

徐子清最終把這句話吞了下去，他不想引發無謂的爭吵，不想讓自己看起來大逆不道。

如果不考大學，還能去幹什麼呢？

他也不知道，這種感覺讓他窒息。

「先去複習，飯好了叫你。」

臨走出廚房之前，他看了一眼角落裡的那隻花面狸，心頭剛湧現的那一點同情，轉瞬就被考試的壓力淹沒。高三後每個人都像上了發條的鬧鐘，機械地重複三件事：早上抄重點，下午模擬考，晚上補習班。除了黑板旁邊的倒計時，一切都是一成不變的，就像指標精確地走過每一個數字——沒有自我，沒有風花雪月，所有和考試無關的情感都是多餘的，是不務正業的體現。

他回到他的小屋裡，鎖上門。

不大的房間裡，除了一張折疊床，地上和桌子上都被試卷占據著。從全國統考卷、往年高考卷，到每個省每個市的模擬卷，每一份徐子清都做過。他嘗試著像老師嘴裡的優等生一樣，做完每一道題，紅筆修訂寫在一邊，螢光筆重點畫在另一邊，同類型的題目抄在一起，名人名言和引用收集在筆記本上……可是他知道，這些都不是他主動想做的，他的興趣不在這裡，他只是一個為了讓父母高興的優秀的模仿者。

他在模仿別人眼裡的「成功」、「好學」和「優秀」。

牆上貼著一堆省一線大學的招生簡章，徐子清不知道他媽從哪裡搞來的，其中省內的A大的介紹最多——他知道，那是老媽對他的寄望。

「學金融管理多好呀，畢業出來可以做投資，國際市場也不錯，這些專業有前途！你看陳伯的女兒，外企員工賺大錢啦！還有鐘姨的兒子，證券交易所實習呀，他媽出門都比我們風光，鼻孔朝天……」

所以我是誰呢？我又會成為誰？

徐子清一把扯下A大的宣傳單，揉成了一團扔進垃圾桶。看著光禿禿的牆面，他感覺舒服多了。

「吱——」

一聲慘絕人寰的尖叫，徐子清聽到那隻小動物在瘋狂地撓著籠子，過了整整一分鐘，才沒了動靜。

徐媽推門進來，徐子清條件反射般地用身體擋住了牆。

「阿媽給你拿腦子燉湯，補腦呀，肉也燉上，帶點去晚自習。我和你爸把內臟蒸一蒸，不要浪費。」

「哦。」

徐媽輕輕關上門，外面傳來她壓抑的咳嗽聲。

徐子清沉默了一會兒，從垃圾桶裡撿出那張揉成一團的紙，慢慢地攤平，歎了口氣，貼回了牆上。

徐爸此時正在職工樓外面的葡萄架下，跟同住一個大院的家長們交換著「養生心得」。

「不會是皮膚感染吧？」一個中年婦女小聲嘀咕道。

「當然不是啦，我去問過，」袁叔撩開袖子，只見他的手臂上浮現出一塊黑斑。

「人家說，這是毒素從皮膚上排出來啦。講真我開始還有一點怕，這幾天一直沒力氣，又有些喘，但是人家吳大師說，這是排毒的必經過程，過段時間就會好。喀喀，說來也神奇，我的失眠卻好了，一覺睡到天光光。」

徐爸也跟著眾人一起湊上去看了看，又摸了摸，他跟袁叔平常講不上兩句，也是因為養生講座才熟絡起來。

「『新陳代謝儀』一套一萬多，加上熱敷中藥，我女兒以前天天四肢發冷，跑兩步就頭暈，現在完全好啦！」說話的是三棟的關姨，徐爸認識她，她女兒陳婕和自己兒子同班，也是今年高考。

「有沒有這麼神奇呀？」徐爸啐了一口，他腦子裡想的卻是剛剛從講座會上買的花面狸，如果吳大師的養生儀器有用，那補腦活血肯定也是真的。

「這麼貴一套，肯定也有幾分用。」想到這裡，他補了一句。

「不靈？不靈你還給你兒子買花面狸？」關姨笑了一聲。「吳大師說，這次益街坊呀，都是野生的，野生的才有靈氣。」

「妳買了沒？」

關姨神祕地豎起五根手指，又迅速收了回去。

「難怪妳女兒能做班長啦，有個這麼捨得花錢的媽！」徐爸帶著揶揄的口吻。「聽班主任說，婕女再衝一下，清華、北大都不是沒可能。」

「也不全是我養得好，她又乖又懂事。」關姨臉上掩飾不住一陣自豪，笑著抿抿嘴。「報學校呢，還是保守些好，你都知道啦，婕女身體弱，去到北方怎麼受得了冷呀，留在身邊多好。」

「話說回來，我今天也起疹子了，嗓子又痛。」闞姨一邊說一邊扯了扯褲腿，露出半隻腳，上面有著星星點點的黑斑。

「應該也是開始排毒了。」

……

「媽，我趕著回學校，晚修快開始了。」徐子清把頭探進廚房，一陣油煙滾滾，徐媽在鍋裡翻炒著什麼。

「等兩分鐘，媽給你打進飯盒，帶回去吃，晚上回來吃就不新鮮了，腥。」徐媽邊說著邊彎下腰找飯盒。

「吃這些有什麼用。」徐子清小聲說了一句，還是被徐爸聽見了。

徐爸推了推眼鏡：「寧可信其有！今天聽吳大師說，古代有藥聖葛洪，拿瘋狗的腦髓給人做藥引治病，竟然也痊癒了。中醫理論博大精深，我以前在農村插隊，也聽過用中醫治好癌症病人。」

「我看，你是被那個吳道仁洗腦了。」

「胡說八道什麼呀你，」徐爸敲了一下兒子後腦。「你要是能像婕女那樣懂事就好了。」

陳婕——這個名字像一顆石子，在徐子清心裡濺起了漣漪。

他少有地沒再反駁，而是默默接過了徐媽遞過來的飯盒。

「乖啦，記得趁熱食。」

「嘿！」一個清脆的聲音在徐子清身後響起。「黃花崗起義第一槍是誰開的？」

「宋……宋教仁？」

「你傻啦，我前兩天才跟你一起複習過，又忘記了。」陳婕噘起小嘴。「是黃興啦。」

「第一槍算什麼？你知道黃花崗起義的第二槍是誰開的？」

陳婕一愣，水汪汪的大眼睛盯著徐子清。

「你知道？」

「我不但知道第二槍是誰開的，我還知道第三槍是誰開的呢！」

「我才不信你，」陳婕推了徐子清一把。「那你說說看。」

「都是黃興開的啊，他連開三槍，揭開了黃花崗起義的序幕……」

「你要賴——」陳婕笑的時候會露出兩顆小虎牙。「臭小子，你還是背下來了嘛。」

他當然記得，他只想逗她笑。

「我二模這個鬼樣子，怕是再努力也沒辦法跟妳一個學校了。」

兩個人肩並著肩在路燈下走著，陳婕沉默了一會兒，突然抬起頭：「那我就不報北大了，我要留在省裡，跟你在一起，反正我覺得我也考不上。」

「別犯傻，我們都知道妳能考上，妳正常發揮絕對行的。」徐子清撓撓頭。「我想好了，妳去哪兒我去哪兒。我查了北京周邊，也有好多二本，再不行我就去『新東方烹飪學校』唄。以後妳畢業成了女強人，我就在家給妳拖地打掃衛生，養孩子餵狗。」

「呸！」陳婕扭頭看周圍沒人，輕輕握住徐子清的手。

他們在一起兩年了。徐子清一直很淡定，他能感受到，眼前這個女孩早就把心交給他了。

「把這個吃了，」他遞給她一個飯盒。「我補了也沒用，留給最需要的人。」

「不會又是那個吧，」陳婕聽話地打開飯盒，卻皺了皺眉頭。「我媽今天已經塞給我吃了好多塊了。」

「我媽廚藝比妳媽好。」

兩人上了公車，陳婕坐下來，捏了一塊放到鼻子邊上嗅了嗅：「聞起來是不錯。」

「趁熱，我媽說涼了會腥。」

晚自習，每個人桌面都堆了幾疊厚書，沒人說話，即使偶爾有聲音，也是耳機裡傳出來的英文聽力。

「我媽說今天看到你爸了，」前桌的袁錦鵬轉過頭來賊眉鼠眼地擠弄著。「那個什麼大師的座談會——你媽給你做了沒有？」

「你媽也去了？」

「拜託，現在老人對這個養生大師已經達到集體崇拜的地步了，好嗎？誰不茶餘飯後討論一下，那就是沒文化、沒品位的象徵，老頭老太太有他們自己的圈子。」

「我沒吃，唉，反正我吃了也沒用。」

「我是不信，但我覺得養生大師每次賣的東西都很好吃，花面狸其實最好是白切，我人生的興趣都在吃上了。」

說著，袁錦鵬從書包裡掏出一瓶藍色塑膠瓶往嘴裡灌：「就連他賣的這個補腦液，都比紅牛好喝。」

徐子清正想跟他打趣，沒想到袁錦鵬一張嘴，哇的一聲就吐了出來。

「你妹呀，我的書——」

徐子清還沒說完，就看見地上的嘔吐物裡，除了藍色的補腦液，更多的是暗紅色凝成塊狀的血液。

那些液體發出一股熟悉的腥臭，徐子清一時想不起在哪裡聞到過。

「你沒事吧？」他扶起袁錦鵬，發現後者的身體異常燥熱。袁錦鵬抬起頭有氣無力地看了看徐子清：「我頭好暈……」

徐子清清楚楚地看見，袁錦鵬的臉上有一大塊黑斑，以肉眼可見的速度迅速蔓延開來。

教室裡頓時哀號迭起，靠窗的成東、物理課代表陳以諾，和最後一排的俞學博都不約而同地出現了同樣的症狀。他們連話都來不及說，就開始止不住地嘔吐，最後癱倒在座位上。

亂了，全亂了，教室裡的人都受不了味道往外跑，一時間尖叫聲此起彼伏。

徐子清扶著袁錦鵬走了兩步，對方卻嚷嚷著肚子疼，一屁股坐在地上起不來了。

猛地，徐子清想起了這個味道——這就是他今天下午在廚房聞到的花面狸散發出的味道！

下一秒，他慌亂地在推擠的同學中尋找著陳婕的身影，可她的座位上空空如也。

「見到班長了嗎？」

「見到班長了嗎!?」

「她……她剛才好像就不舒服，去廁所了。」

徐子清拔腿就往女廁所跑，還沒跑到門口，就看見那個熟悉的身影躺在一片血汙和嘔吐物中。

她的四肢下意識地抽搐著，人已經休克了。

她沒來得及向他說一句話。

「來人哪！叫救護車啊！」

徐子清聲嘶力竭，在漆黑的夜裡，沒有人回答。

第九章　表白

迪克這兩天精神狀態不好。

見完羅德後，清水隔天又來了一次，交給我們一隻小箱子，裡面有四隻密封塑膠瓶，打開後裡面全是一顆顆藍色的膠囊。

「既然他答應保你們，就不會讓任何一個人出狀況。」

這是清水的解釋。

本來這是一件值得高興的事情，四大瓶膠囊，目測吃個一兩年沒問題。但迪克一點都開心不起來。箱子拿回來後就一直放在客廳，他連碰都沒碰過一下。

這兩天他努力表現得和正常人一樣，但臉上的虛汗和手抖是沒法瞞住的。我們都知道，如果他繼續不吃藥，MK-58的副作用就會導致他像上次那樣休克暈倒，隨時隨地都會有生命危險。

我半夜起來上廁所，偷聽到達爾文和他的對話。

「老兄，你最近怎麼了？」

「我很好。」說這句話的時候，迪克下意識地按住自己的手，眼神有些呆滯。

「你知道我在說什麼，」達爾文搖搖頭。「你幾乎沒吃藥……」

「我自己知道我的事！」迪克有點不耐煩地避開達爾文的目光。「可是我不想再吃了。」

「為什麼？是不是因為鹽礦那些事？」

……

迪克沒有回答，只是呆呆地看向遠方。

「你知道我從小很崇拜我爸爸，他是我的英雄。」

「我知道。」達爾文點了點頭。

「我從小夢想長大後成為像我老爸那樣的人，但我每天看到這些藍色的藥，就會想起阿什利鎮上的那些印第安人，就會想起實驗室裡的雅典娜，就會想起加里，想起霍克斯和M……所有人的悲劇，都是我爸造成的……」

達爾文拍了拍他的背：「那不是你爸一個人的錯。」

「我們都知道他在猶他州空軍基地的身分只是掩蓋，他很早就介入這個實驗了，從我出生起，甚至更早，想到這一切就讓我恐懼……我覺得噁心，卻還在享受著這個過錯製造出來的成果。」

「無論是你爸爸還是阿什利鎮的人，他們都死了，你唯一能做的就是好好活下去，去彌補之前……」

「我知道你要說什麼，」迪克打斷達爾文。「這些空虛的大道理，我聽了十六年，但我們都知道它不是真的。過錯彌補不了，死的人永遠死了，不會復活。他們死在我面前。」

良久，達爾文歎了口氣：「愛德華很愛你。」

迪克捏緊了手裡的藥瓶，又放下來。

「可我無法原諒他，」他抬起頭，眼眶發紅。「我每一天都在害怕，我最終會變成他。」

我聽到這裡，心也跟著一緊。

被親生父親摧毀了自己的信仰，如果不是設身處地，是很難理解迪克的這種心情的。就好像員警發現自己的至親偏偏是惡貫滿盈的強盜，法官發現被告席上的愛人真的有罪。一邊是親情一邊是信仰，沒有人可以在這座天平上找到平衡的支點，而一瞬間的傾斜能夠同時毀掉天平兩邊的東西。

而迪克連恨愛德華的機會都沒有了。他的父親在最後一刻為了救他，已經犧牲了。

「我知道你們都很關心我，但給我點空間，好嗎？」

迪克的聲音打破了沉默，他這句話不但是和達爾文說的，還是和躲在廚房的我和趴在門邊的沙耶加說的。

他的身體機能在這段時間發生了質的飛躍，不但能夠熟練操控隱身，連速度和感知力都提高了不少，雖然我和沙耶加都小心翼翼地沒有發出聲音，但他立刻發現了我們。

我想起章魚人約翰的體檢報告，心中隱隱不安，這一切超乎常人的能力似乎都在提醒著，那一場「突變」越來越近了。

一晚上翻來覆去還是睡不著，我爬起來走進洗衣房，從褲子口袋裡面摸出那個信封，裡面裝著約翰那塊冷冰冰的金屬姓名牌。

信封上的汗水已經乾了，變得很脆，那行潦草的字跡仍舊清晰可見——交給她。

「她」是誰呢？我拿著信封左翻右翻，直到在信封內側發現了一行地址。

「喬治亞州橡樹鎮六街十號。」

這不就是離我們學校不遠的地方嗎？我在心裡衡量了一下距離，如果走路，二十分鐘就可以到。

「妳怎麼在這裡？」達爾文的聲音在我背後響起。

「啊。」我才想到，也許是我穿過客廳的腳步聲驚動了他，從阿什利鎮回來之後，每個人的神經都很敏感。

「我睡不著。」我一邊說，一邊把那個信封遞給他。

「這個信封內側有個地址，我猜是約翰想把自己的姓名牌交到地址主人的手上……這會不會又是什麼陷阱？」

「把姓名牌交還給親屬，是美國軍隊的傳統之一，通常在士兵陣亡之後。」

「所以，這是約翰親人的地址？」

「他可能知道自己很難從鹽礦的實驗基地逃出來，所以才把這塊名牌用特殊的方式交給了妳。現在就看妳願不願意幫他去送了。」

我想起那個細長蒼白的身影，在黑暗中用奇怪的聲音低語著他曾經也有一個名字。

隨即，浮現在我腦海裡的，就是那場慘絕人寰的爆炸，約翰的身體在地底暗河中，被炸成一片一片，無聲地沉入水底。

「我送。」我輕聲說。

「我陪妳一起去吧，」達爾文看了一下手錶，快六點了。「聲音輕一點，別讓迪克聽到。」

我們都知道，如果讓迪克知道約翰的事，他就會立刻崩潰。

天剛濛濛亮，我們小心地掩上門，朝六街走去。

已經是深秋了，南方的秋天清晨總會下毛毛雨，小鎮被一片朦朧的雨霧包裹著，彌漫著一股淡淡的海水味。達爾文沒有說話，這讓我感到緊張。

我不應該單獨跟達爾文出來的，我突然有種預感，他要對我說什麼。

我們穿過街心公園的草場，草上沾滿了厚厚的露水，滲過鞋子浸濕了襪子，我感到腳趾一陣潮濕——就像心裡一樣。我開始情不自禁地用手指掰算著我剩下的壽命，也許兩個月，也許更少。

「你說，駱川說的話是真的嗎？」我沒話找話。「呃，我的意思是，他說他中彈了，但醒來又沒有彈孔……」

達爾文在前面一聲不吭地走著，沒有回答我。

我靠，太尷尬了。

「妳和張朋認識很久了吧？」又沉默了一陣，他問我。

什麼？為什麼突然問我和張朋？

我猶豫了一下：「我們初中有段時間是同班同學，我經常在漫畫店見到他，他也是日漫迷……」

這就是初三出國之前，我對張朋的唯一印象，我想不起來我們還有其他什麼交集。

「但張朋看妳的時候，我總有一種感覺，你們已經認識很久了，他把妳當成很重要的人。」達爾文突然站定，回頭深深地看了我一眼。

「啊？」這哪跟哪啊？我怎麼沒看出來？為啥突然說這個？什麼情況？我的大腦裡頓時蹦出一百個問號。

「妳是女生，應該比我感覺更敏銳。」

這句話說得讓我簡直無言以對，前半句「妳是女生」，講道理我確實是，但女生感覺是不是比男人更敏銳我真的不知道，反正我沒覺得張朋對我有什麼超出尋常的舉動——除了他掉下水之前救了我——但我覺得他只是出於朋友的情誼才這樣做。

但我現在要是說「我和張朋只是好朋友啦，我們不是電視劇裡演的那樣」，那我不就成「瑪麗蘇白蓮花」了嗎？

「唔……」這是一個很難回答的問題，我選擇不答。

「那妳喜歡張朋嗎？」

廢話！當然不喜歡啦！

老子的手張朋都沒摸過，倒是給你抓了幾次，我憤憤地想。可話剛到嘴邊，我突然想起我屈指可數的壽命。

我還能活多久啊，雖然對感情的事懵懵懂懂，但我也明白希望越大失望越大的道理。從阿什利鎮出來的時候，我就已經打定主意，不會開始這段感情，我不想傷害任何人，何必讓離別來得更痛苦。

看出我的躊躇，達爾文眼裡閃過一絲失望。但他似乎有點不甘心，又問了一次。

「妳喜歡他嗎？」

如果我回答我喜歡張朋，達爾文應該會徹底死心吧？

其實這樣也好，他沒必要把時間浪費在我這個快死的人身上，他會忘了我，找到更適合他的人。

「嗯。」我點了點頭。

我以前從來不知道，原來點一下頭可以這麼難，比做一百個俯臥撐還難，比做最難的奧數題還難。

隨即而來的是心裡悶悶的痛，說不上來什麼滋味，就像是吃了幾十記悶拳卻被要求不能吭聲，我突然感覺內心的一部分已經死掉了。

達爾文沒說話，我不敢看他的眼睛，就這樣束手無策地戳在原地。

「但他死了……」

「他是為了我死的，我覺得我再也不會喜歡別人了。」我打斷了他。

「當然……」過了好半晌，達爾文才慢吞吞地吐出兩個字。他迅速轉過身，也許跟我一樣，他不想讓我看到他的沮喪。

我們倆對這種事都沒經驗，一時間竟然不知道怎麼辦才好。達爾文加快了腳步，四周只剩下風的聲音。

我們還是朋友嗎？我很想問他，你還會陪在我身邊嗎？

話到嘴邊，卻變成了：「你還會繼續找M嗎？」

這是一個特別自私的問題，我知道如果沒有達爾文，我找到M的機會更加渺茫。按照達爾文的性格，這種事一定會置身事外，他雖然從來沒說過，但我有一種隱隱約約的預感，他是為了我才繼續尋找M的下落。

「我會找M是因為我把她當朋友，而不是因為妳，希望妳也不要自作多情。」達爾文的聲音和風一樣沒有溫度。

「當然。」我頓時漲紅了臉，羞恥得就像是自己給自己加戲的小丑一樣。儘管心裡超級難受，但我知道我沒資格反駁。

我們埋頭快步穿過了草地，停在一棟深紅色的歐式別墅前面。看起來這是一棟一戰前建造的那種老房子，還保留著早期審美的那種哥德式尖頂，不大的前院草坪上布滿了精心修剪的鳶尾花，遠看就像是一條紫色的絲帶。

如果不是看到門廊上放著的四、五隻南瓜，我幾乎忘了下個月即將到來的萬聖節。某些浪漫多情或者家裡有孩子的美國人都會提前準備，他們不但會把南瓜和糖果放在門廊上，晚上還會亮起彩燈，換上小鬼怪和女巫的裝飾品。

我剛想敲門，突然聽到後面傳來了一個無比熟悉的聲音：「哎，你倆在這兒幹麼呢？」

我的心一下提到嗓子眼，這不是迪克嗎!?

迪克正在離我們不遠處的街道對面，呼哧呼哧喘著氣：「老子在後面追了你們半天，就算談個戀愛也不用披星戴月健步如飛吧？照這速度再走下去，你們都能飛起來了。」

迪克的話讓我一陣大寫的尷尬：「不是你想的那樣……你怎麼在這裡？」

「晚上睡不著，想溜回去看看我媽。我知道這很危險，但我就想偷偷看一眼……但這不是重點……」迪克長出一口氣。「重點是我回來的時候，路過溫蒂家鄉菜，剛開門，秋天之後他們把開門時間提前了，以便能出售熱乎乎的攤雞蛋和熱狗……」

「說重點！」我翻了翻白眼，有點焦躁。

「哦哦哦。重點是，妳猜怎麼著——中尉，我在溫蒂家鄉菜的電視上看到妳的故鄉，那裡出大事啦！瘟疫還是什麼不知名的病毒，死了好多人，現在還沒有被控制住，據說感染人數已經上萬，現在所有航空船運都封閉了……」

「不可能吧……」我的腦子嗡嗡直響。「你是不是看錯了？」

「我沒看錯，妳不是說妳的故鄉有一座很高的電視塔嗎？」迪克邊說邊比畫著。

「妳的學校，那些學生會穿很醜的制服……我當時就想立刻回家告訴妳，結果路上就看到你們在公園裡。妳知道，這一大早上的公園裡一個人都不會有，你倆特別顯眼。對了，你們在這裡幹什麼？」

「我……」我捏住口袋裡的姓名牌，一時間根本不知道該說什麼。迪克的出現完全在意料之外，我連謊都來不及編！

就在這時，屋子的棕色橡木門被推開了，一位夫人一臉疑惑地站在門廊上問：

「妳好，請問你們找誰？」

「唔，對不起太太，我們驚擾到您了，這是個誤會，我們馬上就走。」我一邊說一邊奮力推著迪克，這時候沒有什麼比把他弄走更重要。

就在這時，那塊姓名牌，竟然好像突然有了生命一樣，從我的口袋裡掉了出來。雖然我的衛衣口袋很淺，但也不至於會往外掉東西，這件事情我一直也沒想明白。如果非要解釋的話，也許是彼此深深掛念的兩個人，會產生某種強大的生物磁場，這種磁場甚至可以依附在某些物件之上，它會衝破阻隔甚至扭轉常規力學也要向對方靠攏。

那位夫人下意識地彎下腰撿起名牌，才看了一眼，遞給我的手就僵在了半空中，隨即微微顫抖起來。

「妳從哪兒得到這個的？」那位夫人的聲音發顫，她的眼睛裡盈滿淚水。

「我……呃，總之它既然是您的，您就留下吧，先告辭了。」

她猛地抓住了我的手。

完了，她肯定要刨根問底了。確實，如果約翰是她的親屬的話，誰都不可能就這麼簡單地放走我們。

沒想到，那位夫人竟然什麼都沒問，只是說：「這位年輕的女士，別誤會，我並不想有意為難，我……只是非常非常感謝您，謝謝。」

她淡綠色的眼睛含著淚，似乎有千言萬語，我能從她的眼睛裡讀到一份深深的釋懷。

「不……不客氣。」

「我做了一些咖啡和餡餅，如果不介意的話，請進來吃一點吧。」

我剛想回絕，誰知道迪克忽然有點失神。

「我媽媽也很會做餡餅，」他舔了舔嘴脣。「我還能喝一杯熱咖啡嗎？」

「請進吧。」她向迪克招了招手。

我和達爾文對望一眼，如果這時候還堅持要走，迪克不更懷疑才怪！只好硬著頭皮往裡進，迪克雀躍地走進屋，達爾文跟著他，我走在最後面。

一瞬間，我突然覺得背後有什麼人在跟著我，但一晃又不見了。

可能是我的錯覺吧。

屋裡彌漫著咖啡和餡餅的味道，暖和得就像春天。

「來吧，小夥子們，坐在這裡。」夫人一邊指了指客廳沙發，一邊朝裡面走去。

「咖啡還沒好，先來點餅乾好嗎？」

「夫人，我們坐一會兒就走。」

「叫我麗莎就好。」她走進了廚房。

我們三個小心地脫下外套掛在門廊的衣架上，房間的裝修很懷舊，牆上貼著那種五〇年代的淺黃色暗花壁紙，可以看出來主人家一直小心維護，多年後還像新的一樣。

除了深綠色的條紋沙發之外，家裡的裝飾品很多，從木制的越南雕刻小象，到陶瓷花瓶套裝，搭配得恰到好處，既不顯得陳舊，又沒有突兀的感覺。每樣東西都非常規整地擺放著，一塵不染，就像得到細心呵護的寶貝。

我還留意到房間的一角，有一個畫架，旁邊插了些乾燥花。也就是藝術家，才能把家裡布置得這樣有情調。

「我是一個懷舊的人，」麗莎從廚房裡端出咖啡，看到我在端詳這些裝飾，有些自嘲地說。「我總覺得用過很久的東西，也有自己的生命，它們就像有人類的情緒。」

「我喜歡這個點子，」我仍然有點手足無措。「我的意思是，它們都被您照顧得很好，這很棒……」

「妳不需要拘謹，這都是我的一些打發時間的愛好，否則我根本不知道怎麼度過約翰不在我身邊的時光。」

我的心猛地跳了一下。

在美國，約翰就相當於在中國叫X偉、X華一樣，是個爛大街的名字，迪克未必會聯想到這個約翰就是八爪魚人約翰，而且在鹽礦裡，約翰也只提過一次他的名字，迪克未必聽進去了。

拜託，希望迪克不會把這兩個人聯想在一起。我在心裡暗暗地想。

慶倖的是迪克並沒有什麼反應，他一直站在壁櫥旁邊，他的視線被那裡面的一堆相框吸引了。

「唔，我們在某一個地方的礦道裡，原諒我們不能透露在哪裡，」達爾文故意拖長了礦道兩個字，很明顯他是故意說給迪克聽的。「無意中發現了這塊金屬牌，上面印著一個位址。我們秉承著陸軍姓名牌的用途和原則，決定將它交還給您。」

「非常感謝你們。」麗莎把咖啡放在茶几上，並沒有追究。「他終於回到我身邊了。」

我的身體微微顫抖，我想起了約翰被炸成碎片的那一幕。

麗莎坐在我們對面，一時間除了站在壁櫥旁的迪克，我們三人之間的氣氛有點尷尬。我只好一口氣猛喝了兩口咖啡壯膽。

「您是這塊名牌主人的親人嗎？」達爾文打破了沉默。「很遺憾，我們對他所知甚少。」

這句話又是說給迪克聽的，我心想。

「不，」麗莎搖了搖頭。「我們並沒有任何親屬關係，我……我曾是他的未婚妻。」

未婚妻？約翰千方百計讓我交還姓名牌的人，只是他曾經的未婚妻？

「我的丈夫早些年與我離婚了，從那時開始我就一直獨身。」

麗莎捏了捏茶杯，似乎有幾秒鐘的猶豫，最終下定了決心，抬起頭看著我，她的眼裡含著淚花：「我從沒跟人說起過，我是在約翰上戰場的前一夜，跟他訂的婚。」

「我很遺憾，夫人。」達爾文艱難地開了口，我知道他這一刻所想的和我一樣。

「他說讓我等他回來，」麗莎流下了一滴淚。「可有一天，部隊裡來了人，他們說約翰不會再回來了，他在戰爭中被化學武器感染，在醫院裡救治無效犧牲了……」

麗莎的眼淚像硫酸一樣在我心上燒灼，她的約翰沒有犧牲，而是參加了政府藥物試驗，變成了怪物。

有些人沒有死，卻再也不能回來了。

可我什麼都不能說，我抬頭看了一眼迪克。

「我怎麼也不相信他死了，我有預感他還活著……那段時間，真的非常痛苦，我的家人把我送去了精神病院，他們認為我有偏執症……後來，我就結了婚，但如你所見，我的狀態註定那段婚姻不會幸福。」麗莎苦澀地笑了笑，她的眼底有一抹一閃即過的絕望。

「我……」我真的不知道說什麼好。

達爾文的表情更加複雜，恐怕他難以相信眼前這個可憐女人的未婚夫，曾經是殺了自己哥哥並取代之的醜陋怪物。我們在巨大的命運之輪面前，都感覺到無比彷徨。

「夫人，您認識照片上的這個人嗎？」就在這時，迪克顫抖的聲音打斷了我們的對話。

他從壁櫥上拿下一張照片，雙眼泛紅，但我感覺到他在極力克制著。

那是一張看起來十分陳舊的柯達彩色照片，也許攝於七〇年代，也許更早。背景是幾架墨綠色的轟炸機，畫面正中站著三個人，其中有一個穿著白大褂，另外兩個穿著軍服。

「當然，愛德華是約翰的戰友，現在他應該已經是將軍了，他就住在這個小鎮上。怎麼了，你認識他嗎？」

這時我才看清照片，站在畫面正中間的不是別人，正是年輕時候的迪克爸爸！

「我……」迪克撒了謊。「不，他曾經向我們學校捐款。」

「你是霍頓中學的吧，」麗莎笑眯眯地說。「愛德華也算是我們老一輩盡人皆知的大名人了，這個小鎮的建設，他出了很大一份力。」

「這也許只是他的偽裝而已，」迪克放下照片。「這些表面功夫誰都會做。他究竟是個什麼人，只有他自己才清楚。」

「嘿，我不知道你們之間有什麼恩怨，但你沒有資格這麼評價他。」沒想到，迪克的幾句抱怨，把這位和善的夫人惹怒了。

「這對他不公平，」麗莎拿起照片，小心地擦拭了一下玻璃相框，語氣稍微緩和了一點。「你或許不瞭解他，我認識他很多年了，愛德華是個很善良的人。」

我和達爾文面面相覷。

「他們三個曾經是很好的朋友，可惜一個死了，另一個失蹤，只剩下愛德華。」

現在連愛德華也死了，我心想。

「我們在越戰之前就認識了，愛德華是約翰第一個介紹給我認識的朋友。我還記得他們帶我一起偷偷跑進空軍基地，我們在黎明時駕駛著噴氣式飛機飛向高空……那是很久很久以前了。約翰在被生化武器襲擊後，愛德華第一時間找到我，他向我保證，他會用盡所有辦法，讓約翰活下去……」

我的心裡百感交集，我已經無法知曉當時到底發生了什麼，但我在腦海裡聯想起一個年輕的軍官，聲淚俱下地懇求自己的上司，讓自己的兄弟參與危險的藥物試驗，只為了讓他活下去——也許他的出發點一開始是單純的，沒有人能預料到藥物的副作用是什麼，至少當時看起來百利而無一害。

「我知道他盡力了，他知道約翰罹難的時候，哭得比誰都傷心。我知道那是真心的，沒有人能偽裝出真的心碎。

我後來……你們知道的，結婚又離婚，之後就單身一人，窮藝術家很難在經濟衰退的時候靠賣畫生存，是愛德華幫助了我。從那之後，他就經常會來看我。

他的工作很忙，我們見面的時間很短，但我知道，他還是當年那個充滿赤誠的年輕人。他愛喝布朗尼酒，每次我都準備雙份。他會跟我聊他的家庭，他的兒子有多麼像他，他在如何努力地讓這個世界變得更好……」

麗莎歎了一口氣：「表面看上去風光成功的人，在背後背了多大的壓力和責任卻無人得知。有一次他告訴我，他的兒子病了。那段時間，他似乎正在幫助國家開發某種藥物，儘管那看上去不是一個軍官可以做的事，他雄心勃勃，他認為他在做一件偉大的事。只要成功研發了藥物，就再也不會有約翰那樣的士兵因為重傷而不治，再也不會有醫院裡年輕的癌症病人，再也不會有因為罕見病而痛苦的孩子……這是他的信仰，所以他堅持著……」

說到這裡，麗莎頓了頓，似乎在猶豫什麼。

「後來呢？」達爾文問。

「後來……他在幾年後，又找到了我。他向我懺悔，他覺得自己錯了……」麗莎吸了口氣。「但他說他不得不繼續研究下去，因為只有藥物研發成功，他的孩子才會得救。」

迪克的身體晃了一下，隨即無力地跌在沙發上。

麗莎對迪克的反應並不太在意，她歎息一聲，握住我的手：「餡餅好了，能過來幫我個忙嗎？」

我跟著麗莎走進廚房，她並沒有急著把餡餅從烤爐裡拿出來，而是關上廚房的門。

「外面那個小夥子，是愛德華的兒子，對嗎？」麗莎毫無徵兆地問。她靠著門，微微顫抖著，看著措手不及的我，就像怕我突然逃跑一樣。

「愛德華跟我說過，他兒子得的是絕症，但他並沒有死，他看起來很健康……」麗莎盯著我。「約翰也沒有死，對不對？愛德華能讓他的孩子活著，就證明他研究的那個藥有效，他救了約翰是嗎？」

我努力鎮定了一下情緒：「麗莎，我並不清楚，我們只是撿到那塊姓名牌……」「名牌上沒有印地址，」麗莎輕而易舉地拆穿了我的謊言。「即使有，也是幾十年前的。妳怎麼會知道這個地址？」

我無言以對。

「我知道的……我一直有一種預感，約翰活著，他無時無刻不在我身邊，只是他的樣子不一樣了，有時候是公園裡的一個孩子，有時候是某個路過的老人。可他的眼神沒有變，透過不同的身體，我能看到那是同一種凝視，我從來沒有忘記過的凝視……我在情人節時能在臺階上撿到花，能在差點掉進地鐵前被人拉住……我知道這一切都不是巧合，沒有人相信我……」麗莎掩住臉，輕聲抽泣著。

「我知道他一直都在我身邊……可是這段時間，我再也感覺不到他了……」

我也跟著紅了眼眶：「我真的很為妳難過。」

「他是怎麼死的？」

「我覺得您最好不要知道。」我閉上眼睛，再次浮現出在水中央炸開的血肉的畫面。

「我沒事，無論如何，他回來了。」麗莎掩飾不住眼裡的失落。「夫人，」我吸了一口氣。「他最後說，讓您一定要好好活下去，他很愛您，所以請您一定要做到。」

這是我一天之內撒的第二個謊，我從來沒有這麼鎮定，我甚至不知道我從哪裡冒出這個主意來。

麗莎愣了愣，淚水再次從她眼角奪眶而出：「謝謝妳。」

臨走的時候，麗莎用保暖袋給我們裝了三個餡餅，並擁抱了每個人。

在我出門的時候，她匆匆把那張三人合照的照片從相框裡拆出來，遞到我手裡。「這張照片，留給那孩子做個念想吧，」麗莎看著已經走遠的迪克。「他總有一天會想明白的。」

「嗯。」我點了點頭。

「明年就不需要種鳶尾花了，」麗莎若有所思地看著窗外紫色的花園，轉頭忍住淚向我笑了笑。「他畢竟回來了。」

我才想起，鳶尾花的花語是「永遠等待」。

外面的風很大，我攏了攏外衣打了個哆嗦，抬頭看了看天，零星細雨變成了毛毛雨。今天怕是不會出太陽了，我心想。

迪克走過第三個街口的時候，終於崩潰大哭，我從來沒見過他哭得這麼絕望。

我和達爾文破天荒的都沒有安慰他，也許讓他發洩出來更好吧。

整條街上充斥著迪克哀痛欲絕的哭聲，我們靜靜地站在他身邊。就這樣持續了好幾分鐘，他終於抹了一把眼淚。

「我已經不知道該恨誰了，」他使勁吸了吸鼻子。「或者我該恨我自己。」

「上校，你沒有錯，」我拍了拍他的肩膀。「愛德華，在某種程度上——他也並不是故意犯錯的。你的爸爸還是你的英雄，是我們小鎮上的英雄，但英雄不是一部兩小時的好萊塢電影，他們有漫長的一生，而不是只有打怪獸的那一刻。和每個人一樣，英雄脫下了光鮮的外套時也會犯錯，難得的是他們意識到了自己的錯誤。沒有誰一生都在做正確的決定。」

迪克點了點頭，握緊了我的手：「我要活下去。」

回程的路上，達爾文搭著迪克的肩膀走在前面，也許是下雨的關係，路上的人很少，偶爾經過一兩個也是藏在雨傘下步履匆匆。自從前兩天的紐約遊行事件後，各地都出現了或大或小的暴動，所以街邊的店子有好多都在大白天緊鎖大門，連賽百味都關門大吉了。路邊的磚牆上有一行新噴的塗鴉。

「上帝遺棄了他的子民。」後面還畫有一些亂七八糟的五芒星符號。

僅僅一次病毒洩露，就把美國整個從底翻了個個兒，看來這兩天連小鎮上的員警都不夠用了。

我跟著達爾文他們不緊不慢地在路上走著，忽然那種奇怪的感覺又出現了——似乎有人在後面跟著我。

我猛地回頭，發現後面除了雨水什麼都沒有。

真奇怪，我心裡打著鼓，難道又是我的錯覺？

雨漸漸大起來，我們又走過了兩個街口。不寬的馬路對面，一個穿得破破爛爛的流浪漢正從反方向走來，他步履蹣跚，在經過我時，看了我一眼，我和他的視線對上了。

「末日審判開始了。」

沒有發出聲音，但我能清楚地看見他在用沾滿汙漬的嘴做著口型。

我的心猛地一跳，下意識地停下腳步看著他，奇怪的是，他匆匆走遠了。

不對，這顯然不對。我突然意識到哪裡奇怪了。

這裡不應該有流浪漢。

美國的無家可歸者百分之九十都集中在大城市的鬧區，因為那裡更容易乞討到錢和食物。在沒有交通工具的情況下，他們是沒什麼可能在地廣人稀的美國靠著步行走到郊區和住宅區的，更別說一個名不見經傳的郊區小鎮。並且，這種長途跋涉看起來也毫無必要。

為什麼他會突然出現在這裡？

我剛想開口喊達爾文，忽然，從身邊的小巷裡伸出一隻髒兮兮的手，把我一下拉了進去。

第十章　七宗罪

我張開的嘴很快就被某種透著臭味的布堵住了，那味道讓我噁心，我使勁憋著氣儘量不去聞，很快我的手也被控制住。

「別掙扎，」一個帶著濃重外地口音的男聲在我耳邊說。「我們不想傷害妳。」

我發現掙扎無用，只好拚命點頭，表示自己不會反抗，堵在嘴上的袖口才移開了一點。

「我沒有很多錢，」我喘著粗氣。「錢包裡有兩張二十元和一些硬幣，你們可以拿走，我的朋友會回來找我的。」

「我們不要錢。」另一個尖聲細氣的男聲說。

這時候我才看見我面前站著兩個流浪漢穿著的人，尖聲的男人梳著一頭髒辮兒，瘦瘦高高，臉色蒼白，大概三十多歲。另一個老點的頂著一頭油膩膩的鬈髮，和我一樣矮，穿著不知從哪兒撿來的綠毛衣和工裝褲。

流浪漢不要錢，我還是第一次聽說。

「我們要帶妳去見一個人。」

「什麼人？」我疑惑地搖頭。「我不認識你們的人，你們是不是搞錯了？」

「我們一路跟著妳，不可能搞錯。」「綠毛衣」篤定地說。

「快點，時間來不及了。」高個兒男人眼睛裡閃過一絲焦慮。「他快要死了。」

濕漉漉的街頭，兩個流浪漢壓低帽簷，架著我朝水壩走去。

和南方的所有小鎮一樣，城郊總有或大或小的水壩，用於排掉夏天傾盆而下的暴雨，可是冬天的時候大部分水壩下面都乾涸了，只剩下黑不隆咚的橋洞。橋洞和地下水道連接，下面沒有燈，只有夏天留下來的淤泥和垃圾，彌漫著一股揮之不去的死老鼠味兒，一般孩子們都不願去那裡玩耍，大人也避之不及。

說實話，要不是現在一邊一個人架著我，我這輩子是不願意來這種地方的。

我們鑽進水壩下面的橋洞裡，鞋子上很快沾滿了腥臭的汙泥。空氣逐漸悶熱起來，我的額頭上布滿了汗珠，臭氣讓我不禁抬起袖口掩住口鼻。走了一會兒，橋洞裡出現了一盞昏黃的燈。

那是一盞裝電池的戶外節能燈，光源旁邊圍繞著躲進橋洞裡的沒有凍死的蚊子。節能燈旁邊，是一頂有點破舊的露營帳篷，其中一邊還爛了個大洞，不知道是從哪個垃圾桶裡撿的。

兩個流浪漢停下了腳步，髒辮兒男人很自覺的到外面把風去了，留下「綠毛衣」和我。他努努嘴，掀開了帳篷的一角。

借著昏暗的燈光，我看見一張腐爛的臉。

那應該是一個三、四十歲的中年人，我之所以用「應該」這個詞，是因為我幾乎無法從他的外觀上判斷出他的年紀，只能根據輪廓推算一下。

他的臉爛了一大半，就像被腐蝕過一樣，白森森的顴骨若隱若現，其中一隻眼睛已經瞎了，另一隻緊緊閉著，所有傷口的邊緣都遍布著一片片發霉似的膿點。

這不就是電視裡播的那種被潘朵拉菌株感染後的樣子嗎!?

我頭皮一麻，下意識地就要拔腿往後退。

「你別害怕，他不傳染。」「綠毛衣」看出了我的恐懼，他撩開自己的衣袖，裡面是長著黃毛的白淨皮膚。

「如果傳染的話，我們早就感染上了。他說他身上的細菌是改良過的，不會透過接觸傳播。」

我吞了吞口水，繼續朝帳篷裡看去。

燈光很暗，那個人像是睡著了一樣沒有半點反應。他穿著一件不知道從哪裡撿來的大碼外套，遮住了內裡原本應該是亞麻白的長袍，但此刻兩件衣服都沾滿了汙漬。

「剛剛走的時候還醒著，這會兒又暈過去了，我看他活不過今晚。」「綠毛衣」的語氣並沒有太多起伏，他們做流浪漢的，早已見慣了死亡。

「妳認識他嗎？」他問我。

我困惑地搖搖頭：「我從來沒見過他。他是你的朋友？」

出乎意料的。「綠毛衣」也搖了搖頭。

「他沒說自己叫什麼，」「綠毛衣」好像有點心虛似的搓了搓衣角。「我們昨天在蒙特利橋發現的他，那時候他已經這樣了，跟我們沒關係……但他當時狀態更好些，還給了我們點錢。」

我在腦子裡搜索了一下蒙特利橋這個名字，似乎不是鎮上的任何一個地方。

「你們從城裡來？」

「是的，我和傑瑞本來想拿了錢就跑的，但他說……他說……」

「綠毛衣」撓著頭，似乎找不到更好的表達詞語，他舔了舔嘴脣。「妳可能不相信，連我自己到現在都不相信，但他準確地說出了我和傑瑞的過去……他連我十一歲生日的時候從馬上摔下來跌斷了肋骨都知道！上帝保佑！就算是我媽都不記得……他還告訴傑瑞，他會在下午四點的地鐵站裡撿到錢，他果然撿到了一百塊！我們都以為是上帝顯靈了，可他說這些都是別人告訴他的。他認識的某個人告訴他，這個世界要出現大災難了，弄不好會滅亡——這要是換成別人，我一定以為是大麻或別的什麼吸多了，可是，老天……我說不清楚為什麼，總之我信了他。」

能知道過去和未來，除了M還有誰!?

「先生?先生，你醒醒！」想到這裡，我什麼都不顧了，鑽進帳篷推了推躺著的那個人。「你是怎麼知道過去和未來的事情的?你是不是遇到了M?是不是她告訴你的?」

躺在帳篷裡的人沒有動靜，他的生命岌岌可危。

「我覺得我們應該送他去醫院。」我咬了咬嘴脣。

「我和傑瑞勸過他，但他不肯去……他說他一定要到鎮上，一定要找到妳，有一句很重要的話帶給你，不然就來不及了。我們用他身上的錢買了車票連夜過來的。」

「幫我個忙，」我一邊說一邊把手伸到他脖子下面，試圖把他扶起來。「我們先送他去急診。」

「別費力了……我沒救了……」一個微弱又模糊的聲音。

也許是我的搬動喚醒了他，那個黑暗中的身影動了動，睜開了僅剩的一隻眼睛看著我，露出欣喜激動的光，但只有一瞬間，又暗淡了下去。

迴光返照。這四個字從我心裡蹦出來。

「果然，救世主真的存在，不是像傳說的那樣已經死了……」他努力抬起手，攥住我的衣角。「還有救，這個世界還有救……」

「你是不是見到M了?她在哪裡?」我急切地問，生怕他下一秒就斷了氣。

可對方的意識似乎已經有些渙散了，他睜開那隻混濁的眼睛看向上方，似乎在尋找著什麼。

「妳仔細聽好……我接下來要說的話。」他的聲音突然十分嚴肅，他用力抬起一隻手，示意我不要打斷他。

「狂怒、好戰、盲從、色欲、冷漠、貪婪、自大……」他的嘴裡機械地念叨著這幾個詞。「舊世界的七宗罪將我們吞沒，神勸誡我們，行這樣的事，必不得承受神的國。舊世界的審判已經開始了，舊的人死去，新世界的秩序即將到來，宇宙有了永遠的和平與安寧……」

我不知道他在說什麼，但我想起了牧師在做禮拜時的祝禱詞。一瞬間，我又產生了那種似曾相識的熟悉感覺，就像是上次看到電腦裡的唐老鴨影片一樣。

「你是在哪裡聽到這些的？」我情不自禁地問。

「這是新的《末日啟示錄》，」那隻潰爛的眼睛也一併睜得巨大。「這就是妳朋友讓我給妳帶的話。不要忘記，只有妳能救所有人！解開謎題的鑰匙在妳的回憶裡！」

似乎這句話用光了他所有的力氣，他抽搐了兩下，就像棉花一樣癱軟了下去。

「你是誰？你從哪裡來的？」我大喊道。

但那個人，再也無法回答我了。

從橋洞走出來的時候，雨下得更大了。

「怎麼樣？」在外面望風的髒辮兒對我嚷嚷著。

「他死了。」我說。

「哦，」髒辮兒就像聽見一件早就預料到的事。「他跟妳說了嗎，世界會滅亡什麼的，『乒』的一聲……」他一邊說，一邊伸長手臂做了一個誇張的姿勢。

「嗯。」我心不在焉地回答。

「我倒是挺希望世界滅亡的，」髒辮兒啐了一口哼道。「這個世界早就完了，誰他媽都會死，都一起下地獄吧，反正老子一無所有。」

我什麼都不想說，越過他朝家的方向麻木地邁著腳步。迷惘、困惑、恐懼和無所適從把我的心臟快要撐爆了，可我連一個宣洩點都找不到。

究竟回憶裡有什麼？我問我自己，為什麼羅德先生和剛才橋洞裡快腐爛的人，都一而再地提示我同一樣東西？

一個人一生的記憶有很多，有短期記憶、長期記憶、味覺記憶、情緒記憶、圖形記憶……它不但包括心理的，甚至還是生理和肢體的。人腦中有幾萬億個神經元在生產和存儲記憶，就像一台巨大的電腦，它能運算出宇宙的體量，但你首先要告訴它題目是什麼。

我試著回想我從現在到出生的大事件——阿什利鎮的地下洞穴，天臺上的四十三，爸爸的筆記；我想起小時候放學常常玩的玻璃彈珠，小學時暗戀過的侯英俊；我想起雪糕的味道，第一次騎自行車的記憶；我漫無目的地回憶著，無數或大或小的事情在我腦海裡雜亂閃現，最終變成一大團混沌。

我在尋找什麼？

我胡思亂想著，直到一聲大吼把我的思緒打斷。

「我靠！中尉！妳剛才怎麼突然消失了？我差點被妳嚇出神經病！」

迪克一邊從家門口朝我跑過來一邊吼道：「我還以為羅德那老頭不信守承諾，妳被壞人抓走了呢！我和達爾文找了四、五圈！」說著，他還做了個抹脖子的手勢。

我看到達爾文也站在不遠處，他看到我回來就轉身往屋裡走了，八成還在生氣。

「呸呸呸，沒死都被你咒死了。」我佯裝輕鬆，儘量把沮喪往肚子裡塞。

不知道從什麼時候起，我也開始變得不願意把心事放在臉上了。

「妳剛剛去哪裡了？」

「我……」我也一時不知從何說起，這段經歷太詭異了，難道該說被兩個流浪漢綁架，把我帶到一個重度感染者面前，說了幾句莫名其妙的話之後，對方就死了？

「總之人沒事就好。」迪克倒也不在意，他似乎有更重要的事情要對我說，伸手拉住我的胳膊，把我往屋裡拉。

「中尉，現在新聞正好在播，這次達爾文也看了，他確定那就是妳的故鄉，那裡也爆發了和紐約很相似的疫情……唉，我不知道怎麼說，妳最好自己看。」

我們倆進了屋，電視裡傳來了我熟悉的母語，那是一段同聲傳譯的轉播，畫面裡的街道和校園無比熟悉，我的眼皮跳了起來。

「已有一百四十四名市民感染，其中學生占比四成五，目前感染者已有七十七人死亡。感染者早期症狀為低熱，身體局部呈現黑斑潰爛，繼而嘔吐，初步懷疑病原為食用野生動物……」

畫面切到一個看似醫院的地方，十幾隻麥克風對著一名穿著白大褂的醫生。

「這種病毒是否和早前報導的美國『潘朵拉菌株』一模一樣呢？」其中一個記者問。

「我無法回答你的這個問題，美國那邊的病毒樣本我們還沒拿到，但就官方公布的資料來看，確實很像同一種病毒的變種……」

就在這時，醫生背後的病房裡，突然衝出一個穿著校服的男生，他爆發出一聲撕心裂肺的哭喊：「不可能！不可能！你們弄錯了，她沒有死！」

頓時所有「長槍短砲」都對準了這個男生，變焦鏡頭立刻抓住了他的特寫。

「別拍了別拍了。」醫生一邊嚷著一邊招呼著別的醫護人員，沒半分鐘就把那個男孩子連拉帶拖地弄出了鏡頭外。

我盯著電視機閃爍的螢幕，那個被拉走的男生穿著我最熟悉的波浪形運動校服，他因為絕望而扭曲的臉在我腦海裡撕裂、揉搓又拼合，那種熟悉的感覺再次回來了。

我不知道怎麼確切地形容，就像法語裡的 Deja vu（幻覺記憶），一個清醒的人在經歷某件事的時候有一種似曾相識的既視感，但我的 Deja vu 出現得過於頻繁和真實，我幾乎能確定我在某個地方看到過同樣視角的同一個場景。

「那個男生真可憐，」沙耶加能夠聽懂一點中文，她轉身向一臉疑惑的迪克解釋道。「好像是有一個對他很重要的人死了，所以他才那麼激動。」

「現在這病感染的人比官方公布的多，網上傳言病毒最開始是從學生中流傳出來的，似乎是因為食用了野生花面狸，」達爾文在電腦裡檢索。「這太奇怪了。」

迪克一臉嫌棄地說：「你們國家的人是不是什麼活的都吃？」

「說得好像你們吃牛羊肉就是聖人一樣，」我白了他一眼。「牛羊不一樣是從屠宰場出來的？」

「每個國家文化不同，」沙耶加解釋道。「我們也會吃河豚，哪怕它有劇毒。」

迪克意識到自己的失言：「我沒有看不起的意思，畢竟我聽我媽媽說，以前感恩節，老一輩除了烤火雞，還會吃鱷魚和鹿……我的意思是，為什麼要吃野生的？像這種多人食用的肉類都有養殖場吧？如果大家都吃野生的，這些動物不會很快就滅絕了嗎？」

「捕食野生動物是不合法的，但很多人會迷信野生動植物擁有自然的力量，尤其是一些『養生』學說所宣導的。」達爾文解釋。「我爸爸媽媽也曾說起過，他們相信野生的菌類、草藥、海產比養殖的更有營養價值，或者藥效更強——雖然這並沒有科學根據。」

迪克不解地撓了撓頭：「你們說的『養生』是不是就類似我媽媽每天早上榨的西芹秋葵南瓜汁，或者是什麼睡前紅酒配白乳酪之類的？」

「養生系統比這個複雜得多。」我歎了口氣，大概簡短地把我所知的介紹了一下。

「什麼？」迪克聽完大驚失色。「妳說吃植物根莖調節身體裡的氣、用針紮皮膚治病就算了，你們竟然還吃動物的某個器官以求自己同樣的器官能夠得到動物的效果，這和蒙昧時期的原始人吃人以求得到對方的力量有什麼區別？為什麼你們到現在還信這個？」

「你不要反應過激好吧？」我皺皺眉頭。「你們還相信從來沒見過的神呢！這種以形補形的思想我們這代人已經逐漸拋棄了，但要改變幾千年來形成的信仰是需要時間的。」

「豬腦和豬肉一樣，煮熟了的成分是蛋白質和脂肪，不會補腦子。」迪克還在不甘心地辯解著。

「我覺得你們都沒有聊到這件事的關鍵上。」駱川的聲音從廁所裡傳出來。「你們是想讓我開門說還是隔著門說？」

駱川的頸椎其實一直沒好，之前是硬撐著出院的，這兩天幾乎都躺在床上。

「你在廁所裡幹什麼？」

「排泄。」

我下意識地堵住口鼻：「大哥，我求您還是關著門說吧。」

「南方人愛吃野味是真的，養生也是傳統，但畢竟都不是集中事件——妳明白我的意思吧，自古以來就有人吃野生動植物，有人吃王八，有人吃穿山甲，但為什麼花面狸突然流行起來？而且為什麼被感染的都是讀書的學生？」廁所裡傳來一陣抽水馬桶的聲音。

「會不會是有人專門向學生兜售這些野生動物？」

「根據我的經驗，這東西一直不便宜，學生可不會有這麼強的購買力。但他們的家長，就說不好了。」

「究竟會是什麼人，對這些家長有這麼大的影響力？」

「這種事情媒體一定會封鎖消息，以免引起更大的恐慌，」駱川打開門。「或許通過某些設限論壇可以查到。」

達爾文已經在飛速地按著鍵盤。

沒過多久，電腦螢幕上出現了一個男人的臉。他有著亞洲人典型的高顴骨和單眼皮，面色紅潤，薄薄的嘴唇抿起來，配上花白的頭髮，頗有那麼點仙風道骨的意思。

「這個人的部落格、電子專欄等社交資訊在昨天一夜間從網路上消失了，連名字也變成敏感詞了。」

「這大爺是誰？看著還滿和善的。」迪克插嘴道。

「一個……最近火起來的養生專家。」達爾文嘗試著用英文解釋道。

「正確來說，應該是個神棍。」駱川往沙發上一躺。「這種騙子隔個幾十年就會捲土重來，伎倆都一樣，但每次都會有上鉤的。我出國那會兒，還流行過氣功呢，傳得可神了，拍兩下能治癌症——要是這是真的，那早拿諾貝爾獎了。」

「真的嗎？」迪克下意識地看看自己的兩隻手。

達爾文點點頭：「吳道仁，知名養生專家，他的養生講座受到觀眾狂熱的追捧，尤其他最近開始在各地巡迴舉辦的『吃出健康』講座，可以說是一票難求。雖然現在沒有明確證據證明野生花面狸就是從他的養生講座現場購買的，但是一夜間，他所有的節目影片、報紙專欄和書籍都下架了，我看這個『大師』和這件事脫不了關係。」

「吳道仁？我看是誤導人吧。」駱川訕笑了一下。「現在出了事，當然要封殺。」

「從他的履歷來看，這個人幾乎沒接受過太多正規教育，」達爾文敲擊著鍵盤。

「檔案能檢索到的只有初中文憑，那些聽起來高大上的學位都是這兩年突然獲得的……在半年之內讀完博士？看來這個頭銜的水分也很大。」

迪克看著電腦螢幕，不解道：「這些一聽就不可靠吧？幾個人信還說得過去，但怎麼可能有這麼多人信？」

「群羊效應，」駱川看了迪克一眼。「任何一件事只要有了第一批狂熱信徒，把不實資訊重複一百遍，它就會變成真的——就像美國中部落後地區，一個社區的人都相信有天堂，你不相信，反而是異類——這時候你只有表現得越虔誠，才越能融入身邊的圈子。接著更可怕的事開始發生，你必須要不斷做出瘋狂的事來證明你的虔誠。他們必須向自己所生活的圈子證明自己的存在感。對死亡的恐懼與生俱來，買養生產品，就像你們捐錢修教堂一樣，他們不是為了信仰買單，而是為了短暫地擺脫恐懼。」

「我想，他們應該沒料到會吃到帶致命病菌的野生動物吧。」沙耶加輕聲說。

「不但這些買家沒料到，連吳道仁本人也並不知道這些動物帶菌，他只想賺錢而已。」達爾文在一邊說。

顯然這個所謂大師並沒有把賺到的錢拿來維護自己的網站安全，達爾文兩三下就黑進了他的郵箱，裡面有大量的個人資訊，甚至連買學位的回執都在郵箱裡。這其中，就有關於花面狸進貨的始末，起因簡單粗暴，有人低價出售花面狸，大師想低收高賣，賺兩次錢而已。

「所以花面狸的源頭還不在這位養生大師，那他又是向誰買的呢？」

「我不知道……」達爾文的回答第一次這麼模棱兩可，從前只要是網路上的問題，他總是胸有成竹。

「對方的郵箱保密級別很高，已經不是普通駭客技術的級別了，」他敲了半天鍵盤，疑惑地說。「這太奇怪了，花面狸也不是什麼稀有動物，一個倒賣野生動物的販子不應該會有這麼嚴密的安保呀，這都趕上國家機關的保密級別了。」

「連他們是誰都查不到嗎？」

達爾文搖了搖頭：「希望不大。」

「如果真的證明了這種病毒是潘朵拉菌株的變種，兩國的關係不但會破裂，甚至連戰爭都會一觸即發……」駱川一臉嚴肅。「畢竟前兩天的自殺直播，讓全世界的人都知道這個病毒來自美國實驗室，並且是準備用於生化武器的。」

「看來只有找到這個養生專家，才能知道整件事情的始末。」

末日審判，世界大戰，示威遊行，自殺影片，養生專家。

「找不到了，他是第一個感染者，他已經死了。」我一邊說，一邊轉身衝回自己的房間裡，我忽然明白這種似曾相識的感覺是從哪裡來的了。

這些都是張朋送給我的《寄生獸》裡畫過的內容，那本漫畫的結局是，世界滅亡了。

第十一章《寄生獸》

自從M失蹤後，我的房間就沒打掃過，地毯上還扔著書包和防水外套。書架堆得滿滿當當，除了學校發的課本之外，還有我從國內帶來的亂七八糟的雜物。

我還記得最後一次看到那本漫畫，是駱川遇襲那天，它被扔在了客廳的地板上。當時我還納悶，為什麼這本漫畫會莫名其妙地出現在書架之外的地方，可是因為要趕去醫院看駱川，也沒細想，就匆匆把它塞回書架上。

就是這麼一念之差，哪怕當時我稍微翻那麼兩下，都不會直到現在才想起來最近發生的事和漫畫裡畫的如出一轍。

我心煩意亂地扒拉著書架上的東西，思緒飄回了在國內讀書的日子。

那會兒幾乎每所小學、中學門口都有一家漫畫書店，裡面全是日本漫畫。當然這些書都是盜版的，有時候一頁印著的是四頁的量，有時候印八頁。雖然這麼印刷會導致字太小，讀者必須把鼻尖貼到紙頁上才能看到，可四本的量才是正版不到一本的價格，我們這些沒什麼零花錢的學生自然是喜聞樂見的。

十幾歲的小孩都喜歡看熱血冒險或者校園言情類型，《寄生獸》其實並不算暢銷，尤其作者的繪畫很不討喜，大半部作品中的人物都透著一種不協調的幼稚。在大家都追隨畫工精良的潮流下，《寄生獸》只能被擱置在角落裡蒙灰。我就是在漫畫店的犄角旮旯裡發現了它。

漫畫講了一個俗套的故事，有點像恐怖電影《異形》的友好版——某個高中男生被一種憑空出現的奇特孢子寄生，本來這顆孢子應該吞噬掉他的腦子並取而代之，可陰差陽錯，沒有成功取代高中生的腦子，只取代了他的右手。於是高中生被迫要和這只寄生獸共同享有一個身體。他們從最初的不和，到最終成了朋友，而高中生也通過身體裡的寄生獸瞭解到它們的計畫是取代全人類，成為地球上新的主宰。

雖然一開始覺得畫面挺差勁的，但我很快被故事吸引並一發不可收。激發我興趣的跟什麼外星生物陰謀無關，我只是單純地希望也有一個和孢子一樣的「朋友」。

從小學到初中，其實我沒有什麼特別好的朋友，反倒是許多人欺負的物件。

可能是我的名字取得太糟糕了吧。

寄生在男主角身上的孢子，不但變成了一隻無所不能的右手，還能迅速變換成不同形狀，替男主角做作業，應付考試和打壞人。儘管這個「朋友」最初只有男主自己知道，但他們彼此心意相通，默契應戰，無話不談的緊密連接讓我這個從來沒什麼朋友的人，產生了無限的遐想。

盜版和正版不一樣，沒人買就會越出越慢，最後停止印刷，連招呼都不打。從我上初二開始，《寄生獸》的大結局就沒了音訊。如果不是張朋，我也許永遠都沒機會看到這本漫畫的結局。

老實說，我寧願沒看到，我沒想到結局竟然是世界滅亡——漫畫家到底是個什麼樣的悲觀主義者，才能想出這種結局？

更讓我困惑的是，為什麼漫畫裡的事，竟然和真實世界發生的事情重疊了？

「汪桑，妳在找什麼？」沙耶加跟了進來，她敏銳地留意到我的反常。

我還沒來得及答話，那本《寄生獸》就赫然出現在了書架的內側。

「找到了！」我大叫道。「最近發生的很多事情，都在這本漫畫裡出現過！」

「妳說什麼？」駱川和其他人也湊到我的房間門口。「一本漫畫？」

「是真的，我親眼看過！」我翻開張朋送我的《寄生獸》。

我不敢相信我的眼睛，翻開書頁，除了白花花的紙之外，裡面一片空白，什麼圖像都沒有。

「這……這怎麼可能……」我整個人都不好了，跌坐在床上。

「妳先冷靜一點。」沙耶加一邊安撫我，一邊讓迪克去給我倒水。我喝了兩口，猛烈地咳了幾聲，才稍微有點緩過來。

定了定神，我又從頭到尾翻了一遍漫畫書，不是我眼花，裡面確實沒有一點內容。

駱川接過漫畫，皺著眉頭說：「妳是不是記錯了？」

「不可能，我真的看過這本漫畫……」我喃喃自語。

「先不要慌，」沙耶加拉著我的手。「到底是怎麼回事？」

我深吸了一口氣，把我從什麼時候開始看這部漫畫的，張朋如何在離開學校的最後一天把書送給我，我記得的內容都講了一遍。

「我之所以知道病毒的最初傳播者是一隻唐老鴨，也知道那個科學家在自殺影片裡說的話是『末日審判』，都是因為我曾經在這本漫畫上看到過一模一樣的內容。」

沙耶加接過漫畫書，來回翻動了一下，她忽然想到了什麼，掏出自己的手機。

「我應該有辦法。」隨即她撥通了一個號碼。

沙耶加用日語跟對方溝通了半天，轉頭對我說：「我拜託在日本的朋友查了一下，這本漫畫的大結局很早就出版了，很多地方都有賣的，我讓她現在掃描發過來。」

「那就太好了。」我鬆了一口氣，但心裡仍暗暗有點擔憂。

很快我的擔憂就變成了現實，沙耶加朋友的郵件很快就發了過來。她掃描的那本《寄生獸》的大結局，跟我當時看的完全不一樣。

在掃描本裡，和所有少男漫畫的歡樂大結局一樣，男主角和他身體裡的寄生獸一起戰勝了對手，解除了危機。剩下的寄生獸選擇和人類和平共處。

「可我看的大結局和這本完全不一樣，在我那本裡面……世界滅亡了。」我的大腦一片混亂。

「現在裡面半個字都沒有，」迪克接過漫畫，放在鼻子底下聞了聞。「沒有印刷油墨的味道，倒是有股很奇怪的酸味，會不會是被人調包了？」

「氫氧化鈉和百里酚酞……」達爾文好像突然想起什麼，也把鼻子湊到書頁上。

「我以前看過一個破案的欄目，裡面講到一個詐騙犯用化學材料製造會消失的墨水簽支票。如果這本漫畫也是用這種特殊的墨水印的，那兩到三週左右，痕跡就會完全揮發。」

會消失的墨水？我百思不得其解，先不說書裡的預言真偽與否，為什麼張朋要用這種特殊的方式告訴我？

「很簡單，」達爾文看了我一眼。「因為漫畫裡面的內容，他只想妳一個人知道。」

「這不合理啊，如果他當時送給我，我沒來得及在墨水消失之前看呢？」

說到這兒，我才猛然想起，張朋對我的觀察比我想的要細緻得多。

他怎麼知道這是我最喜歡的漫畫？仔細想起來，我從沒說過，我每天放學都去漫畫書店，店裡幾千本漫畫，我不敢說所有，但至少八成我都看過，即便和張朋在書店相遇不止一次，他憑什麼判斷出我最喜歡的漫畫是這一本？

除非他很認真地觀察我每個月訂的書，仔細聽我和老闆的閒談，他甚至對我這個人的性格都做了詳細的剖析：急躁、衝動，想到一件事情就會馬上去做……我的性格註定讓我一拿到新書就會馬上看。

「為什麼張朋在那時候就能知道這些事情的發生？」

難道張朋也跟M一樣擁有預知未來的能力？我茫然地搖搖頭，縱使心中有一百個問號，也不能找他親自問答案了。

他在地下實驗基地的時候就死了，死在我面前。

「漫畫裡畫的事情還沒全部發生吧？」駱川問我。

「沒有……」我想了想回答道。「這只是開始。」

「我覺得與其糾結張朋是如何預言的，」駱川皺著眉頭。「不如在世界滅亡之前阻止這些事的發生。妳應該還記得漫畫內容吧？快點詳細說說，搞不好還來得及。」

「我……」我努力回想，可是越想腦子越亂，除了一些模糊的畫面之外，什麼都記不起來了。

我是真忘了。

距離上次看這本漫畫已經快一年了，其實很多漫迷書迷都知道，看長篇連載很多時候就是圖個過癮，無非是小人物升級打怪的過程，看完後沒多久就會忘記大部分情節，只能模糊地記得一個劇情大概。

再加上當時剛發生了四十三的事，我還沒從父母雙雙出事的情緒中緩過來，在那種情況下是很難集中精神看漫畫的。而且我太不喜歡那個結局，跟我一直以來看的大團圓漫畫簡直是背道而馳，結尾甚至有點莫名其妙，所以很多情節我都囫圇吞棗地翻了過去。

「我想不起來了。」我痛苦地抱著頭。

「妳就挑妳能想起來的說，」駱川安慰我。「哪怕是大致的內容。」

「我唯一能記得的，就是地球上的寄生獸迅速進化，它們跟人類學習，學會了把自己隱藏在人群之間，滲透到政黨和政府機構的每個角落……」我吞了吞口水。「然後，他們決定取代人類成為世界的的支配者，奴役人類。

其實這也是很多科幻小說的套路，當時讓我覺得很離奇的是，男主在之前都和自己身體裡的寄生獸一起對抗其他寄生獸，可是在這最後一本……」我盯著手裡的漫畫，努力組織語言，卻不知道該從何說起。

「沙耶加，妳朋友發過來的這個版本結局是什麼？」迪克轉頭問沙耶加。

沙耶加點著滑鼠，大致看了看郵件：「應該是男主和他的寄生獸一起消滅了其他敵人，在最後一戰，寄生獸耗盡所有的力量，進入了永遠的冬眠，男主的右手又變成了普通的樣子……汪桑，妳看的那一版結局和這個差別大嗎？」

「天差地別。我看的版本裡，男主被寄生獸說服了，最後他偏向了寄生獸的三觀，覺得人類應該滅亡。這也是我不喜歡這個結局的原因之一，當時我真心覺得太扯了，就像兩個人畫的……」

「如今看來，很有可能就是兩個人畫的。」達爾文從筆記本裡撕下一張紙，把我說的話簡短地記在紙上。

「至少現在妳記起什麼了，」駱川插了一句。「這是個好的開始。說說妳在書裡看到的唐老鴨和養生專家。」

我閉上眼睛，使勁拼湊著腦海裡零星的記憶：「我真的記不太清了，非要說的話大概是……某種古老的病毒在現代科技的召喚下蘇醒並且迅速擴散，隨著病毒的蔓延，人類的種種劣根性顯露出來，男主對人類大失所望，轉而投向寄生獸的陣營。

總之，最後被寄生的人類成為支配地球的新物種，而舊的人類都滅亡了……」
「漫畫裡的那種病毒就是潘朵拉菌株！」沙耶加驚呼。
「男主到底看到了人類的什麼劣根性？」迪克問道。
「我只記得『唐老鴨』是因為被遊行暴動的人欺負，才會摔破那個裝著病毒的瓶子的……而那個科學家，他是因為故鄉即將被美國攻打，才洩露了實驗室裡的病毒；集體食物中毒感染事件，則是因為盲從了……」
盲從！
這個詞我最近在哪裡聽過！
我的大腦飛速轉動著，那個下水道裡潰爛的人臉出現在了我的眼前。
「狂怒、好戰、盲從、色欲、冷漠、貪婪、自大……舊世界的七宗罪將我們吞沒，神勸誡我們，行這樣的事，必不得承受神的國。舊世界的審判已經開始了，舊的人死去，新世界的秩序即將到來，宇宙有了永遠的和平與安寧……」
病毒在漫畫裡的每一次爆發都表明了一種人類的原罪，和舊時《聖經》裡的原罪有所不同，新「七宗罪」是寄生獸總結出來的現代社會根深蒂固的原罪！
紐約遊行最後演變成暴動，無辜的人因為大眾的「狂怒」成為犧牲品遭到毆打，絕望之下釋放病毒菌株；
「好戰」的美國準備違反《禁止生化武器公約》發起戰爭，沒想到家鄉生靈塗炭的科學家在外泄病原體後舉槍自殺；

迷信權威，以訛傳訛，正因為群體性的「盲從」，才能讓攜帶病毒的野生動物得到廣泛的追捧。

這段聽起來像祝禱詞的話，正是漫畫裡的「新七宗罪」呀！為什麼他會知道？

「這些事件看起來完全獨立，其實每件事都代表了一種原罪，它們之間是有緊密關聯的……我記得漫畫裡提過，病毒是寄生獸給人類的試煉石，而人類用它毀滅了自己。」

「按照這樣的推斷，代表狂怒、好戰、盲從的事件都已經出現了，還剩下色欲、冷漠、貪婪和自大……」駱川吸了口氣。「當代表這七種原罪的事件都發生之後，人類就滅亡了？」

我點了點頭。

「這聽起來完全講不通，好隨便啊，『史努比』大戰外星人都比這個聽著可靠。」

「當時我跟你的感覺一樣，所以才沒認真看下去，」我一臉懊惱。「早知道有今天……」

「這種事就沒法後悔。」駱川攤了攤手。

「那接著會發生的是『色欲』嗎？」

「我真的想不起來……」我撓了撓頭。「但我記得一些零星的畫面，發生地……好像是在日本。」

「妳沒，沒有記錯吧？」沙耶加臉色蒼白，連聲音都顫抖著。

「我不知道……」看到她緊張的表情，我的心裡也一下子沒了底。

「汪桑，妳仔細想想，具體是在哪個地方？妳能想得起來嗎？城市還是鄉村？」沙耶加慌亂地問。「我有地圖，妳看看能不能想起來什麼……」

我突然想起來沙耶加的身分，她對她祖國的感情，是遠遠超過普通人的。

「對不起……」沙耶加臉都憋紅了，把地圖攤在我面前。「拜託一定要想起來，我們也許能來得及阻止它發生……」

我盯著眼前的地圖一臉迷惘，上面的每一個地名我都很陌生，我很希望能為沙耶加做點什麼，但我努力地辨認每一個地名，它們在我心裡都沒有激起任何漣漪。

「沙耶加，我真的想不起來了……」我歉疚得不敢看她的眼睛。

「既然妳能記得事件、國家，那總有什麼文字或者圖畫能讓妳產生這種聯想的吧？」達爾文說。「妳能不能描述一下？」

我閉上眼睛：「我只記得漫畫裡有一個女生，她蹲在廁所裡哭，好像在學校裡被欺負。」

「學校！」沙耶加急切地說。「是哪所學校？叫什麼名字？」

我的媽呀，誰看漫畫還能記得裡面的街道學校路人的名字啊？我又不是影印機。

「不記得，」我搖了搖頭。「只記得她畫得挺漂亮的，穿著百褶裙和泡泡襪，黑長直髮。」

「穿泡泡襪的女學生少說幾十萬人吧。」沙耶加沮喪地說。

「還有什麼細節？校服的款式？裙子的顏色？」

「唔，百褶裙好像是格子的，」我用力回憶了一下。「學校在地鐵站附近。」

「這種事為什麼不報警啊？」迪克說。「讓警方搜索不是更快嗎？」

「我們連學校的名字都沒有，就算去報警也沒人信，哪個國家的警察局不是一年接到上百個宣稱世界末日的騷擾電話？這種事真沒法查。」駱川歎了口氣。

「我想，我可以結合通勤列車線路圖和學校分布圖查到點東西。」達爾文邊說邊轉身走出去。

「汪桑，妳再想想，看還能想起什麼。」沙耶加說完也緊跟了出去。

我坐在床上，腦海裡浮現出來的是橋洞裡那張將死的臉。他髒兮兮的外套下麵穿著的卻是白色的純麻袍子，就像是教堂裡祝禱的牧師。

他到底是誰？為什麼會知道漫畫裡的內容？是誰告訴他的？

難道他冒著死的危險，就是為了傳遞給我這幾句話，好引導我想起漫畫裡的內容？

他和羅德先生都說過，答案在我的回憶裡，這句話難道指的就是我必須想起漫畫裡的所有內容，才能阻止一切成真？

但我他媽的怎麼可能想起來啊，別說一年前看的漫畫了，就是三個月前的我都能全部忘記。

到底該怎麼辦？

迪克、沙耶加和達爾文都出去了，只剩下駱川在房間裡。他並沒有顯露出太多的緊張，而是像平常一樣吊兒郎當地往床上一躺。

「到底還是高中生，把事情想得太簡單了，這麼找怎麼可能找得到呢。」他揶揄地說。「就算你們真的幸運地查到了那所學校，又能怎麼阻止呢？」

「起碼比什麼都不做要好。」我自言自語。「或許能讓沙耶加舒服點。」

「小土豆，妳真的什麼都不記得了嗎？」他突然轉過頭，用一張以假亂真的吳彥祖的臉盯著我。

「我把我能記起來的都說了。」我緊緊抱住頭。

「以前我看過一篇關於短期記憶和長期記憶的論文，裡面提到在很多時候，這兩種記憶完成轉化時，我們的大腦是無知覺的。」

「說人話。」

「我的意思是，也許妳記得，但妳忘了妳記得。」

我被駱川繞暈了：「你就直接說，我怎麼才能記起我忘記的事吧。」

「我倒是想到一個辦法。」駱川狡黠地一笑。

九月十八日

時間是五點過一刻，這一站總有很多等車的人。附近的中學已經放學，學生三三兩兩地站在月臺前面。天氣已經很冷了，她們仍穿著短裙，用毛呢圍巾攏著脖子。月臺裡的大多數人在專注著自己的事情，有的低頭看著漫畫或報紙，有的捂著嘴打著電話，還有人已經打起瞌睡。

遠遠地，太陽已經快落到富士山後面了，今天天氣很好，連山上的積雪都清晰可見，晚霞把天空染成了橘紅色，一輛同樣顏色的列車緩緩駛來。

穀口直美解開了大衣扣子，眯著眼睛面向夕陽的方向。

真的好溫暖，她心想，這是我在世界上感受過的唯一溫暖了吧。

能看著這麼溫柔聖潔的美景離開人世，連無用的我也跟著看起來充滿光輝呢。她閉上眼睛。

谷口直美向前跨了一步，她的鞋子上粘著泥土，大衣裡的裙子上有一些乾涸的血汙。她已經把自己的頭髮和臉都洗乾淨了，可這已經是她僅有的最體面的衣服。

明明就能解脫了，為什麼還是感覺到怨恨和憤怒呢？

一天前。

穀口直美站在換鞋櫃前，不敢抬起頭，她輕輕用身體掩住自己的鞋櫃，等其他同學都換上鞋走進教室，她才緩緩地蹲下去，拿出鞋子，往外倒了倒。

一些圖釘掉在地面上。

「放學到游泳場更衣室來。」裡面有一張字條。

她知道一切又要重演了。

穀口直美下意識地用手摸了摸臉。她的臉頰上有一塊硬幣大小的紅色胎記，此刻用遮瑕霜掩住了。

正是這塊胎記，讓她從小到大成了被同學嘲笑的對象。所以，她對鞋櫃裡出現的一切都習以為常——圖釘、死老鼠、「悄悄話」的字條……

所以在高中開學之前，她乘坐火車去了一趟「秋葉原」（知名貿易商業區），按照雜誌上教的那樣，買了戲劇演員用的那種強效遮瑕霜。

化妝術讓穀口直美看起來和正常人的面貌沒有區別，她逐漸地也愛說幾句俏皮話了，甚至能在上課時舉手回答幾個問題，連排球社的前輩也在集訓完邀請她一起去喝飲料。

除了運動完擔心自己脫妝的某些時刻，直美天真地以為，她已經不是以前的她了。直到這張字條出現在她的鞋櫃裡。

「放學到游泳場更衣室來。」命運不會放過想逃離它的人。

沒事，習慣了。直美閉上眼睛，這次會像之前每一次那樣，都會過去的。

平靜地上課，平靜地吃午餐，平靜地做題。直美力所能及地表現出和往日並無不同的樣子。她不知道自己在害怕什麼呢？那種讓人恐懼的事物存在於鞋櫃的字條上，存在於教室裡，存在於同學和同學之間。它打擊一切標新立異的情感。

察言觀色，隨波逐流，把自己放在平均值裡是最安全的。你不能過度喜悅，也不能過度悲傷，別讓人看到你的眼淚，他們會嘲笑你的脆弱。

游泳場放學後一個人也沒有，直美剛走進更衣室，背部就被踹了一腳，她踉蹌一步，跌倒在馬賽克磚地上。

「聽說妳和武藤學長去喝咖啡了？」

身後是個太妹樣子的女學生。直美抬頭看了一眼，她身邊還站著三個女生和一個社會青年打扮的男生。

「我聽女子高校的朋友說，以前和妳在同一個初中部，妳臉上有塊難看的痣，現在哪兒去了？」

另外兩個人把直美從地上拖起來，拖到洗浴室裡，撩開簾子，把她的頭按在熱水槽上。

滾燙的熱水從槽口噴出來，濺在直美臉上。她感覺皮膚一陣劇痛，嗆進鼻孔的水讓她咳嗽起來。

「喲，看來是真的，真噁心。」為首的女生撿了塊抹布搓了搓直美的臉，那塊硬幣大小的痣清晰起來。

「有著這麼醜陋的臉，還好意思跟學長約會嗎？」

「或許是那種女人……」旁邊一個幫凶掩著嘴低語了幾句。「太浪了……」

「我倒有個好主意。」另一個幫凶露出一個猥瑣的表情，說完她們一起笑了起來，又朝那個社會青年說了幾句。

「把她的衣服脫了。」

直美突然明白了什麼，她開始意識到這不像她以前那樣，挨幾下打、吃幾口泥就算了。

欺淩永遠不會減輕，只會升級。

「我錯了，放了我吧，放了我吧。」直美一邊哭一邊說。

「看妳那軟弱的樣子，妳不是控制不了自己勾搭男人嗎？」

「看著妳的臉，我還覺得我吃虧呢。」那個社會青年解下皮帶走過來。

就在這時，更衣室突然響起了門軸轉動的聲音。幾個女生把直美抓進來的時候，竟然忘了鎖門，一張戴眼鏡的臉探了進來。

直美認得他，是二年級C班的湧太，他們午餐的時候打過幾次照面。

「游泳場關門了。」太妹絲毫沒有懼色，只懶懶地說。

直美的嘴被捂著，但她奮力掙扎，使勁咬了一口捂住她的手，對方尖叫一聲鬆開了。

「救我！救我！」直美也顧不得旁的了，她不顧一切想要抓住湧太這根救命稻草。

「你有什麼事嗎？」太妹又問門口驚呆了的湧太。

「落了東西在儲物櫃裡……」湧太小聲道，他的驚訝只持續了僅僅幾秒，就變成了一臉唯唯諾諾。「但明天也可以拿，打擾了。」

說完他便迅速退了出去，任憑直美如何哭喊。

他的表情寫得清清楚楚：我不想招惹麻煩，這是你自找的。

直美看著更衣室的門在她面前再次緩緩關上，萬念俱灰。

「妳剛才咬我來著？」那個青年一巴掌把直美打在地上。

「把她的內褲扒了。」太妹鎖好了門，笑了起來。

訓導主任黑崎下班後去游泳場清點物料的時候，發現了更衣室裡的直美。

那時候天已經黑了，黑崎聽到女子更衣室傳來模糊的哭聲，進去只看到大片的水漬，一個高中部的女生窩在牆角裡，臉被邊腫了一半，一隻眼睛已經睜不開了。

「要不要緊？」黑崎趕緊幫她把衣服穿好。「能走路嗎？我扶妳去校醫室吧。」

直到黑崎擦掉她臉上的血，直美才從驚愕中反應過來。

「老師，」直美拉住黑崎的褲腿。「他們把我……把我……」

羞恥，讓直美怎麼都說不出那兩個字。

訓導主任有點緊張，他還有半個月就能升上課長了，他可不想在這中間出什麼么蛾子。學校裡總有些學生滋事，這些孩子到了青春期難免有不良行為，其他學校也如此，就算是整個世界也如此。說到底，這仍是學生和學生之間的事。

「說，說什麼呢，能起來就快回家吧。」黑崎應付著說。

「他們不會罷手的……」直美忍著小腹的劇痛，不依不饒地拉著黑崎。

「也許是你們的小誤會吧，這種事老師插手反而會很麻煩的。」黑崎擠出一絲笑容，似乎在強迫直美相信剛才發生的只是一場小小的鬧劇。

直美搖搖頭，她知道這不是什麼小誤會。

她以往的經驗告訴她，一旦這種事有了第一次，就會有下一次，再下一次。

「報警……」直美用盡力氣虛弱地說。「請幫我報警吧。」

「什麼？」

「我被強暴了。」

直美的聲音很低，換來的是一陣沉默。

黑崎難以置信地看著直美，他沒想到直美會有勇氣說出這個詞。他沒有表現出關心，反而在冷靜下來後，輕微地向後欠了欠身子，和直美保持著一定距離。

那一刻，直美的心突然如墜冰窟，她知道她很難等到她想要的回答了。

「妳的意思是說，妳認為自己被強暴了？」黑崎慢慢地說。

直美瞪大了眼睛看著黑崎，她沒想到他會說出這種話，什麼叫「妳認為」？她一時間理解不了這句話的意思，難道她認為還不夠嗎？

「我沒有在現場，又怎麼能斷定妳不是因為對誰有怨恨，而故意歪曲事實呢？」

黑崎站了起來，拍了拍褲子。「說起來，他們為什麼只欺負妳呢？或許這是妳的原因。」

「我在電視裡看到過，現在的刑事技術很先進……」直美吸了口氣，她的聲音飄忽不定，一點力量也沒有。「如果是去醫院檢查的話，是能夠證明的……」

「退一萬步來說，就算真的被強姦了，但造成這種情況的人是妳自己吧？你為什麼要跟他來這裡呢？難道你不應該為自己的行為負責嗎？」

直美看著黑崎，但很快垂下眼去，她沒有再反駁，因為已經死了心。

「要是能站起來，就快些回家吧。」

「知道了。」直美喃喃地說。

黑崎如獲大赦般鬆了口氣，迅速退後了幾步，離開了更衣室。

直美忘記她是怎麼回到家裡的，電視的聲音很大。媽媽明子坐在客廳裡的榻榻米上，專注地看著購物頻道的魚油貴婦美容品的介紹。

「一週之後，感覺到肌膚像初生的嬰兒一般呢。」電視裡一個女人摸著自己的臉，陶醉地說道。

相應的，明子也用手撫摸著自己的面頰，她的眼角已經出現了些許溝壑，但仍看得出年輕時是個美人。

明子很愛漂亮，她喜歡買鮮豔的衣服，燙時髦的鬈髮，在週末穿高跟鞋和朋友去銀座喝咖啡。她愛美甚於愛一切。

「我回來了。」

「我已經吃過了，冰箱裡有剩下的咖喱。」

直美一瘸一拐地從明子面前穿過，明子目不轉睛地盯著電視，她幻想著魚油撫平了自己開始衰老的肌膚，卻完全沒有注意到直美腿上的瘀青和褶皺的衣服。

臥室裡傳出爸爸的呼聲和濃濃的酒味，他在工地做工頭，總是不到晚上六點就喝得醉醺醺的，直美已經有半年沒和他說過話了。

走進廚房，直美看到餐桌上還放著沒有收拾的壽司外賣餐盒。

「妳這個月做什麼了？帳上少了錢。」明子突然好像想起了什麼，在客廳裡大聲說。

平時的家庭開支包括買菜、物業和水電，都是直美負責，但明子每個月會查帳。

「兩萬多元呢，帳單顯示在秋葉原。」

是那個遮瑕膏，直美想起來。但她沒有回答，而是從冰箱裡取出一盒剩飯，塞了一口進嘴裡，嚼了嚼，吐了出來。

連帶吐出來的還有一顆牙齒，那是剛才被打鬆的。

「拜託妳不要隨意花錢可以嗎？」明子向廚房走來。「那可是我的錢，我的錢是從天上掉下來的嗎？還是在路上撿到的？養妳已經夠花錢的了，讀完高中就出去打工吧。」

直美沒有說話，她直愣愣地看著水槽裡的排水口，裡面似乎有殘渣剩飯塞住了。

她打開水龍頭，嘩嘩的自來水沖刷著水槽，水槽中心出現了一個小小的漩渦，漩渦在直美的眼睛裡越來越大，大到可以吞噬一切。她覺得自己靈魂的某一部分也被捲進了漩渦裡，沖進了下水道，和所有骯髒腐臭的遺棄物下沉到下水道的最底部。

明子罵罵咧咧地走到直美身邊，忽然盯著直美的臉，仔細看著不再說話。

有那麼一瞬間，直美覺得，媽媽終於發現了她臉上的燙傷和腫得睜不開的眼睛。

但明子只是打量了直美一會兒，突然冷笑了一聲：「看看妳臉上那塊痣，我真沒辦法理解，我這麼完美的人怎麼會生出妳這麼醜陋的孩子。」

直美如墜冰窟。

遠處夕陽如血。

中央線的列車就要進站了，直美猛地向前一步，朝月臺下的鐵軌跳下去。

一切都結束了。

突然，她的身後有一隻強而有力的手，把她狠狠地往上一扯。列車進站的風掠過直美的頭髮，她的頭皮擦著鐵皮而過，她向後一仰，重新回到了月臺上。

她的身後，站著一個穿連帽衫的男人，臉被長長的帽簷遮住，看不清長相。

「幹什麼呢？」那個人用並不太標準的日語在直美耳邊說。「妳不敢跳下去，那種程度只會被撞飛，斷一條腿，過段時間還是要回學校去的。」

他的話擊中了直美的內心。

「他們為什麼欺負我？」她淚眼婆娑，聲音顫抖著問這個陌生人。

「他們欺負妳，當然是妳的原因。」他的回答和黑崎的如出一轍。

「知道妳錯在哪裡嗎？因為妳不會反抗，沒有能力報復，妳只會極力微笑，邊討好邊挨打。妳以為忍完初中就完了嗎？妳沒想過還有高中，還有下個學期，還有明年。即使在妳畢業升入大學，工作，走入社會，這種欺凌也無處不在，這已經是最可怕的嗎？不是，最可怕的是，周圍那些在妳傷口上撒鹽的人，冷嘲熱諷的人，在妳遭受欺淩後還認為是妳的原因的人——他們早已經被這個社會改造成沒有情感的蛆蟲，卻還希望用扭曲的靈魂把妳踩在腳下。」

「即使我知道，也什麼都改變不了。」

「如果我給妳一次機會呢？」他在夕陽下笑了。「如果我給妳一次改變這個世界的機會呢？」

第十二章　心靈導師

我跟著駱川走在雨裡，他已經在市區轉了四圈。

小鎮的市中心不大，包括我之前和M光顧的那家老式電影院，真正能稱得上市區的地方不過從西到東五個街口。一個圖書館，一個水電繳費處，兩個銀行，剩下的都是雜七雜八的小店鋪和速食店。五點剛過，街上的人少得可憐，一些私營服裝店已經開始關門了，酒吧則會到八點過後才開門。

「我們到底在找什麼？」我抹了抹臉上的雨水，問駱川。

他沒有回答我，而是仰起頭在街道左右張望著，似乎在尋找什麼。

「這是第五圈了。」

「沒道理呀，我記著就是這兒附近，」他低聲抱怨著。「難道倒閉了？」

話音未落，他好像猛然發現了什麼，停下了腳步。順著他的目光，我看見街道對面一棟老式建築的二樓，有一塊很小的看板，上面用霓虹燈條繞了一個手掌的形狀，下面有一行小字——心靈感應，塔羅占卜，通靈術，自然之力。

我轉頭就往回走，被駱川一把拉住了。

「小土豆，妳要去哪裡？」

「世界很大，我想去看看。」

「這麼不信任我？」

「我有點後悔信任你。」

什麼鬼，我翻了翻白眼，帶我去找時光機回到過去都比這個可靠。

「我跟妳賭五十塊，她跟妳想的不一樣，」駱川頓了頓，露出一個難以捉摸的表情。「如果她肯見妳的話。」

「你現在給我一百塊，我就當是打小時工，」我攤開手掌。「陪智障老人出遊費。」

駱川拿我沒辦法，拍了一張鈔票在我手上，我跟著他過了馬路。他推開了一扇有點掉漆的木門，穿過狹長的走廊引著我上二樓。在樓梯口有一扇拉著簾子的小門，門上寫著「心靈導師：莫杜娜・孔卡拉」，門把手上面掛著一塊停止營業的牌子。

駱川敲了敲門。

「誰呀？」過了一會兒，門裡傳來一個略帶磁性的女聲。

駱川沒說話，又敲了一下。

「預約了嗎？」對方又問。

「沒有。」

「門口有預約電話，孔卡拉導師在週二、週四有空，」那個聲音又說。「現在已經關門了。」

「我找亞麗莎・戴安。」駱川清了清嗓子。

那個女人沒有再說話，過了一會兒，我聽見拉開門閂的聲音。

一個黑人混血女性的臉露了出來，不得不說她長得真好看，雖然皮膚黝黑但是柔潤光潔，一雙大眼睛配著長長的睫毛，頭髮隨意向上挽了個髮髻，身材在任何一個人種裡都是上乘的，絕對的脖子以下全是腿類型。

她眯起眼睛，打量了駱川一下。

「好久不……」

駱川還沒說完，對方就一把把門關上了——要不是駱川跟門還有點距離，這關門的力道足以把他的鼻子轟平。

「亞麗莎……嘿，我們能好好說兩句嗎？」

「狗娘養的你還敢來？還想再騙我一次？」那女人的聲音從門裡傳來。「你真是越來越大膽了，現在連胸都沒發育的小丫頭片子也不放過。」

我莫名其妙被罵了一句，氣得轉身就要下樓，駱川一邊拉住我一邊說：「亞麗莎，我真的需要妳的說明，她是我侄女……哎，至少給我一個機會把話說清楚。」

「別異想天開了，快滾吧。」

「亞麗莎……」

「別人都叫你滾了，你沒聽見嗎？」我順勢拉著駱川的胳膊往樓下拉。「她不會開門的，這都是你亂搞對象的報應。」

駱川歎了口氣，突然像下定什麼決心似的，貼在門邊上說：

「三百塊一小時。」

門的那邊沉默了十幾秒：「一千塊一小時。」

「均價才八十，妳為什麼不去搶？」駱川義憤填膺。

「你占我的便宜還少了？」對方說。「你不是想贖罪嗎？」

「感情的事一個巴掌拍不響，你情我願的，五百。」

「哦，是嗎？如果感情就是拍巴掌，那我真想拍在你臉上，一千二。」

「我們真心相愛過，八百。」

「正因如此，我才恨透了你，一千五，一分不降。」

駱川深吸了一口氣，躊躇了幾秒：「成交了，亞麗莎。」

「把錢從門縫底下塞進來，只收現金。」

「妳就這麼不相信我嗎？」

「你說永遠愛我的時候，我相信過，」對方一聲冷笑。「我已經付出過代價了。」

駱川把錢塞過去一會兒後，亞麗莎才打開門。我跟在駱川的後面魚貫而入，只見房間內部布置成波希米亞風，除了許多編織印花地毯之外，牆上還掛著一些看起來像某種魔法陣的掛畫。桌子上放著許多大小不一的水晶石，旁邊散落著幾副塔羅牌和鼠尾草熏香。

亞麗莎沒有看我們，而是徑直走到窗臺邊的沙發上坐下來。

「我們要幹什麼？通靈嗎？」我看了一眼亞麗莎，沒有掩飾地說。「其實我不信這些。」

「我也不信。」意料之外，亞麗莎竟然雲淡風輕地附和道。

「亞麗莎曾經是我教過的學生之一……」駱川有點尷尬地頓了頓。「畢業於麻省理工心理學專業。」

「事實證明，學校學的那些心理防禦都抵不過你的花言巧語，」亞麗莎轉頭看向我，自嘲地說。「被他騙過的女學生之一。」

「妳就這麼恨我？」

「老實說，要是現在德州電鋸殺人狂、希特勒和賓拉登都出現在這間房子裡，而我只有三發子彈，」亞麗莎瞪著駱川。「我會向你連開三槍。」

或許每個被拋棄的前任，都有瞬間化身段子手的能力。

「咯咯，我們現在究竟要幹什麼？」我打了個圓場。「一千五諮詢費還剩下五十分鐘。」

「我希望妳能替這個孩子催眠，她忘記了一些很重要的事情，只有妳能幫她想起來。」

催眠？

我曾經看過一些新聞報導，催眠其實是一項很危險的操作，必須由專業人士完成，眼前這個女人有這種能力嗎？她靠什麼催眠，難道是桌上這些亂七八糟的水晶石？

「我們不靠那些，寶貝兒，」亞麗莎就像看穿了我心中所想一樣，突然對著我說。

「剛才我回答過妳了，我也不信。」

「那為什麼妳還……」我咽了口口水，把「裝神弄鬼」四個字給吞了回去，畢竟這不太禮貌。

「有時候神祕學的包裝才是打開陌生人心扉的好辦法，」亞麗莎聳了聳肩。「人總是需要給某些看似無法理解的東西找些理由。我曾經做過四年，哦不，五年的心理醫生，那不是一個輕鬆職業，畢竟每天需要接收很多客戶的負能量，而對於一些真正心理有疾病的病人，我很難用醫生的身分走進他們的內心——從他們踏入我辦公室的第一步起，他們就認為自己在『看病』，我是醫生，而他們是病人，他們對我永遠有著防範心理。如果這時候我說出了他們的內心所想，他們會覺得：該死，這個女變態在偷窺我。他們會本能地抗拒，而我也會很累。儘管我無數次對他們解釋，這是科學，可這個世界上其實並不是那麼多人相信科學。」

亞麗莎歎了口氣：「可神祕學就不同了，我自從開了這家店，我可以利用心靈感應或占卜的說辭，輕易地打開一個人的心扉，解決他的問題，之後他還會認為這是來自宇宙神祕力量的功勞——靠塔羅牌的占卜回憶起失物所在，靠水晶靈石的力量減肥成功——他們不會認為那是催眠療法。」

「妳在欺騙妳的客戶。」我說。

「有些人很願意一輩子活在騙局裡，我只是遂了他們的意而已。」

「亞麗莎有高級心理諮詢師執照，曾經做過臨床心理醫生，在催眠方面妳可以完全信任她，」駱川拍了拍我的肩膀。「這是能讓妳回想起漫畫書內容的最好辦法。」

聽完駱川對我的情況的簡短介紹，亞麗莎蹙起眉頭：「有點難度，但我喜歡挑戰。」

說完，她徑直走進了裡屋，過了一會兒，她探出頭來：「妳可以進來了。」

屋裡鋪著卷羊毛地毯，我光著腳踩在上面感覺軟綿綿的，耳邊是舒緩的輕音樂，亞麗莎讓我平躺在地上。

「孩子，妳已經知道了我生意上的小祕密，我希望這不妨礙妳對我打開心扉。」

我點了點頭。

「在整個過程中，我們之間必須有對彼此的絕對信任，妳能做到嗎？」

「我相信妳不會為了報復外面那個男的，讓我認為自己是隻螃蟹或者蘑菇什麼的，就好像電影裡演的那種。」我擠出一絲笑容。

亞麗莎也笑了：「我還是有職業素養的。」

她繼續跟我聊了幾句，我忘了她具體說了什麼，只覺得一陣困意襲來。

「三聲之後，妳就會回到看漫畫的那一天，聽我的指令。」亞麗莎的聲音越來越遠。

「三、二、一。」

第十三章　回到過去

毛毛細雨飄在我的臉上。

我眼前模糊的景象開始慢慢清晰，那是一條並不太寬的二樓走廊，一側是教室，另一側是小花圃和陽臺，透過陽臺上有些生銹的防盜網能看到不遠處的操場。學生們靠在防盜網上，有的戴著耳機跟讀英語，有的在聊晚自習前去哪裡吃蓋澆飯，還有的三三兩兩聚在一起，小聲說大聲笑。

這是我曾經無比熟悉的初中。我突然感覺到自己就像穿越了，一切都那麼真實，雨落在臉上毛茸茸的感覺，打籃球的男生們經過身邊的汗味，這些我從未刻意記住的細節都真實地還原了，甚至我都有一瞬間懷疑這不是幻想。

這是一切開始的地方，那時候我還不知道美國長什麼樣子，我還不認識達爾文和沙耶加，不知道我會有怎樣的一場際遇。

我吸了一口氣，集中注意力四下張望，然後，我看到了我自己。

齊劉海兒，腦袋後面梳著一個馬尾，穿著略顯寬大的波浪校服，有些焦慮地向樓下張望，似乎在尋找什麼。

只有我知道。「我」在尋找著張朋的身影，他剛跟「我」分別。「我」跑上樓，又有點難以置信地朝樓下瞅去，可人群中早已不見了這個突然多出來的朋友。

我看見「我」手裡拿著的那本漫畫。

快打開呀，我一邊想一邊伸手去拿漫畫，可我猛地穿過了面前的自己，雙手撲了個空。

這是「我」的回憶，我突然想起來。

我是沒辦法對回憶做出改變的。我現在扮演的只是這段記憶的觀察者。

「我」又看了一會兒，操場上早沒了張朋的影子。「我」略帶失望地轉身朝教室走去。一進教室，熟悉的感覺再次撲面而來，班長正在把值日同學的名字抄在黑板上，後座的男生們互相丟著橡皮擦，同桌摘了眼鏡趴在課桌上，利用開課前的幾分鐘眯一眯眼睛。

我甚至能看到她課本上套著的磨砂星星包書紙，和筆盒裡的茉莉味香珠包，那是當時每個女生的潮流必備。我也曾經把這些東西看得無比重要，軟磨硬泡讓舒月給我買，可這種生活已經離我很遠很遠了，從我爸爸去世之後，一切都變了。

我突然有點想哭。

「我」用儘量不驚擾同桌的方式坐在她身邊，把抽屜裡的一本課本抽出來。

這節是化學課，老師是個略有點禿頭的中年男人，總是帶著一隻保溫杯，可從不在課上喝水。

「今天我們來講講上星期的卷子，先講選擇題……」

他的聲音不緊不慢，最後竟然變成了嗡嗡嗡的雜音，也許是因為當時我的文盲水準，除了他的音調之外什麼也入不了腦子。

我站在「我」後面，看著自己從抽屜裡摸出《寄生獸》，塞在化學卷子底下。

這麼多年我看的漫畫，無一不是用這種辦法，我的心隨著漫畫的翻開，劇烈地跳動起來。

「不要……不要弄髒我的衣服……」

漫畫裡，那個穿著唐老鴨布偶裝的亞洲男人被人踩在腳下，他的頭套滾進髒水裡，變得汙穢不堪。

「殺了他！黃皮豬！」一個黑人把槍塞進了他的嘴裡。

「只有人類才殘殺自己的同類。」書裡那隻寄生獸對得知真相的男主角說。

「弱肉強食，適者生存，是你們人類研究出來生物進化的本質。鼴鼠和鼴鼠之間互相吞食，是為了果腹；殼蟹和殼蟹之間的戰爭，是為了生存。可是人的殘忍遠遠超出了動物的自然本性，你們只為了宣洩自己的情緒就能傷害和殺戮自己的同類，宗教的差異、人種的差異、膚色的差異、黨派的差異……都能成為你們憤怒的理由。」

如果這幾句話放在過去，我聽起來不會覺得有什麼，但漫畫書裡的事真實發生了，就在我生活的世界，當我再看到這番話時，感覺到的是冰涼刺骨的寒意。

快往下翻啊，我在心裡催促。

「我」又往下讀了幾頁，當男主角和他的寄生獸想警告人類病毒已經開始擴散的時候，人們卻寧願相信養生廣告賣出的花面狸。明顯不合理的東西，卻被大肆傳播熱烈追捧，自己已經被病毒感染，仍懵懂不知。

男主和寄生獸站在市區高樓大廈的頂端，向下俯視著從學校裡四散奔逃的人們。

「他們明明有腦子，卻不用來思考；真相明明就在手邊，卻視而不見。高呼真理的人會怎麼樣呢？伽利略被迫在法庭上當堂懺悔，布魯諾被施以火刑，因為人類以群體作為單位的時候，他們相信的從來不是什麼真理，而是狂熱的盲從。他們殺害別人，也殺害自己，你為什麼還要對他們施以援手呢？」寄生獸對沉默的男主說。

「什麼嘛，米奇（寄生獸在漫畫書裡的名字）才不會那樣說。」「我」顯然對這種說教意義的話很不感冒，扁著嘴嘟囔了一句。

我想起這段記憶了，當時的我被大結局突如其來的逆轉弄得莫名其妙，寄生獸明明在前九本裡都是站在人類這邊的，怎麼到最後一本突然變節了呢？

作為一個追了好幾年的讀者。「我」本來對終章帶著巨大期望，但讀到這裡的時候變成了無比的失望。

「汪旺旺，」一個嚴厲的聲音突然在我耳邊響起。「第七題妳來講一下選什麼。」

「我」連忙用試卷蓋住漫畫書，慌亂地在卷面上尋找著第七題，茫然不知所措。

「選……選Ｃ？」「我」弱弱地說。

「為什麼選Ｃ？」

「因為……因為ＡＢＤ都是錯的？」

「各位同學啊，可不要學汪旺旺這樣，」化學老師邊翻白眼邊歎息。「以後要是也有機會走出國門，是要丟人的。」

三三兩兩的前排同學回頭看著「我」，眼神裡更多的是嫌棄「我」耽誤了講題進度。「我」的臉憋得通紅，趴在桌上半天抬不起頭，把漫畫收進抽屜裡。

「我告訴妳，妳一天在這個班上，就一天是我的學生，如果妳要開小差就到外面去，不要影響其他同學。」化學老師推了推眼鏡，不再理「我」。

「我」揉了揉眼睛，努力集中注意力看向黑板。我也順著「我」的視線看過去，突然，發現了一個奇怪的東西。

黑板上有一扇門。

它很小，大概和一張明信片一樣大，直愣愣地出現在黑板上的一堆化學分子式下方。它切開了鐵和硫酸銅溶液的反應公式，正是第七題的答案。

奇怪的是，化學老師仍拿著教鞭在黑板上比畫，對這個多出來的東西置之不理，其他人似乎也沒有對這扇門表現出多大的驚奇。

「那是什麼……」我情不自禁指著黑板說道。

沒人回應我，我才想起來，這一切都是我的回憶，這裡的人和物，都不會對我說的話做出任何反應。

這扇門是什麼？我不記得學校黑板上有一扇門呀！

或者說，這個世界上的任何一塊黑板上，都不應該也不會出現一扇門。

記憶中的「我」，托著腮盯著黑板，一點也沒表現出來有任何不妥。很明顯。「我」和其他所有人一樣，都看不到黑板上有扇門。

難道，這扇門只有我才能看到？

這不合理啊，我明明只是這段回憶的「目擊者」。

我開始仔細觀察起這扇門，它不是金屬防盜門，而是二十世紀九〇年代筒子樓裡最普通的那種門，硬要說的話，可能有點老舊，門板上刷的棗紅漆掉了許多，露出底下的實木紋理。門中間右側有一個黃銅的把手，上面鏽跡斑斑，一看就是很久沒有人用過了。

我牢牢地盯著它，它似乎有一種魔力在吸引我靠近，召喚我把它打開。

「嗒嗒嗒。」三聲響指後，我聽到一個模糊的聲音。

「聽我的指令，醒過來。」

一瞬間，我像是地毯上的灰塵一樣，毫無反抗之力地被吸塵器吸了起來，周圍的環境變得模糊。我從一片混沌之中被抽離，好像過了很長時間，又好像很短，我看清了身邊的人。

亞麗莎和駱川。

「唔——」我想說點什麼，但喉嚨一陣哽塞發不出聲音，就像大腦和語言無法同步一樣。

「怎麼樣，看到了嗎？」

「沒有……剛剛我只看到了漫畫的前幾頁，那些已經發生了的事。」我把剛才所見大致描述了一番。

「這是一本什麼漫畫，這裡面的內容和最近的新聞報導有什麼關係？」亞麗莎聽完我的敘述，敏銳地感覺到我的回憶並不簡單。

「妳除了看到漫畫書之外，還看到什麼別的東西了嗎？」駱川沒有回答亞麗莎，反而莫名其妙地問了我一句。

奇怪的東西？我想起了那扇小小的、嵌在黑板上的門。

「沒……沒有什麼奇怪的東西，」我不知道我為什麼這麼回答，但嘴裡不自覺地說出來。「為什麼這麼問？」

「因為妳被催眠的時候……」駱川欲言又止。

「我剛剛怎麼了？」

「沒事，沒什麼。」駱川擺了擺手。

「到底怎麼回事？」

「沒什麼，親愛的，相信我，」亞麗莎拍了拍我的肩膀。「就是說了些胡話，我以前催眠過的病人也會這樣，他們甚至會唱歌或夢遊，因為潛意識和深層意識是不同步的，這不是什麼匪夷所思的事。」

「我剛剛說什麼了嗎？」

「我聽不懂，或許是中文？」亞麗莎攤了攤手，駱川卻沒有吭聲。

「亞麗莎，我剛才沒有看到我想要看的東西。」我如實相告。

「這很正常，催眠往往不是一次治療，而是數次甚至數十次，隨著每一次催眠的深入，逐漸把曾經的回憶調出來。就像電腦文檔，每次妳只能找到一個根目錄，從根目錄到子目錄再到核心代碼是需要時間的。」亞麗莎一邊說，一邊試圖把我從地毯上扶起來。「過幾天妳可以再來。」

「可是我沒有時間了，」我沒有握住她伸過來的手。「我必須儘快想起來，妳再催眠我一次吧。」

「你們中國有句話怎麼說來著？揠苗助長，是會物極必反的。」亞麗莎搖了搖頭。「我不是不肯幫這個忙，但高頻率的重複催眠，能夠啟動的回憶將會越來越少，甚至還會出現幻覺——換句話說，妳很有可能出現記憶錯亂，這不是開玩笑的。」

「我不怕風險，」我堅定地看著亞麗莎。「再試一次。」

亞麗莎閉上眼睛，歎了口氣：「記憶是有防禦機制的，第一次妳能輕易窺探到，第二次就不一定了。妳要回憶的東西太過具象，就算我們現在再做一次，意義也不大，我幫不了妳。」

「難道就沒有別的辦法了嗎？」

坐在地上的三個人陷入集體沉默。

「辦法不是沒有，」亞麗莎突然抬頭看著駱川。「你還記得我的心理諮詢師執照是怎麼被吊銷的吧？」

駱川愣了一下，但幾秒鐘之後猛地想起了什麼，驚愕地看著亞麗莎：「妳現在還……」

「去你的，我要是用到現在只會有兩種下場——要麼死了，要麼進了精神病院。」亞麗莎翻了翻白眼。「這東西已經不流行了，但不代表我沒有一點存貨。」

「你們到底在說什麼？」

「不行，」駱川連連擺手。「我是這小傢伙的監護人，她出了什麼事，我沒辦法跟她家長交代，那玩意兒畢竟是禁藥。」

「喲，變成乖寶寶了嘛，十年前在麻省理工的時候，你可不這麼說。」亞麗莎的眼神突然有了一絲溫柔。「駱，我們都老了。」

「無論是什麼方法，哪怕是毒藥我都要試！」我想起沙耶加，她從來沒有求過我什麼。

「我到底該聽誰的？」亞麗莎說。

駱川這次沒有再反駁，只是輕聲問了一句：「妳能保證劑量在安全範圍之內嗎？」

「我什麼都保證不了，但冷戰時期蘇聯人就是用這個方式增強回憶的。中情局也曾用過這種藥物輔助催眠，讓那些變節的特工供出軍方的頂級祕密，你和我都知道這一點。」亞麗莎歎了口氣。「我們也知道它的副作用，儘管它不具備成癮性，在藥效完結的時候仍然十分痛苦。」

我懇切地看著亞麗莎。

駱川沒說話，亞麗莎看了他一眼，起身從一塊水晶石下方的木制盒子裡，取出一個小塑膠密封袋，裡面竟然是幾張薄薄的像紙片一樣的東西，每一片和指甲蓋一樣大。

「就是這個？」我皺眉道。

「別小看這些玩意兒，每一片都含有兩百微克ＬＳＤ。」亞麗莎看著我，表情嚴肅。

「這種藥物叫作二乙基醯胺，是一種世界上已知的最強烈的中樞神經致幻劑。它曾經在上世紀六七十年代嬉皮士盛行的時候風靡整個美國，」亞麗莎頓了頓。「那時沉迷於它的人，現在都死得差不多了。」

我打了個冷顫。

「在我的催眠引導和ＬＳＤ的幫助之下，妳或許能想起更多細節，或許！如果還是一無所獲，我們就放棄。這是我的底線，妳接不接受？」

「我接受。」

亞麗莎把塑膠密封袋塞給我，她不願意承擔任何後果，因此最好是從取出到服用的整個過程都由我自己來。我撕下其中一片，放在舌頭上，原以為會有藥物常有的苦澀，出乎意料的是一點味道都沒有。薄薄的紙片沒有幾秒鐘就在舌尖上融化了，什麼都沒發生。

亞麗莎順手拿下了壁爐上的一個計時器，轉了十五分鐘，整個房間裡只有單調的嗒嗒嗒倒計時的聲音。

開始的五分鐘我沒有絲毫反應，直到亞麗莎不緊不慢地說：「聽著倒數計時，跟隨我的指令，妳將穿過記憶的隧道，回到看漫畫的那一天。」

隨著一個響指，我猛然感覺到天旋地轉。身邊的一切事物開始扭曲變形，桌椅、壁爐、牆壁和地板都開始扭曲，變成了永無止境的螺旋。亞麗莎和駱川由大變小，最後成為一粒微塵消失不見。

第十四章　我是誰

我像是置身在一個絢麗的隧道當中，身邊極速穿過的是我擰成麻繩一樣的記憶；我又像是站在沒過頭頂的海水之中，雙眼只能看見海面隱隱約約的波光，我認識的人、經歷的事都變成海水堵住口鼻無法呼吸。我忍受著巨大的眩暈感，不知道過了多久，甚至比一天還長，眼前的景象才再次清晰。

我站在地鐵站裡。

那是學校旁邊剛建好的地鐵站，像上次催眠一樣，我看見了「我」坐在等候區的金屬凳子上。

黑色的月臺時鐘顯示現在是十五點四十分，因為還沒到下班高峰期，地鐵裡並沒有多少人，只有兩、三個值勤人員沿著月臺來回巡邏。

我想起來了，離開學校的那天下午，我早退了。

早退的原因很簡單，反正沒有人在乎我的離開，我也沒有誰可以告別。

南方的天氣有點炎熱。「我」把大波浪校服紮在腰間，一手拿著紙巾擦著頭上的汗，眼睛盯著漫畫書，皺著眉頭一言不發。

漫畫翻開的那一頁，正巧畫著一個穿著校服的日本女孩。

我的心狂跳起來，這不就是我遺忘的內容嗎!?

我屏住呼吸往下看去，這次我終於「看清」了。那個日本女孩叫谷口直美，她所在的學校是江××高等學校，她的校服是千鳥紋紅白格百褶裙配黑色領帶。因為臉上天生的一點小缺陷，直美成了同學之間被排擠的物件、校園欺淩中的犧牲品。被強暴後不但沒有得到老師的幫助，連自己的親生母親都嫌棄她。

周遭人的冷漠和自私，將她逼上復仇之路。

她迎著京都第一縷朝陽，把潘朵拉病毒投放到學校和公寓樓的蓄水系統中。病毒導致了大規模的感染，並迅速擴大到其他城市，多地都出現了病例。

「直美殺死了許多人，但只有她才是唯一的受害者。」寄生獸對男主角說。「死掉的每一個人，在直美遭受不公的時候，他們選擇了無視，他們的每一雙手都把她往深淵推近了一步，因此他們都不值得被拯救。」

「這都是什麼破劇情啊。」坐在候車區的「我」感歎了一句，迅速向後翻了幾頁，書頁上的內容突然模糊起來。

完了，這時候「我」已經不專心看書了，連我自己都沒看的內容我要怎麼回憶起來啊？

「大姐，妳翻慢點啊！」我情不自禁地說。「認真點讀啊！」

坐在凳子上的「我」置若罔聞。廢話，我對她而言根本是不存在的。這時候我真的超級恨自己，從小到大我就是個不求甚解的人，不感興趣的東西永遠一帶而過，連看漫畫都不認真，怪不得學習成績這麼差。

「我」又囫圇吞棗地瞎翻了幾頁，廣播裡響起了報站的聲音。

我跟著自己走到月臺邊上，下意識抬起頭看了一眼黑洞洞的進站口。不看不要緊，一看我就呆住了。

那扇門又出現了。

這一次，它貼在月臺的正對面，列車隧道另一側的牆上。

它靜靜地佇立在燈箱看板之間的夾縫中，燈箱裡發出的五顏六色的光散落在上面，讓掉漆的木板紋路更加清晰。此時的門比在黑板上的時候大了將近一倍，約有半公尺高，和通風管道差不多，能讓一個小孩勉強爬進去。

月臺上的人似乎沒有一個人注意到它，包括那個正在低頭看漫畫的「我」。

我揉了揉眼睛，亞麗莎說過，在藥物作用下的催眠會導致記憶錯亂，這扇門會不會是我的幻覺？

這不合理啊！我第一次進入回憶的時候，可沒有服用ＬＳＤ。

揉眼睛顯然沒有任何效果，那扇門並沒有消失。

我湊近月臺邊上，仔細觀察起這扇門來。乍一看它和上次並無二致，但因為變大的原因比之前更加清晰了，我終於在門下三分之一處發現了一點端倪。

那裡似乎用筆還是什麼東西，畫了兩個簡筆劃小人。就是那種經常出現在兒童繪畫裡，一個圓圈為頭、四根簡筆線條為身體的簡筆小人。兩個人手拉著手，站在一起。

我對這個圖畫毫無印象，可眼睛卻無法移開。雖然我的理智告訴我，這時候更重要的事是去仔細看清楚漫畫書上的內容，可這扇門像是有魔力一樣吸引著我。

那種感覺，就像是長途遷徙的大雁飛過半個地球，終於看見了棲息地；又像是被監禁了半生的囚犯，終於看到為自己打開的鐵閘。

妳知道那裡就是妳的終點，那裡有妳想要的一切。

我壓抑不住去靠近那扇門，就像著了魔一樣，直到呼嘯的列車把我拉回現實。我已經站在了鐵軌中間——來不及逃竄甚至尖叫，漆黑巨大的列車就在咫尺，它一頭撞向我，將我撕得粉碎。

我真的在做夢嗎？我要死了嗎？

「醒來！醒來！」

迷迷糊糊，我聽到一聲熟悉的呼喚。是駱川的聲音。

我奮力睜開眼睛，首先看到的是駱川扶著我的肩膀拚命搖晃，亞麗莎坐在地上一臉驚愕，她的衣服亂七八糟，上面甚至還有幾道口子。

我極力抑制住想吐的感覺，在一陣眩暈中坐起來，雖然周圍的東西還是有點扭曲，但相對能看清楚了：水晶玻璃球摔得稀巴爛，本來在桌上的書也橫七豎八地掉了一地。

「妳是誰？」亞麗莎見我醒了，第一句話就這樣問我。

什麼叫我是誰？我還能是誰？

「怎麼回事啊？」我剛想站起來，又一陣眩暈讓我跌坐在凳子上。

「沒……沒什麼事。」駱川搶在亞麗莎之前說了這麼一句。

沒事就見鬼了，我心想。但我難受得連話都說不清楚，就沒有再問下去。

亞麗莎看我的眼神都變了，她甚至有意識地退後了一點。

「你們最好立刻離開這兒。」她環抱著雙手，就像是受到了驚嚇。

「我不走，我還沒完全想起來……」

「我說快點離開！」她打斷我的話，忽然有點歇斯底里。「我不幹了，給多少錢也不行！」

「到底發生了什麼……」

我的話音未落，駱川就把我從凳子上架起來。

「已經夠了，妳不適合再繼續了，沒有人能承受這麼頻繁的催眠，」他邊說邊拖著我往外走。「我不能由著妳胡來了。」

回去的路上，駱川一直皺著眉頭，反常地沉默。

「亞麗莎剛才怎麼了？」我走了好一會兒，終於還是忍不住問。「她看起來……受了驚。」

「她只是累了，」駱川看著前方。「妳別多想。」

「是不是我被催眠的時候，發生了什麼？」我想起亞麗莎淩亂的衣服。

「什麼都沒發生，」駱川突然停下腳步，回頭望定我。「今天催眠的事不要對別人提起，知道嗎？」
「為什麼？」
「我不想別人知道我縱容未成年人服用致幻劑，這會給我惹麻煩。」
我不確定他說的是不是真話，只好點點頭。
ＬＳＤ藥效過去的時候我吐了兩次，駱川扶著我，在太陽下山之前終於回到了家。一進門，就看到沙耶加和其他人坐在客廳沙發上。
「沙耶加，那個女孩叫谷口直美，我想起來那所學校的名字了！」我迫不及待地跑過去。「叫江……什麼來著？」
「江ＸＸ高等學校……」沙耶加盯著電視的眼睛移到了我身上，她的聲音顫抖著，眼淚奪眶而出。「汪桑，病毒已經爆發了……」
我轉頭向電視看去，裡面的新聞主播正站在街頭。她身後是被員警和生化醫療部門重重圍住的學校，和漫畫書裡的場景一模一樣。
客廳裡沒有人說話，似乎連空氣都不再流動。沙耶加微微發抖地靠在迪克身上，連達爾文看我的眼神都充滿了怪異。
「沒有百里酚酞。」過了大約半分鐘，達爾文輕輕地說。
「什，什麼意思……」我聽到自己的聲音問，但我心裡隱約已經猜到這句話的含義了。
「書頁上沒有百里酚酞的痕跡，紙張壓紋、活碳劑都表明這本漫畫是用全新的碳粉紙裝訂的，」達爾文一字一頓地說。「也沒有氫氧化鈉，所有能做的測試我都做了。」

我瞥見達爾文身後的桌子上，有一些實驗試劑和試紙。

「這些書頁上什麼都沒有印過，它們只是白紙而已。」他不再看著我，也沒有回答我的問題，但我已經明白了他的答案。

我全身顫了一下。

沒有經過印刷？那我在一小時前的回憶裡看到的漫畫是怎麼回事？難道連我的回憶都是幻覺？

「中尉，妳會不會是記錯了？」迪克盡可能地緩和著現場的氣氛。「會不會是別人告訴妳的……或者是，另一本書？」

我想開口解釋些什麼，但連我自己都無法說服。所有的解釋都是徒勞的，這種感覺，就像你在沙灘上蓋了一上午的堡壘，在僅僅一次海浪的沖刷下就轟然崩塌。

「呃，大家都餓了吧？」迪克搓了搓臉打圓場。「這個一會兒再說，我們先叫點吃的，比薩怎麼樣？」

他一邊說一邊拍了拍達爾文：「現在不也就是推論嗎？或許還有別的先進材料在書頁上，我們沒化驗出來。」

「嗯。」達爾文點了點頭，但身邊的沙耶加微微退後了一步，用一種古怪的眼神看著我。

「妳究竟是誰？」她輕輕地說。

我是誰？我愣了一下，看著沙耶加。

我不知道。

這是我大腦裡閃過的第一句話。

迪克和達爾文也同時看向我，我突然有一種感覺，在這個房間裡，我是一個陌生人。他們的眼神在某一瞬間顯得疑惑又迷茫，我們雖然近在咫尺，卻像是隔著一個太平洋。

「我們認識這麼久了，妳瞭解我們每個人的事，妳知道我的過去，知道迪克的病和達爾文的哥哥，可是我們對妳，」沙耶加嗓子一啞，眼睛有些發紅，再也控制不住情緒。「卻一無所知……我向清水打聽過，賢者之石每天的診療費高達數百萬，根本不是一個普通家庭能承受的，妳的媽媽在那裡住了將近一年……還有突然出現的張朋，隨便吃一頓飯就能救我們一命的羅德先生，為什麼他們都偏偏跟妳有關係？妳甚至能精準預言世界各地發生的災難……換作平常，我或許永遠不會問，我跟我自己說，汪桑是我最好的朋友，她有她的隱私，可汪桑有沒有把沙耶加也當成最好的朋友呢？」

「我當然……」我還沒說完，就被沙耶加悲傷的聲音打斷了。

「那為什麼無論我如何哀求妳，救救我的國家和人民，妳卻不肯說出真相呢？」

沙耶加終於掩面而泣。「為什麼要編出這麼可笑的謊言來騙我呢……」

我明白了，他們都覺得我在撒謊。

如果漫畫書被證明了只是一本未經印刷的白紙，只剩另一種可能：我所知的資訊是從別的管道來的，我沒說實話。

可我明明就是從漫畫裡看到的呀！

我頓時萬般委屈，下意識地看向達爾文，但他避開了我的眼神。

他也不相信我。

我張了張嘴想解釋，想說「這一切都不是你們想的那樣」，可我馬上意識到，一切解釋都是徒勞的。就像你說自己沒有殺人，可手裡正握著行凶的屠刀一樣。

甚至我都懷疑我的記憶出了錯，這一刻大家都是憑事實說話。從種種跡象來看，我確實最有嫌疑：M是在我說服她參加數學比賽後失蹤的，居心叵測的張朋也是我的朋友，羅德先生的種種跡象表明我對他而言非同尋常……我還隱瞞了我的家族和血統，換成任何人都會懷疑。

與此同時，沙耶加轉過了頭，不再理我。

我的腦海裡突然浮現出張朋死前跟我說的那些話：「他們有任何一個人知道妳的過去嗎？知道妳的血統嗎？他們以為妳只是普通人，所以才會跟妳成為朋友！但妳是嗎？」

這句話像刀子一樣劃過我的心。

「中尉，要不妳先讓她冷靜一下吧，她剛看了新聞也不好受。」迪克給沙耶加遞了張紙巾。他們三個人一直站得很遠，而我無法往前一步。

駱川插嘴道：「我不知道你們之間有什麼誤會，但小土豆已經冒了很大的險……」

「別說了，」我死死攥住他的衣角，低下頭。「求你了，別說了。」

駱川深深看了我一眼，終於沒再說話。

「我有點累，先進房裡待一會兒。」

我裝作若無其事的樣子穿過客廳，儘量讓自己的每一步都看起來漫不經心。直到房門關上的時候，大滴大滴的眼淚才掉下來。

我靠著門，弓著身子蹲下來，避免發出一絲聲音，捂著嘴不讓自己的哭聲傳到外面去。

我想起一年前舒月勸我不要打開爸爸留下的日記時，曾對我說這本日記也許會讓我的人生永遠偏離正常的軌道，追逐真相的代價太大了。從今往後，我將在這條路上孤身一人，沒有家人，沒有朋友，因為只有時刻有所隱瞞，才能保全自己；只有跟別人劃清界限，才不會傷害別人。

這段忠告就像是一個詛咒，如今似乎開始應驗了。

爸爸，我現在該怎麼辦？

爸爸再也不會回答我，沒有人能拯救我。我就像是一個陷在巨大流沙旋渦中的提線木偶，雖然預先讀了劇本，卻被無形的絲線操控著，看著一切發生，只能束手無策，不能做出一點改變。
那就讓一切儘管發生吧，跟我又有什麼關係呢？
大不了就像漫畫書裡畫的那樣，全世界滅亡了，大家一起死好了。
我被這個自私的念頭嚇得一哆嗦，腦海裡浮現出我唯一記得的漫畫末尾。整頁紙上畫著吞沒都市的熊熊火海，成堆的屍體堆在道路上，天空不再有一絲陽光，飄下黑色的灰塵。
世界滅亡，就是那本《寄生獸》的結局。
達爾文會死，迪克會死，沙耶加和M會死，舒月和駱川會死，我愛的每一個人都會因為我的不作為而死。
我一定不能讓這一切發生。
窗外打過一個閃電，隨即響起隆隆的雷聲。暴雨劈裡啪啦地落到窗戶上，憋了數天的烏雲終於在沉默中爆發。
我心裡閃過橋洞裡那個滿身瘡痍的人臨終時死命拉著我的衣服，就像是拉住懸崖上的枯枝：「不要忘記，只有妳能救所有人！解開謎題的鑰匙在妳的回憶裡！」
外面的雨下得越來越大。我擦乾眼淚，從地板上爬起來，確定房門反鎖好之後，走到窗前的寫字桌旁，把窗戶打開了一道小縫，頓時狂風夾雜著雨水從窗外飄進來，冷得我打了個哆嗦。
我從上衣口袋裡摸出一隻塑膠密封袋，借著外面幽暗的路燈，我看見密封袋裡貼紙一樣的藥片有些潮濕地粘在一起，或許是因為我回來的路上一直攥在手裡攥出了汗。

當時驚魂未定的亞麗莎並沒有發現我拿走了她的ＬＳＤ，當時這個計畫也只是一念之差，就在她拒絕再次給我催眠的時候，我腦海裡閃現出的想法。

只要有這種藥物，找別人催眠應該也是可以的。

說真的，當時我並不覺得催眠是一件很有風險的事，至少並不會斷手斷腳。就算一時間沒有被「喚醒」，也沒聽過哪個人被催眠變成植物人的，大不了睡個長一點的覺。

相比之下，ＬＳＤ的副作用更讓我害怕。第一次除了像醉酒一樣眩暈之外，吐得胃都翻個兒了，但這些和世界滅亡比起來又有什麼呢？

我打開網路流覽器，輸入「如何自我催眠」，半秒之後我的搜索介面裡就出現了一堆文章和影片的連結。經過篩選，我找到了一個個人網站的自製小影片，從進入催眠到喚醒雖然只有十分鐘，但影片底下的評價都說確實有效。我按照提示頁面的要求準備好一面鏡子放在手邊。

然後就該吃藥了。我打開塑膠密封袋，卻發現那十幾張藥片果然因為受潮粘在了一起，我撕了半天才撕下了兩片，可這兩片怎麼都分不開了。

也許劑量大一點，會對回憶有幫助呢？我安慰自己。

我把ＬＳＤ塞進嘴裡，點開影片，一個黑白相間的旋渦出現在螢幕正中，開始緩緩地轉動。

逐漸地，我的眼前也跟著天旋地轉，似乎整個世界都顛倒了過來，不知道過了多久，螢幕驟然一黑，出現了幾個大字——看妳的鏡子。

我側頭一望，一隻手猛地搭在我的肩膀上：「妳還記得我嗎？」

我看清了眼前的人，只是在一年前，我還懵懂地問他：「同學，有事嗎？」

如今，他的音容笑貌早就深深烙印在我的腦海裡，同樣永遠不會忘記的，還有他死前望向我的說不清是仇恨還是失望的複雜眼神。

毛毛細雨飄在臉上，空氣中有青草和木棉花的味道。我站在操場上，手裡還握著那張分數糟糕的類比考卷。

離開學校的那天，我從壓抑的教室裡跑了出來，在這裡遇見張朋。

「妳還記得我嗎？」

那張熟悉又陌生的臉，恍如隔世。

我記得你。我喃喃自語。

「唔，我不太記得了……」「我」撓了撓頭。

「我是張朋呀，咱們分班之前是同班，妳坐六排四行，我是七排八行。」

六排四行，是教室中間區域的一個最普通的座位。連我自己都忘了，為什麼你還記得這麼清楚？

「岩明均的漫畫，記得了嗎？」

回憶裡的「我」終於恍然大悟：「好久不見。」

我們不會再見了。

我已經失去你了。

「想不想去看漫畫？」張朋揚起嘴角，露出一個不經意的笑容。「反正我也不想回去上課，不如一起翻牆出去。」

正午的老城區街角，行人匆匆。青年宮門口的小吃店在鹵牛雜，路邊未裝修的鋪位在吆喝著工廠大清倉，我甚至不知道這些細枝末節是什麼時候烙印在我記憶裡的。

「傲雪淩風太瘦生，苦雨終風也解晴，是個好名字啊。」

陽光晃得我睜不開眼睛，我看不清張朋的表情。

「你懂得真多！」「我」感歎道。

「或許我比妳想像得懂的更多。」

「啊？」

「沒有沒有，我開玩笑的……那我是不是到目前為止唯一知道妳名字的人？」

「唔——」「我」想了一下。「除了我爸爸，算是吧。」

「哇，好帥。」張朋笑了。「那這算我們之間的祕密嗎？」

「祕密？」

「對啊，關於妳不是汪旺旺而是徒傲晴的祕密。」

「有什麼區別嗎？」「我」聳聳肩。「名字不過是一個代號而已，汪旺旺也是我，徒傲晴也是我，無論叫什麼我都是我啊。」

「那可不一定。」張朋突然停下腳步，轉過身來。「我聽別人說，名字是這個世界上最短的咒語。一個簡單的名字可以定義妳是誰，我們每個人都被束縛在自己的名字裡。所以汪旺旺的命運，可不會跟徒傲晴相同。」

我在猛烈的陽光中打了個哆嗦。

張朋突然側過頭，一時間我竟然分不清，他緊緊盯著的究竟是記憶中的「我」，還是身為旁觀者的我。

「所以不要忘了妳是誰。」

我是誰？

我呆呆地看著張朋，他已經收回了目光，笑眯眯的，又變成記憶中人畜無害的同學模樣。

剛才是我的錯覺嗎？

張朋只是我的回憶，他不應該看見我。

會不會是服用LSD過量產生的幻覺？

亞麗莎說反覆的催眠會產生記憶混亂，但她沒有說會是什麼樣的混亂。這一刻，連我都搞不清楚我所經歷的是真實的回憶還是妄想。

「哈哈，你是不是看漫畫看多了，說得好像你很瞭解我一樣。」「我」打了個哈哈，拍了拍張朋的肩膀。

「我瞭解妳，是因為我們是同一類人。」張朋並沒有笑。

同一類人？

我驚詫地看著眼前這個男孩，他在阿什利鎮的實驗基地，也跟我說過同樣的話。

「跟我走，我們是一類人，」他拉著我的手臂。「妳不是他們的汪旺旺，妳叫徒傲晴。」

在我甩開他的手的同時，霰彈槍打穿了他的胸口。

我不知道這是命運的安排，還是偶然的巧合，他在我們成為朋友最開始對我說的，和他在離我而去之前最後說的，竟然是同一句話。

這句話是什麼意思，什麼才叫同一類人？

可是張朋再也沒有機會回答我了。我閉上眼睛，他被洞穿的胸口與我近在咫尺。我看到他臉上的表情凝固了，血液把蓄水池染成鮮紅，他的身體迅速捲進抽水泵，被渦輪機打得粉碎。

「不要老說我啦，」「我」迎著陽光揉了揉眼睛。「說說你吧，你為什麼叫張鵬？是不是因為你爸媽希望你大鵬展翅，花開富貴？」

「哈哈哈，不是啦，我不是鵬程萬里的鵬，而是朋友的朋。」

「哦，」「我」尬笑了兩聲，因為搞錯了張朋的名字而有點不好意思。「我以前都沒留意過……話說用這個朋字的名字挺少的，有什麼講究嗎？」

「就是一個……很普通的名字。」張朋笑了笑。
「讓我來猜猜看，你爸媽是不是怕你長大沒朋友啊？」
「我的名字不是我爸媽取的。」
「哦，」我仰起頭看著他。「那是誰取的？」
「是我自己取的。」
「我」聽得莫名其妙：「啥？你給你自己取的名字？」
「對啊。」
「哈哈哈，好搞笑哦，除了明星我還是第一次聽說有人給自己取名字的。那你豈不是跟我一樣，有兩個名字？」
「對啊，妳是表面上叫汪旺旺的徒傲晴。我嘛，是表面上叫張朋的另一個人。」
「你都快把我繞暈了，」「我」揉了揉太陽穴。「看來我的智商真是夠不到學霸的門檻……那你現在都知道我的真名了，作為交換，你是不是應該也告訴我你的真名？」
「妳一直都知道呀。」
「啊？」「我」愣了一下。
「妳真的什麼都不記得了嗎？」張朋突然停下來，看著我的眼睛。
四目交接，這一次我看得真真切切，張朋盯著的，不是回憶中的「我」。而是作為旁觀者的我。
那種錯愕的感覺，就像你在電影院看電影的時候，電影裡的男主角突然盯著觀眾席上的你。

本來你只是一個和劇情不相關的看客，突然變成了電影的一部分。

我下意識地想回避這種古怪的注視，卻像是被下了降頭一樣無法移開眼神。

這個張朋怎麼可能看見我呢，他只是我的記憶而已。

不對，很古怪，一定是哪個環節出錯了。

一種不安的感覺油然而生，我不由自主地後退了兩步，卻發現街上的每一個人，都停止了正在做的事，扭過頭來看著我。

「妳全都忘了嗎？」一個掃街的大嬸對我說。

「你們是誰？」我一陣眩暈。

「我們是妳的記憶啊。」一個走過我身邊的小孩子說。

「我是誰？」我抱住頭。

「妳是誰？」一個提著公事包的中年人說。

「我是汪旺旺……」我吸了一口氣。

「汪旺旺是誰？」一個坐在路邊的大爺說。

「徒傲晴是誰？」一個繫著圍裙的小販說。

眼前的一切都開始不穩定起來，我再看向張朋，他的身體忽遠忽近，他的臉模糊不清。

「我和妳是同一類人。」

「告訴我……漫畫書裡的內容……」我忍住嘔吐感，用盡全力向張朋叫道。

我看到他緩緩地抬起一隻手，指向某個方向。

「妳要的答案在那裡。」

它變大了。

我竭力隨著他的指向望去，在喧嘩擁擠的大街盡頭，我又看見了那扇門。

比之前大幾十倍，不，是幾百倍，它矗立在地平線上，高得看不見邊界。

我深吸了一口氣，在所有人的注視之下，無法自控地，朝那扇門走去。

一步、兩步……奇怪的是，當我距離那扇門越來越近時，它卻越變越小。

當我終於到達時，它已經變成了一扇正常大小的、單向開合的普通木門。

我伸出一隻手摸索著門板，它看上去有些年頭了，棗紅漆掉得斑駁不堪。不到半公尺高的地方，兩個簡筆劃小人並排站著，上面有圓珠筆的痕跡，看得出十分用力，導致某些地方如刀刻一樣磨掉了漆，木紋清晰可見。

我雖然看不見門後到底有什麼，但我心底有一個熟悉的答案。

門後面關著的是我失去的記憶。

第十五章　分離時刻

「砰」的一聲巨響，把還在客廳裡的人嚇了一跳。

當達爾文反應過來聲音是從汪旺旺的房間裡傳來的時候，駱川已經衝到了房門前面。

「小土豆!?」

他一邊大叫著一邊拍門，達爾文望向駱川，他的臉色很凝重，達爾文突然有一種不祥的預感。

「汪旺旺，開門！」

沒有人回答。

房門很快就被撞開，裡面一片漆黑，只有電腦螢幕閃著詭異的光，桌上的迷你音箱傳出機械的聲音：

「聽我的指令，一、二、三，醒過來。聽我的指令，一、二、三，醒過來……」

汪旺旺蜷縮在地上抽搐著，她的眼神已經渙散了，嘴裡念著一些莫名其妙的話，達爾文一點也沒聽明白她在說什麼。

「汪旺旺，妳怎麼了？」達爾文撲過去把她抱起來，可是她就像中了邪一樣毫無反應。

「這是什麼?」迪克從地板上撿起一個透明塑膠密封袋，裡面是一堆粘在一起的哈哈笑貼紙。

「完了!」駱川倒吸一口冷氣。

「究竟是怎麼回事?」

「快叫救護車!」駱川吼道。

汪旺旺在醫院醒來已經是兩天之後的事了。

救護車把她送到了最近的公立醫院，在填寫疾病和藥物歷史的時候，駱川不得不向醫生坦白她服用LSD的事。未成年人服用致幻藥是非法的，駱川本來準備了一大套說辭向醫生證明這只是一個意外，可是負責搶救的值班醫生看完病歷後並沒有表現出過多的訝異，甚至沒有提報警的事。美國的公立醫院每個夜晚都要迎來一堆癮君子，服用禁藥過量在二十一世紀之前已經成為美國人死亡的主要原因之一。醫院搶救過十五歲因為使用海洛因休克的少女，也宣告過十歲服用芬太尼男童的死亡。對此，醫生們的說法是，即使他們的醫術再高超，也無法挽救一個國家從內而外的衰亡。

汪旺旺醒來的時候正是下午，天氣預報說陰雨會一直持續到耶誕節，南方潮濕的冷空氣比北方更難熬。醫院早早鎖住了窗戶，室內開了暖氣，病人們只蓋著薄薄的被單。因為沒有生命危險，汪旺旺在一天前已經從特護病房搬到了四人一間的普通病房，同房的還有一個因為肺炎入院的女人。

汪旺旺醒來的時候，手上還輸著液。護士看見她醒來並沒有太驚訝，只是俯下身子給她拉了拉被子。

「我在哪兒？」

「妳在醫院，」護士看著汪旺旺。「妳是因為藥物中毒進來的。」她的眼神透露著一絲疑惑，就像是想不明白為什麼這個姑娘年紀輕輕就吸毒。

「我睡了多久？」

護士看了看表：「將近五十個小時了。妳的家屬在外面，我現在去叫他進來，記得保持安靜。」

達爾文的臉很快出現在門前，他的頭髮亂糟糟的，臉色也不太好。他在床邊坐下來，連他自己也忘了多久沒有睡過覺，從汪旺旺入院以來，他就沒離開過病房外的走廊。為了確保病患的休息，醫院規定家屬不能在未經允許下陪床。他就一直坐在走廊上，除了上廁所之外，只喝過兩杯水。他很想告訴眼前這個人，自己有多擔心她，有多在乎她，他寧願用自己所有的才華換一張駱川的嘴巴，能輕而易舉地把甜言蜜語說出來。

感覺怎麼樣，妳還好嗎？

「妳……妳瘋了嗎？」達爾文的嘴巴動了一下。「為什麼不把實情告訴我們？連命都不要了？」

我很擔心妳，我怕極了。

「妳他媽就是傻X。」達爾文發現自己在說粗口的時候已經來不及後悔了。

「你的鬍子長出來了。」過了幾秒，汪旺旺輕輕地說。

「駱川去辦入院手續了，迪克和沙耶加早上才來看過妳。醫院規定了探視人數，所以他們不能一直留在這兒……」達爾文頓了頓。「大家都很擔心妳。」

「你一直在外面嗎？」

「沒有，我剛來。」達爾文一邊說一邊下意識地回頭看了看探視窗外，就像擔心那把椅子會出賣自己一樣。

「沙耶加……心情好一點了嗎？」

「妳住院後，她哭得更傷心了。」

「不怪她，換成我也會懷疑我自己。」

一陣短暫的沉默。

「妳要不要吃東西？」達爾文撓了撓頭。「我是說，我可以去幫妳買些吃的，但我可不會餵妳。」

「不用你餵，我又沒殘廢，」汪旺旺臉一紅。「我不餓，但我想喝杯熱巧克力。」

醫院樓下除了一台飲料自動售賣機之外什麼都沒有。達爾文在城市地圖裡找到最近的咖啡店距離大約三英里，因為沒車，他不得不狂奔十五分鐘才在關門前趕到。他買了兩杯熱巧克力，猶豫了一下，又買了一杯牛奶、兩個海綿蛋糕和一大塊巧克力曲奇，他記得汪旺旺喜歡吃巧克力。臨走的時候，他突然想到吃這麼多碳水化合物並不健康，於是又買了一份沙拉。

達爾文讀過很多書，但他從來不瞭解女孩這一物種，他不知道她們每時每刻在想什麼。她們有時候很蠢，會為了無聊的偶像爭論，會在商場裡為搶一件衣服大打出手，會莫名其妙地哭，會塗完唇膏後迫不及待地在任何地方留下唇印。很長的時間裡，他只覺得她們毫無邏輯，善變又遙遠。

可有時候世事就是那麼奇怪，無論你曾經是個多麼嚴謹的死理性派，你都會在愛情發生的那一瞬間，理解一切不合理的傻事。比如國慶日在紀念廣場買醉，比如光膀子在南極游泳，比如拿著一大袋食物在街頭飛奔，比如瘋狂地愛一個人。

三十分鐘已經是咖啡店到醫院來回的最快速度，可當達爾文滿頭大汗地走進病房的時候，汪旺旺卻不在床上。

她赤著腳站在房間的另一頭，盯著牆上的電視機，手上的輸液管應該是被硬生生扯掉的，還在流著血。

電視裡放著的是午間新聞重播。

某天主教會學校的牧師出現了病毒感染症狀，緊接著，學校的孩子們也爆發了同樣的疫情。

最新化驗報告證實，病毒是潘朵拉菌株的突變體，這種突變體只通過性行為傳播。

汪旺旺盯著螢幕：「是『色欲』，病毒在進化。」

「歐洲也發生了……」達爾文迅速反應過來。「這也是漫畫書裡出現過的嗎？」

汪旺旺點了點頭。

「妳全部都想起來了嗎？」

她沒有回答。

「如果妳都想起來了，或許我們可以一起想辦法。只要我們知道之後會發生什麼，應該就能找到方法阻止它。」

汪旺旺扭過頭，黑色的眼睛凝視著他：「嗯，一起想辦法，阻止這一切。」

「妳先喝東西吧，」達爾文把紙杯遞給汪旺旺。「巧克力快涼了。」

「謝謝。」汪旺旺接過杯子，卻沒有喝。「我想出院，你能幫忙向護士把我的衣服拿回來嗎？」

「妳剛醒來，還需要留院觀察……」

「沒有時間了，」汪旺旺盯著遠處，眨了眨眼睛。「而且我真的沒事。」

達爾文想了想，點了點頭：「那要答應我，如果有任何不舒服，我們就立刻回來醫院。」

「我答應你。」

兩個人離開醫院的時候天已經開始黑了，汪旺旺拒絕了達爾文給駱川打電話的提議，他們只能走路回家。幸好小鎮本來就沒多大，即使慢慢走也不會超過一個小時的路程。下了一天的雨剛好停了，似乎老天爺也想喘口氣，烏雲稀稀疏疏卻並未散去，只在遠處露出了一抹夕陽。

汪旺旺並沒有再像剛才那樣緊張不安，反而平靜下來，不緊不慢地跟著達爾文。這種平靜讓達爾文覺得有些不對頭，可具體哪裡不對，他也說不上來。

汪旺旺和以前不一樣了，達爾文心想。這讓他想起了小時候總用廢棄的針管往可口可樂裡注射糖漿或醬油，雖然外表仍然是可口可樂的包裝，可裡面的內容發生了變化。

他看向她，雖然他們只相隔四五步，但他忽然感覺到他們之間的距離越來越遠。也許是因為她不喜歡我，達爾文心裡有點失落，她愛的是別人。

「你想去那邊走走嗎？」汪旺旺突然停下了腳步。

她指的方向是貫穿小鎮的一段鐵路。

如果達爾文沒記錯的話，這些鐵路在一百多年前就存在了，甚至比小鎮的歷史還早些。因為不同時期的失敗規劃，這些鐵路總是霸道地貫穿市區的主幹道之間，曾經熙熙攘攘的火車站早已荒廢，政府再也無力承受這種古典主義交通工具的昂貴開支。如今除了通往中部的貨櫃和集裝箱仍在這段鐵路上行走，就只剩下荒涼的塗鴉和廢棄月臺。

達爾文走在沙礫上，汪旺旺走在軌道的另一頭，一開始他們倆都沒有說話，直到遠處有汽笛聲傳來。

「不要靠著鐵軌走，火車比妳想像的來得快。」達爾文看了一眼汪旺旺。

「沒事，它還離得很遠，」汪旺旺笑了笑。「甚至比世界末日遠。」

「世界不會輕易就滅亡的……我是說，即使漫畫書上的內容都發生了，世界也不會就這麼毀滅。」

「我可以問你一個問題嗎？」汪旺旺突然說。

「什麼問題？」

「如果明天就是世界末日，但你能實現一個願望，你會許什麼願？」

「希望明天不是世界末日唄。」

「可這件事是不能逆轉的。」

我希望能抱緊妳，他心想。

「我希望……我不知道，抱歉，我沒有這方面的想像力。」他說。「你呢？」

汪旺旺向前走了幾步，似乎在思索，然後她突然轉過頭：「我希望世界滅亡的前一刻，我能待在人群裡，許許多多的人，有我愛的人、我的朋友們，你們未必距離我很近，但我知道我跟你們在一起。」

「這麼多人，恐怕味道不好聞。」

「我會戴口罩的。」

天空中還剩下最後一縷陽光，汪旺旺朝達爾文笑了一下，但他似乎看見有什麼晶瑩的東西在她臉頰的剪影裡閃動。

火車越駛越近。

「喂，我說，」汪旺旺攏了攏頭髮。「你能抱抱我嗎？」

可她的聲音被隆隆的鳴笛聲吞沒了。

「妳說什麼？我沒聽清。」達爾文大聲喊。

「沒事了……」

就這樣吧，她想。讓結局留點遺憾。

火車從他倆之間駛過。

這或許是永別了。

第十六章　調包

廚房混亂得像第三次世界大戰。雞蛋和麵包碎的殘渣粘在平底鍋上，盤子裡是烤糊的面餅皮，橄欖油濺得滿桌子都是，剩下的大半瓶都在銅煮鍋裡噗噗地冒著煙。

迪克極其鬱悶地站在廚房中間。

沒想到一個美式烘肉卷這麼難做，他明明看老媽做過幾次，她說，這是美洲大陸上最容易的一道家常菜——肉末和麵包屑混合雞蛋攪拌在一起，炸過後和麵團放進烤爐烤三十分鐘。每個生活在南方的主婦都會做，麵包屑是祕密配方，無論混合什麼餡料都會好吃。可眼下這一大盤黑乎乎的東西，連食物都算不上。

做菜的主意是從迪克從冰箱裡翻到一大盒碎牛肉時冒出來的，當這個念頭在他腦海中出現，他已經在懷念美式烘肉卷的味道了。當然，或許有更多深層的原因迪克沒有細想，比如他已經再也受不了一日三餐訂回來的比薩，比如他想暫時忘記新聞裡亂七八糟的病毒擴散事件，比如他想從對汪旺旺的擔憂中探出頭來吐一口氣……但一個原因是肯定的，他想為沙耶加做點什麼，她已經兩天沒怎麼吃東西了。

迪克從廚房走出來，脫下髒兮兮的圍裙，帶著一臉歉意：「我想今天我們吃不到烘肉卷了……但好消息是，我在冰箱裡還找到了速食乳酪通心粉，只要微波爐就能搞定，這一次我肯定有把握能成功。」

「不用麻煩了。」沙耶加抬起頭來，很明顯她沒睡好，乾掉的眼淚把睫毛凝成一縷一縷的。

「如果你嫌通心粉卡路里太高，儲物櫃裡還有燉豆罐頭，你想吃番茄味還是醃肉味的？」

沙耶加搖了搖頭。

「那我再訂一塊比薩？」

「我不餓。」沙耶加強打起精神對迪克說。

「即使妳不吃東西，中尉也不會因此就能康復，那些病毒也不會因此就不傳播……」迪克覺得自己說得有點重，乾咳了兩聲。「我的意思是，中尉會好的，達爾文和那個神神道道的教授都在醫院看著她，她一醒來他們就會給我們打電話的——但妳不能因為愧疚就折磨妳自己。」

沙耶加眼角一垂，聲音有些沙啞：「都是我害的，要不是我說了那番話，她不會冒這個險。」

「這也不完全怪你，事實上這本漫畫就是白紙。」

迪克拿起桌子上的《寄生獸》。這兩天這本書都快被他們翻爛了，封面皺皺巴巴的，每個人都快把眼珠子瞪出來了，也沒找到絲毫印刷過的痕跡。

「好吧，雖然我並不太喜歡亞洲風食物，但為了公主殿下，我還是願意嘗試手握飯團的。」

「迪克，你為什麼對我這麼好。」

迪克在心裡迅速分析了一下這句話是感歎句還是疑問句。

不應該是疑問句吧？他心想，我喜歡她這件事我已經充分寫在臉上了呀？

難道她看不出來？難道是文化差異？其他男人喜歡一個人的時候都會怎麼做？

沙耶加不是讓他第一個動心的女孩。五年級的時候，他喜歡一個有雀斑的高個子女孩，但那種喜歡也只保持了兩個月，秋季開學的時候她突然長得老高，迪克就再也不看她了。七年級的暑假，男生們都在私下傳閱雜誌《閣樓》和《花花公子》。他最愛看的那個封面女郎是妮曼·露易絲，但他知道他只喜歡她的曲線，那不是愛情。他還約過隔壁班那個從田納西州來的女生看電影，但當她對他的超人漫畫露出不屑的表情時，他就知道他倆走不到一塊兒。

沙耶加不一樣，他會幻想跟她在樹下接吻，在沙灘上求婚，帶著孩子在壁爐前等待聖誕鐘聲。

想到這裡，迪克又看了一眼沙耶加，她問這句話時離他很近，他看到她臉頰上有一層細密的絨毛，在陽光下微微閃著光。

那麼問題來了，我現在該吻她嗎？迪克心想。

還是算了吧，要是被拒絕了，比讓我死一千次還難受。

「你在想什麼？」沙耶加看著發呆的迪克。

「哦，我在想，飯團裡包燉豆子會不會好吃。」迪克撓了撓頭。

「我真的什麼都不想吃，我吃不下。」沙耶加重新低下了頭。「但還是謝謝你。」

上帝啊，告訴我該怎麼哄她開心。

這次上帝似乎真的聽到了迪克的祈禱，迪克無意中瞥見了櫥櫃上有一副撲克牌。

他突然想起，自己曾是一個蹩腳的魔術師。

自從社團招募日在眾目睽睽之下從鋼絲上摔下來，還被教導主任大罵一通之後，他就再也沒有變過魔術，手藝都快忘光了。

在和達爾文成立特異功能社團之前，迪克就已經對魔術有著強烈的興趣，他甚至堅信魔術師哈利・胡迪尼就是超能力者本人。他讀過大衛・考柏菲的自傳，還在家裡模擬過書中的水中逃脫術。他研究過各種魔術揭祕，還用好幾個月的時間練習過讓撲克牌從手裡不翼而飛。魔術永遠能吸引人們的注意力，也許一個小伎倆就能把沙耶加逗笑呢。

迪克一把抓過撲克牌，拉了一張凳子坐在沙耶加對面。

「這是什麼？」

「妳看，現在反正閑著也是閑著，我們什麼都幹不了，不如玩一個小遊戲？」

迪克把撲克牌正面向上，在桌上攤開成一個扇形：「選一張妳最喜歡的牌。」

沙耶加看了迪克一眼，雖然有些猶豫，但還是選了一張Q。

「皇后牌，選得不錯，妳為什麼喜歡這張牌。」

「因為它……會讓我想起我媽媽。」

「好吧，那現在妳把它拿在手裡，」迪克把牌遞給沙耶加。「我要把其他撲克牌收起來，然後我就要施以魔法了——告訴我，妳喜歡白雪公主還是灰姑娘？」

「唔，我更喜歡睡美人。」

「好吧，沒關係，誰都行，她們都有法力。」迪克一邊說，一邊把剩下的撲克牌疊成一疊，假裝成魔法師，像比畫水晶球一樣對著沙耶加比畫著。「現在我要施法了……以睡美人的名義，哄嘛咪嘛咪哆！」

「你是要變走我手裡的牌嗎……」沙耶加緊握著雙手。「但好像它還在我手裡。」

「妳確定妳手裡的是皇后牌嗎？」

「我確定呀。」

「那妳再打開來看看。」

沙耶加攤開雙手，手裡的Q變成了紅桃A。

「皇后已經被睡美人帶走了。」

「你是怎麼做到的？」沙耶加一臉驚訝。

「這是魔術師的祕密，說出來魔術就不靈驗了。」迪克狡猾地笑了笑。

沙耶加愣了半晌，像突然想到了什麼，笑容在嘴角凝固了：「迪克，你能不能再變一次？」

「同一個魔術變兩次會很無趣的，」迪克聳聳肩。「我可以給妳再換一個魔術。」

「不，我就要看這一個，你再變一次！」

迪克有點莫名其妙，但還是答應了：「好吧。」他又把撲克牌攤在桌上。「這裡有五十四張牌，妳選一張。」

沙耶加指了一張小丑牌：「選好了。」

迪克收好其他牌，桌上只剩下小丑牌，他拿起來遞給她：「拿好……」

沙耶加並沒有接過小丑牌，而是一把抓住迪克的手，並迅速地把他手翻了過來。

「哎哎，妳不能碰到我的手，不然就……」

話已經晚了，迪克藏在手底下的好幾張牌露了出來，沒有一張是小丑牌。

「你在給我的時候已經調包了……」

「好吧，被妳發現了。」迪克無奈地說。「所以我說，同一個魔術不能反覆變。」

「調包……為什麼我沒想到呢？很簡單的道理，一本漫畫書，汪桑說自己看過，我們現在的這本卻是白紙，其實她沒有撒謊，我們檢查的也沒錯，而是書被調包了！」

「妳說什麼？」迪克一時間沒有反應過來。「可是中尉說她之前還在機場翻過呢，到了美國就一直放在書架上，會是什麼時候調包的？」

沙耶加拚命地搖了搖頭：「你還記得駱川在家遇襲那天嗎？你和達爾文都去找M的下落了，是我陪汪桑一起回的家。雖然當時我沒有第一時間進屋，可是汪桑出來的時候問過我一個很奇怪的問題。」

「什麼問題？」

「她問我，有沒有看過她的漫畫書……她進去的時候發現那本書在地上。可是因為著急送駱川去醫院，所以她沒來得及翻一下就放回書架上了。」

「所以妳的意思是，漫畫書在那時候被調包了？」

沙耶加點了點頭。

「那會是誰幹的……」

「汪桑說過，那個人能隱形……她曾經一度懷疑那是你。」沙耶加抬起頭看著迪克。

「絕對不是我啊！」迪克連忙擺手。「這世界上又不是只有我一個人能隱形……」

他們倆同時想到了一個名字。

「不會吧……我們在亞特蘭大機場碰到他的時候，他不是說他才到美國嗎？」

「我們得快點告訴汪桑……」

話音未落，一陣急促的敲門聲傳來。迪克起身去開門，只見達爾文喘著粗氣，滿頭大汗地站在門外。

「你怎麼從醫院回來了？中尉呢？」

「汪旺旺她……她不見了……」達爾文邊喘邊說。

「不見了？什麼叫不見了？」迪克和沙耶加異口同聲地問。

「她今天下午醒過來了，然後就一直很奇怪。」達爾文徑直走到餐桌上的電腦前面坐下。

「哪裡奇怪？」

「我說不上來，但她今天下午看電視新聞的時候，她的眼神，」達爾文頓了頓。「一點也不像之前那樣震驚，或是迷惑，我不知道……但我覺得她似乎想起來了點什麼。」

沙耶加遞給達爾文一杯水，他把下午從汪旺旺醒來直到消失之前的事情大致講了一遍。

「她最後似乎想跟我說點什麼，可我沒聽清。」達爾文懊惱地說。

「會不會是被軍方綁走了？」沙耶加緊張地抱住手臂。

「我覺得不會，」達爾文搖搖頭反駁道。「之前她去見的那個老頭兒，我在網上檢索過那個人，雖然最後只找到一些零星的資訊，但他應該是那種像壟斷財團一樣的存在，他既然允諾了我們擺平軍方，就不會食言。」

「但現在的國際形勢和一週前已經不能同日而語，病毒導致國際關係緊張，整個世界都陷入混亂，你在醫院根本沒看新聞……現在好幾個國家已經在沿海備戰了……如果這時候他們知道有這麼一本漫畫，有一個女孩知道將要發生的事，他們會做出什麼來一點都不奇怪。」

「如果真的是軍方，事態這麼嚴重，他們絕對可以到醫院來抓人，汪旺旺昏迷的時候就能帶走她，根本不需要在一處廢棄的鐵軌上搞偷襲。」

「可如果不是軍方，那還會是誰？」沙耶加思索道。「殺手？員警？會不會是那些三個字母的機構？」

「不會是ＫＦＣ把她綁了吧？」迪克一臉吃驚。

「要是汪桑被綁去吃炸雞，事情就好解決了，」沙耶加歎了口氣。「這時候就不要開玩笑了。」

迪克攤了攤手：「我只想緩和一下氣氛。對了，你們為什麼會去那裡？那條鐵路不是回家的必經之路呀。」

「因為她忽然說，想去那裡走走。」達爾文看著迪克，眼神有點迷茫。

「所以說是她提出來要去的？」

達爾文點了點頭。

「我有個不好的預感，她聽起來像是自己走的。」

三個人都陷入了沉默。

如果是汪旺旺自己走的，那之前的討論就失去了意義，她根本不想讓他們知道自己去了哪裡。

「我說，中尉應該不會想去做一些傻事吧……」迪克最先開口，支支吾吾地說。

「比如說，一個人去阻止世界末日之類的。」

沒有人接話，但迪克把他們心裡最深的恐懼說了出來。

病毒，戰爭，世界末日。

換成別人，哪怕是一個成年人，也未必會在這個時刻孤身上路，即使你已經知道接下來要發生的事。這就好比全世界最頂尖的拆彈專家，也不會獨自一人進入被危險分子包圍的大樓。人類在面對突如其來的危難時，對固有的生活圈會表現出強大的依賴性，就像幼兒迷路會立刻哭著找媽媽，成年人遇到挫折會立刻想回家，很多人在災難來臨之前會選擇和親人待在一起。畢竟，沒有人是活在電影裡的超級英雄，我們都習慣於抱團取暖。

但這不包括那個一臉倔強的女孩。

她是那麼普通，身材嬌小纖弱，以至於扔進人群就再也找不出來。可她從來不畏懼比她更強大的事物。

遇到她之前，達爾文幾乎從不對人敞開心扉，作為一個駭客，他知道在網路密碼鎖住的那扇門後，每個人都掛著和日常面具不一樣的嘴臉——無論是那些看起來充滿正義的大人、打扮得花枝招展的啦啦隊長、掛著假笑的學校領導，還是那些虔誠的宗教分子——無論外表多麼光鮮亮麗，個人網站伺服器的埠一旦打開，他們的隱私裡都寫滿了同樣的汙濁不堪。

律師和醫生在深夜流覽召妓網站，啦啦隊長同時和好幾個運動員上床，學校的領導們把建校資金撥入自己的口袋，宗教分子在「放火燒死異教徒」的帖子下匿名點贊。

達爾文一直是這一切的旁觀者，他深信人性本惡。

汪旺旺是他遇到的第一個他不想打開網路檢索的人。

他對她有一種莫名其妙地發自內心的親近，因為她的眼睛清澈見底。她哭的時候他知道她在難過，她笑的時候他也能感受到她的喜悅。

汪旺旺從沒有對他刻意做些什麼，或者刻意說些什麼，但她讓他相信這個世界上原來還有許多簡單美好的事物，比如純粹的友誼，比如勇氣會傳染。

達爾文願意相信她，哪怕他知道，她是他們之間祕密最多的一個人。

可是她就這麼離開了，輕易揮別了一起經歷了這麼多事的小夥伴，連招呼都沒打一個。

或許汪旺旺覺得我們都幫不上她，達爾文心想。但他知道他心裡有一個更不願意承認的事實：這或許是一趟有去無回的旅程，她知道無法全身而退，所以不想拖累任何人。

「我們得找到她。」達爾文突然大聲說。

找到她，給她一拳，然後再吻她。

「我們當然要找到她……但問題是怎麼找？」迪克頹然坐到沙發上。「報警嗎？還是去超市的失蹤人口欄裡貼照片？」

達爾文皺了皺眉頭，他知道美國每年平均有九萬人失蹤，其中半數以上都是十幾歲的青少年。員警只會象徵性地把他們的名字掛進「安珀警報」，並安慰家屬也許他們過一陣子就會回來。

他的餘光掃到沙發上的書包，突然想起了什麼，立刻走過去把包裡的東西全倒了出來。果不其然，汪旺旺的手機在裡面，而他和她的錢包裡的現金都沒有了。這傢伙應該是從醫院出來的時候就已經打定主意不辭而別。她知道達爾文的能力，沒有手機，就意味著無法GPS定位，任憑駭客技術多高超都沒用。

「如果我是她，我會去哪裡？」達爾文看著桌上的漫畫書，自言自語。

「如果我想起來漫畫書的所有內容，我應該會立刻趕去下一個發生地去阻止其發生……」迪克一邊搓著臉一邊思考。

「你們誰還記得汪旺旺之前說過的那七個詞？」

「狂怒、好戰、盲從、色欲、冷漠、貪婪、自大。」沙耶加補充道。「有五個已經發生了。」

「這聽起來倒像是『七宗罪』。」

「是電影《七宗罪》嗎？」

「不，是宗教教條裡的『七宗罪』，」沙耶加指正。「但個別詞略有不同，似乎被誰改寫了——原來的憂鬱、懶惰、暴食和傲慢不見了，變成了盲從、冷漠、自大和好戰。」

「遊行暴動象徵了『狂怒』，研究員吞槍自殺後背景牆上寫著『好戰』，食用野生動物代表了『盲從』，我猜女學生投毒前的事件應該是『冷漠』，因為據說她曾遭遇校園暴力，但沒有人過問。」

沙耶加皺了皺眉頭，沒有說話。

「歐洲的教會學校男童遭遇性侵，毫無意外是『色欲』了，」迪克聳聳肩。「今天的新聞。」

「我和汪旺旺也在醫院看了。」達爾文輕聲說。

「所有的事件都有同一個源頭，就是病毒。」沙耶加補充道。「但目前為止沒有人知道這些病毒是怎麼漂洋過海去到那些地方，是誰傳播的。」

「表面上有一套完整的作案動機，扮演唐老鴨的偷渡客，在研究室不得志的工作人員，對周圍人心存怨恨的高中女生……這些都是明面上的證據鏈，就像九點摸到的第一張牌──而真正決定輸贏的是還沒發下來的第二張暗面的牌，究竟是誰在暗中和他們聯繫，並把病毒交到他們手中。畢竟這玩意兒不像氰化鉀，隨隨便便在化工市場就能買到。」

「這裡面一定有另一條線，一個還沒浮出水面的人。」

「那會是誰呢？」

「或許是一個知道怎麼在不經意間換牌的人……」迪克沉吟道。「一個真正的魔術師。」

「你說什麼？」達爾文猛地轉頭向迪克問道。

「啊？我隨口亂說的……」

「什麼換牌？什麼魔術師？」

「這是我今天下午突然想到的，我們之所以在這本漫畫上找不出任何印刷的痕跡，也許理由根本沒我們想的那麼複雜，」沙耶加連忙解釋。「也許它只是被調包了。」

沙耶加快速地向達爾文講述了那天駱川在家被襲擊的經過，才講到一半，達爾文就立刻明白是怎麼回事了。

「所以，襲擊駱川的人，也會隱形？」

「也許是其他服用過 MK-58 的人。約翰說過，美國還有七八個和他一樣的八爪魚人潛伏在各處……」

「但也有可能是張朋。」沙耶加沒說完，達爾文就打斷了她。

「是張朋的話，反而不是件好事，」迪克歎了口氣。「如果是他，那線索就斷了，因為他已經死了。」

達爾文冷哼一聲：「我在學校水族箱設陷阱殺掉假扮成我哥的八爪魚人時，也以為他必死無疑。」

「你不是親眼看見他被霰彈槍打中，又被蓄水池底的渦輪機碾碎的……嗎？」沙耶加說到後面，反而有些猶豫。

達爾文沒有接話，他看向迪克：「還記得你以前學魔術的時候，我們總愛看胡迪尼的『中國水牢』直到深夜嗎？」

「還有他的『約束衣逃生』。」迪克補充道。

「為什麼胡迪尼會成為世界上最偉大的逃生魔術師？」

「因為他能讓兩個肩膀同時脫臼？」

達爾文搖了搖頭：「因為他每次都讓觀眾相信他已經必死無疑，卻突然活生生地出現。」

「你的意思是，張朋的身體被攪爛了，但思想還活著，飄浮在天上，還能入侵到別人的身體裡嗎？」迪克的眼睛盯著天花板，努力想像飄來飄去的幽靈。

「兄弟，你是看《驅魔人》看得太多了。」達爾文翻了翻白眼。

「我只是不能理解，雖然我沒看到他到底是怎麼死的，」迪克舉手做投降狀。「但我確實看過熟食店的絞肉機，無論是肉塊還是內臟，扔進去那一瞬間就變成泥了，我想像不出變成肉腸的張朋還能給我們提供什麼線索。」

「正常人類被渦輪機攪拌過肯定活不下來，但張朋……我可說不準。」

說這句話的時候，達爾文盯著的是桌上迪克的那瓶藍色膠囊。

「就算有MK-58，我被攪碎還是會死的。」迪克很敏感地認為達爾文在影射自己，他有些被激怒了。儘管這看上去很傻，但他還是不太願意懷疑張朋，因為畢竟那個男孩和自己一樣，都有過相同的患病童年，都無法離開同一種藥物。

「MK-58 只是讓我們會隱身，」想到這裡，迪克又有點惱怒地補充道。「不會成為鐵血戰士。我們和正常人唯一的區別，就是被你們這些『正常人』當成怪物而已。」

「你憑什麼認為，他跟你吃一樣的藥就跟你一樣呢？」達爾文並沒有在意他的不滿，而是反脣相識。「狗也和你一樣吃肉，狗和你一樣嗎？」

「你他媽的說我是狗？」迪克叫起來。

「你們別吵了。」沙耶加勸道。

「你一直都覺得自己很聰明，我們都不如你，只有你一個人與眾不同高高在上。」迪克絲毫不理沙耶加的勸阻。「你所有的鄙視只是因為討厭張朋，從在機場看到的時候你就討厭他，因為汪旺旺更親近他而不是你，因為他能保護她而你不能！你只是嫉妒！」

「臭小子，你給我再說一遍！誰嫉妒？」達爾文從凳子上彈起來，朝迪克吼道。

「我就算嫉妒也不關你的事！他在鹽礦差點害死我們！」

「別吵了！」沙耶加突然抽噎起來。「我們已經失去兩個同伴了……」

沙耶加一哭，迪克就投降了，他沮喪地往沙發裡一縮，不再吭氣。

「你說，你覺得張朋和迪克不一樣的理由是什麼？」沙耶加擦了擦眼淚，儘量平復情緒問達爾文。「我們在機場都看到過，他因為沒有吃藥被航空醫療隊搶救，他能和迪克一樣隱身……」

「就是這樣我才覺得奇怪，」達爾文看向迪克。「你不覺得太巧合了嗎？他剛認識你幾個小時，就剛好因為沒帶藥發病，又剛好在行李裡有幾十瓶藥可以提供給你——他既然有這麼多藥，為什麼會忘記帶哪怕一粒去坐飛機？換成你，會忘了你的救命稻草嗎？我從來不相信什麼巧合，這就是專門演給我們看的，以博取我們對他的信任。」

「可這只是你的推測，張朋當時看起來確實快死了，他幾乎心臟衰竭，還要上呼吸機……」

達爾文冷笑一聲：「什麼心臟衰竭，他根本沒有心跳。」

「沒有心跳？」迪克和沙耶加異口同聲地驚呼道。「什麼意思？」

「我在鹽礦的試驗基地摸過他的手腕，他沒有脈搏。這件事我只告訴過汪旺旺一個人，本來我想好好追查的，但還沒來得及他就已經死了。」

達爾文把重音放在「死」這個字上，說完，他看著在沙發上呆若木雞的兩個人。

迪克下意識地摸了摸自己的胸口，自言自語道：「沒有心跳……那他會是什麼？」

達爾文聳了聳肩：「我不知道。」

「等等，我覺得我們跑題了，」沙耶加摸了摸頭髮。「現在我們的重點是找到汪桑——即使我們證明張朋和我們想得不一樣，證明進屋偷襲駱川的人就是張朋，甚至能證明是他調包了漫畫，可這和找到汪桑又有什麼關係呢？」

「你們還記不記得在鹽礦，約翰說M並不是他們的人帶走的，軍方也在找M？」

達爾文想了一會兒抬起頭說。「如果不是軍方的人帶走了M，那我們一直以來的搜索方向就是錯的。軍方沒有把M抓回去做實驗，也不是因為發現了她的能力所以要監禁她。把她帶走的是別人，因為別的什麼原因。或許和那個隱形人銷毀M筆記的原因一樣。」

「所以你的意思是，還有另一股勢力藏在這中間？」

達爾文點點頭：「因為它隱藏得相當好，以至於我們一直沒有發現。它利用了我們，把我們的關注點引到了軍方身上，甚至連我們去阿什利鎮，都有可能是個局。」

「你覺得張朋……就在這股勢力裡？」

「我覺得他就是這股勢力，」達爾文糾正道。「最好的獵人從不團隊合作，他永遠獨自隱藏在森林中間，和獵物融為一體。」

迪克和沙耶加有些呆滯地看著達爾文，他們被這一堆亂七八糟的邏輯帶得有點暈，一時接不上話。

「好吧，我簡單說好了，」達爾文無奈地歎了口氣。「我覺得找到汪旺旺的切入點，在張朋這個人。」

「聽起來一點都不簡單，」迪克翻了翻白眼。「信息量太大，我大腦有些缺氧。」

「可我們除了張朋這個名字之外，真的對他一無所知……」沙耶加有些不確定地看著達爾文。

「一定還有什麼線索是我們沒注意到的，」達爾文低下頭。「一定有什麼事情被我們忽略了。」

迪克歪著頭想了半天：「中國的學校流行MSN嗎？既然他倆以前是同學，能不能從MSN上查到張朋的資料？」

達爾文沉吟了一下：「他們流行的是另一種社交軟體，汪旺旺用我的電腦登錄過，我能黑進去，但是……」

「這時候就不要顧及什麼隱私了，」迪克做出一個噤聲的手勢。「這算是我們三個人之間的祕密。別猶豫了，大不了發現她有好幾十個前男友。」

三小時後，達爾文從電腦顯示幕前面抬起頭，臉上有一絲茫然。

「太奇怪了……」

「怎麼樣？」沙耶加和迪克齊刷刷地抬起頭。

達爾文一時半會兒不知道該怎麼解釋，只把電腦螢幕轉向他倆。螢幕上布滿了編碼資訊和聊天軟體，但聊天內容都是中文，沙耶加只能讀懂一點點，迪克則完全看不懂。

「我在汪旺旺的聊天軟體裡找到了標注為『張朋』的人，他們的聊天記錄沒有什麼可疑的，但張朋使用的是一個『幽靈帳戶』。」

「你果然去查他倆的聊天記錄……」迪克壞笑著。

「這不是重點！」沙耶加拍了一下迪克。「什麼叫幽靈帳戶？」

「這麼說吧，每個人跟別人在網上聊天的時候，不管通過任何一個軟體，都會留下IP位址。它就像是你在泥濘中踩出的一條小路一樣，駭客技術可以根據這條小路追蹤你從哪裡來、你的登錄地點、家庭住址和個人資訊。哪怕這條小路只留下一個腳印，出色的駭客也能像獵犬一樣，根據這些少量資訊把你的一切抽絲剝繭找出來。但幽靈帳戶……幽靈帳戶無法追蹤ＩＰ地址，他把這條小路抹去了。」

「什麼資訊也找不到？」

「什麼資訊也找不到，」達爾文重複了一次。「他用的方式很高級，我只在暗網裡見過一些很隱蔽的賣家使用過。」

「能不能從汪旺旺的其他同學那裡……」

「我已經試過了，」達爾文打斷了迪克。「她標注『初中同學』分類的，每一個我都查了，從個人博客到空間相冊，包括他們電腦裡的存檔……但我完全沒發現跟張朋有關係的任何資訊。」

「連一張照片都沒有？」沙耶加吃驚道。

「沒有照片，沒有考核記錄，沒有成績單，沒有社交網路……對方也許早就料到會有這一天，他從很多年前就刻意抹去跟自己有關的資訊了。」達爾文咽了一口唾沫。「但也不是完全什麼都沒有……如果這點內容算的話。」

他用滑鼠打開了一個資料夾，裡面有一張孤零零的班級大合照。照片被裝裱在一張銅版卡紙上，卡紙下半部分按照片上同學的排列順序，印著每一個人的名字。

「這是汪旺旺在初一分班前的最後一張班級合影。」

沙耶加湊近電腦螢幕，很快就辨認出了汪旺旺，但她從左到右、從上到下看了好幾遍，也沒有看到張朋。

「這裡面沒有張朋……吧？」沙耶加不確定地問。

達爾文指了指照片下面印的名字：「沒有，不但照片上沒有，連印的名字都沒有一個叫張朋的。」

「所以張朋根本沒跟汪旺旺上過同一個年級，連同班也是假的？」迪克有點不相信自己的耳朵。

「這倒未必。」達爾文搖搖頭，他用手指朝照片最後一排指了指。大合照是女生站在前兩排，後面三排都是男生。沙耶加定睛看去，在幾個高大的男生後面，多出來了半個肩膀。因為大家都穿著白色襯衫校服，所以乍一看很難發現那裡站著一個人。

這個人好像十分瘦削，皮膚蒼白，沒有太多血色，他身體的大半部分被前面的男生遮住了，只留下半個肩膀和一點點黑色的頭髮。

「誰拍大合照的時候會這樣照啊？」迪克撓著頭。

「除非他不想自己的臉被拍下來，」達爾文抬起頭。「他故意躲在後面的。」

「所以這個人就是張朋嗎？」沙耶加迫不及待地問。

達爾文反而沒再說話，他猶豫了一下：「我也說不準。」

「為什麼？」

「因為這個人不叫『張朋』。」

達爾文的滑鼠順著照片下的排名一直數過去，那裡赫然印著一個他們從沒聽過的名字。

張凡誠。

第十七章　愛琳

猶他州。

經過入冬後的好幾場暴雪，七十號公路上的積雪已經快有一公尺高了。鏟雪車在每週三的清晨勞作，儘量在聖誕前夕保證公路暢通。可是從十一月開始，大部分遊客寧願選擇搭飛機繞遠，也不願意駕車穿過這裡。儘管雪已經掃走，路面仍然結了一層堅硬的冰，這對任何一輛高速行駛的車都是致命的，稍有不慎就有翻車的危險。除了對風雪頗有經驗的老司機之外，沒有人願意輕易嘗試這條號稱「冬季殺手」的公路。

而愛琳此刻正在這條路上，她要去的地方很遠，從地圖上看，穿過七十號公路是無法避免的麻煩。她開著一輛一九九四年產的雪佛蘭皮卡，收音機裡的鄉村搖滾也掩蓋不了發動機發出的噪音，那聲音就像一個年邁的骨質疏鬆患者在呻吟。

窗外是連綿起伏的猶他山脈，上面覆蓋了皚皚白雪，這是美國北方特有的一種風景。這些山脈總是看上去很近，似乎走路也能到達，事實是就算駕車也要一到兩小時。這是地平線造成的「錯視」，可惜在很多沒有經驗的旅客發現這一點時，他們已經燒光了所有汽油，彈盡糧絕，只能等待救援。

山脈的四周，車窗的兩邊，是一望無盡的平原，上面除了乾枯的稻草什麼都沒有。這種草只有在春夏之交時才會有曇花一現的翠綠，其他大部分時候是枯黃色。但現在連那種黃色也看不見了，因為上面結滿了凍霜。風像強盜一樣從四面八方襲來，鼓足勁地吹著單薄的車窗，尋找一切細碎的縫隙妄圖乘虛而入。

愛琳活動了一下握著方向盤的手指，不經意地又看向副駕座上的那個亞洲女孩。二十分鐘前，她剛開進這片山谷區不久，看見一個黑影在路邊閃動。一開始她以為是某種動物，或者是自己在銀色的冰雪世界裡產生的幻覺，直到她看清那一大團黑色棉服中露出的半截小臉。

那人站在積雪的高處揮動手臂，拇指朝下，那是希望搭乘順風車的標誌。

皮卡很快開了過去。愛琳從後視鏡裡看著那個身影，她不知道這人為什麼會出現在這裡——這附近沒有任何城鎮，沒有一個加油站或民居，愛琳甚至沒有在他身邊看到一輛拋錨的汽車。

那個人就像是憑空出現的一座雕像，愛琳心想。

後視鏡裡的黑點越來越小，愛琳的理智告訴她，她這次的出行絕對不適合搭乘任何一個陌生人。可她是在北方長大的人，她知道在這種季節的傍晚，如果她不施以援手，等待那個人的除了死神不會有其他人。

兩分鐘後，皮卡倒回到了那個黑點身邊，愛琳搖下車窗：「上來吧。」

揭開羽絨服的帽子，愛琳才看清楚上車的是個女孩，黃皮膚黑頭髮，蜷在座位上瑟瑟發抖。

她沒說話，準確地說是因為太冷說不出話。她機械地在大腿上搓著手，小臉已經凍得失去表情，連睫毛上都結著一層薄薄的冰。

愛琳把暖氣開到最大，儘管這輛老爺車上的暖氣並不太好使，風口對著女孩。

「來暖和一下，要喝口咖啡嗎？」

女孩點了點頭，愛琳把保溫壺裡的咖啡遞過去，碰到了她的手——她的手指冰冷得沒有一點溫度。

女孩微微顫抖了一下縮回手。愛琳知道接下來她會感覺到痛，臉和紅腫的手指都會痛得要命，這是凍傷後的普遍反應。

「謝謝。」女孩從牙縫裡擠出幾個字。「妳是上午到現在唯一經過的車。」

愛琳能聽出她的口音，她不是本地人。

是遊客嗎？猶他州的冬季不是沒有遊客，每年這個時候總有一些不怕死的年輕人來這裡體驗雪山攀岩或是風箏滑雪。她在電視裡見過，那是玩命的遊戲，直升機把遊客空投到雪山高處，狂風中的風箏能把人拖離地面十英尺以上，沒有足夠的臂力就會在雪地裡把骨頭摔碎。

或許她在雪裡迷了路，和嚮導走散了，愛琳心想。可她難道是獨自一人從雪山上下來的？

喝完咖啡，女孩長長地舒了一口氣，她的眼睛開始恢復神采，羽絨服上的雪花化成水珠，順著袖口淌下來。

「原諒我，但我得說，」愛琳咳了一聲。「獨自一人站在平原雪地上？天氣預報說夜裡這區域會降溫到零下二十度，這是保守的情況，也許會到零下四十度。妳竟在這種天氣一個人跑到荒郊野外，妳不想活了嗎？」

「我……沒有聽天氣預報。」過了一會兒，女孩低聲說。「我在傑克郡下車的時候覺得沒那麼冷，在那兒甚至不需要戴手套……」

「妳是從傑克郡走到這裡來的？」愛琳簡直不敢相信自己的耳朵。

傑克郡離七十號公路有三十多公里，是進入平原的最後一個補給點，沒有人會蠢到從傑克郡徒步穿越這片開闊地，這無異於自殺。

女孩沒說話，而是轉頭看著窗外。

「年輕人總以為必須做什麼驚為天人的事，才能證明生命的重量，」愛琳喃喃地說。「卻不知在年邁時，它會如約而至，壓得妳喘不過氣來。」

「我快沒時間了，這是距離最近的一條路。」

「妳要去哪兒？」愛琳問。

「妳呢？」

「我……去內華達州，和我的親戚過聖誕，」愛琳有點結巴，隨即她好像想到了什麼。「我在中途不住宿，也不會開進城市，所以無論妳要去哪兒，我只能帶妳一段路。」

「妳可以把我放在猶他州和內華達州交界的加油站，妳經過的任何一個。」

愛琳努力回想兩州交界的地方有什麼，但除了荒蠻之地這個詞，她什麼都想不到。

「妳去那裡幹什麼？」過了一會兒，愛琳還是抑制不住好奇心問道。

「去找一個人，」女孩說。「一個朋友。」

「據我所知，那一片沒有城鎮——也許上世紀七八十年代還有一兩個，但所有人都朝外面搬走了……沙漠化太嚴重，早已不適合居住。」愛琳輕聲道，她心裡害怕這個遊客對美國瞭解不深，走錯了路。「妳未必會那麼幸運，再遇見一個願意停車的人。」

「我知道他在那裡。」女孩緩慢又堅定地說。

車又開了幾小時，天已經完全黑了，視線很不好，除了皮卡的車燈外沒有一點其餘的光線，連天上都烏雲密布。

「我們今晚在車裡過夜，」愛琳把車靠在路邊。「車裡有充煤油的老式電暖器，我能保證不太冷但未必夠暖，後座有毛毯和枕頭，妳可以去那裡睡。」

「那是妳的床，我在這兒打個盹兒就好。」

愛琳打開後座的氣風燈：「要來點吃的嗎？」

女孩點點頭，愛琳從後座遞給她一袋麵包和香腸。她狼吞虎嚥地吃了起來，應該是很久沒吃飯了。可她並沒有在幾小時的旅途中提出來，也沒有索求過任何食物。她的小心翼翼讓愛琳有些心疼。

「慢點吃，我帶了很多。」

「這些已經夠了，」女孩抬起頭看著愛琳。「畢竟妳還有很長的路要走。」

愛琳一時間有些恍神，她怎麼會知道？

「對了，妳叫什麼名字？」愛琳隨口問。

「妳……可以叫我汪旺旺。」女孩猶豫了一下，小聲說道。

愛琳慢慢模仿著這三個字的發音，它們在英語裡沒有任何意義，這也許是個中國或日本的名字，她心裡想著。

「這不是英文名，是妳家鄉的語言嗎？有什麼含義嗎？」

「這是我最喜歡的名字，」汪旺旺說。「但它不再是我的了。」

「為什麼？」愛琳問。「妳改名了嗎？」

汪旺旺沒有回答，只是轉頭看著愛琳的眼睛，就像看進了她心裡：「每個人都有難以言說的過去，愛琳。」

愛琳震驚地看著她，她不記得自己告訴過這個女孩她的名字。

第二天清晨，她們繼續趕路，中午之前看到了「內華達州歡迎您」的公路牌。汪旺旺一直盯著窗外發呆，她們又開了一會兒，汪旺旺突然對愛琳說，前面出口有一個加油站，自己在那裡下車就可以。

愛琳把車開下了公路，那是一個老式的廢棄加油站，坐落在沙漠邊上，便利店的招牌掉了下來，裡面的物資都搬空了。不過內華達州的天氣相對好很多，起碼地面上沒有積雪，但風沙猛烈。

「妳確定要在這兒下車？」愛琳疑惑地問。

汪旺旺點了點頭，從口袋裡摸出一張皺皺巴巴的二十元鈔票：「這是我所有的錢了，如果您能給我一點水和麵包，我將感激不盡。」

愛琳沒有接錢：「如果妳身無分文，找不到妳朋友的時候，妳又該怎麼辦？」

「我會找到他的。」

「妳可以拿走這袋麵包和水，但我覺得妳這個決定蠢透了。」愛琳一臉擔心。「如果妳要進城的話，我想，我可以送妳到城市邊上。」

「謝謝妳，」汪旺旺搖了搖頭。「再見。」

愛琳看著她走遠了幾步，突然像下定什麼決心似的又掉頭走了回來。

「愛琳，」汪旺旺打開車門。「不要再往前走了。我知道妳的計畫——妳想一直開到三藩市，在那裡乘船去阿拉斯加。妳可以在那裡躲上十幾年，員警不會找到妳，但妳永遠也見不到妳的女兒了，想想妳的南茜。」

愛琳像觸電一樣晃了晃，她驚訝地盯著汪旺旺，好半晌才吐出一句話：「妳是誰？」

「我不是妳曾經遇到過的任何一個人，」汪旺旺說。「事實上我們才認識幾個小時，但我知道妳在做一件錯事，這是一個錯誤的選擇。我知道妳誤殺了那個叫肖恩的男人……他打妳，在喝醉酒的時候打妳，在賭輸錢的時候打妳，妳以為妳能忍受，直到他把手伸向你們的女兒……」

「不要再說了！」愛琳渾身顫抖起來。

「我知道妳很害怕，但想想妳的女兒，此刻她正躺在醫院裡，她在問護士媽媽在哪裡。」

「不……南茜……」

想起女兒，愛琳捂住嘴，眼淚再也抑制不住：「我回不去了，再也回不去了……警方會在地窖裡找到他的屍體，即使我去自首，警方也會把南茜的監護權從我手上奪走……所有人都會知道她的媽媽是個殺人犯，我毀了我自己的生活，也毀了南茜的。」

「妳一走了之後，妳知道她的生活會變成什麼樣嗎？員警會在地窖裡發現她爸爸的屍體，會把媽媽列成頭號嫌疑人全國通緝。妳的女兒會被送去寄養家庭，像皮球一樣被踢來踢去，直到她十八歲，就會被福利部門扔進社會自生自滅。這是妳想要的結果嗎？」

「不……不是這樣的，」愛琳掩面而泣。「我該怎麼辦……」

汪旺旺握住愛琳的手，沉默了很久說：「妳愛南茜，妳讓我想起我的媽媽。」

愛琳困惑地抬起眼睛。

「把車開到拉斯維加斯，在城外找一家廢車修理廠，我聽說那裡對賭徒的典當品從不問出處。妳去那裡把車賣了，然後趕回家。」汪旺旺平靜地說。「然後報警說妳的丈夫失蹤了，也許又去賭了，他總會連續幾天開車出門賭錢，但這次去的時間有點長。沒有人會關心他去哪兒了，妳的鄰居們，還有社區的神父，都知道肖恩是個什麼人，沒人會同情他，就算他再也不回來，在外地出了什麼事，也是罪有應得。」

「妳說什麼？」愛琳難以置信地看著這個目測才十幾歲的女孩。

「現在是冬天，屍體腐爛得很慢，趁臭味沒散開，找個晚上把他埋了。」汪旺旺歎了口氣。「然後跟南茜好好生活。」

「如果……萬一以後被人發現了呢？」

「我看不見未來的事，但如果我是妳，我也會拚盡一切保護我愛的人。」汪旺旺重新拿起水和麵包，關上車門。

「等等！」愛琳從車上跳下來，追了兩步。

「妳是怎麼知道的？妳為什麼會知道！」

汪旺旺回頭看了看愛琳，嘴巴動了動，但終究沒說話，轉身走進了沙漠。

愛琳呆呆地站在風裡，在寒冬的聖誕前夕，她不確定自己遇到的一切是真實的。

或許這個世界上真的有神。

內華達州，距離拉斯維加斯兩百英里，某片荒無人煙的土地上。

汪旺旺有點後悔，她或許真的應該聽從愛琳的勸告，不在那個廢棄的加油站下車。即使她的直覺告訴她，那個地方已經十分接近，但嚴寒中的身體逐漸不受她的意志支配，凍僵的手指連指北針都握不住了。

比預計的更快，愛琳所說的風暴來臨了。雪夾雜著冰從天空飄下來，刮在臉上的感覺跟尖刀削肉一樣。儘管汪旺旺已經攏緊了羽絨衣的帽簷，但她的鼻孔裡還是結滿了冰碴兒，堵得她只能微微張開嘴呼吸。

這個冬天太不尋常，在這之前將近十年，內華達都沒有迎來過這麼大的風雪。

她想起一個北方的同學曾經告訴她，在他的家鄉，很多人都無法熬過冬天，他們最終因為寒冷而死去。她還聽說過在南極的企鵝群裡，總會有這麼一兩隻，突然就瘋了一樣離開自己的群落，一直往雪山上走，最後凍死在冰川裡。科學家們說，那些企鵝發瘋的原因是因為寒冷，因為遙遙無期的冬季而癲狂。

汪旺旺甩了甩頭，她不想就這麼陷入和企鵝一樣的絕望當中。她努力地想回憶一些溫暖的事，她回憶爸爸曾經的擁抱，迪克、沙耶加和她坐在草地上數著賣燒烤掙來的錢，回憶漆黑的礦洞中達爾文拉住自己的手。

但在攝氏零下二十度的嚴寒中，她關於溫度的記憶開始鬆散，最終飄逝而去。她的意識開始逐漸喪失。

閉上眼睛，她以為自己會看到某些溫暖的時光，一些陽光明媚的午後，哪怕是某張燦爛的笑臉，可短暫的漆黑之後，她看見的是冷冰冰的醫院搶救室，她的爸爸躺在病床上，胸口猙獰的大洞已經開始萎縮。

她繞過哭泣的母親，走進病房。

「我們已經盡力了。」醫生的話在耳邊迴響，他正在撤走醫療器械。

這是她無憂無慮前半生的終結。從那天開始，謎團接踵而來。

原來成長並不是緩慢而溫柔的，它像此刻的暴風雪一樣突如其來，你毫無選擇，一夜間就被推進深淵。

她看到了加里，那個在不見天日的礦洞中變異的孩子，他的生命停止在了迎來陽光的前一刻。他還緊緊握著她的手，試圖把那塊已經被高溫融化的巧克力塞給她。

原來臨死之前，對她而言最無法釋懷的，是仇恨和痛苦。

這些痛苦，在一個十幾歲女孩的心裡曾經是一條條血肉模糊的傷口，之後結出醜陋的痂。她不會告訴任何人，她還在疼。

她沒忘記。

隨著最後一絲力氣的消逝，她倒在了雪地裡。

第十八章　隱藏信息

「張凡誠……凡誠張……」沙耶加歪著頭，把照片上的名字讀了一次又一次。

「妳有印象嗎？」

「我不太認識這幾個中文字，可以把音標寫出來嗎？」

達爾文拿過一張紙，寫下這三個字的中文拼音。沙耶加舉起來又看了半天。

「怎麼樣？是不是有線索？」

「我不太確定……」沙耶加放下紙，歎了一口氣。

「沒關係，妳說說看。」

「我覺得我在M參加數學競賽的那天，見過這個名字。」沙耶加過了半晌才開口。

「你們記得嗎？那天汪桑說她好像在考場入口遇見了一個老朋友，她還專門問布朗教授要了參加考試的人員名單。我好像就是在那個名單上看到過這個拼音，因為我們小鎮上的中國學生很少，所以我多看了一眼。」

「老朋友……」達爾文若有所思。「她沒說叫什麼名字？」

沙耶加搖了搖頭。

「如果這個『老朋友』就是張朋，那就很好解釋了，」迪克聳聳肩。「中尉找不到他的記錄，因為他用了別的名字。」

「但這只是我們的猜測，」沙耶加皺了皺眉頭。「布朗教授在回去的路上被襲擊，所有名單和試卷都被洗劫一空，我也無法肯定看到的就是這個名字……而且這已經無從查起了。」

「那倒不一定，」達爾文一拍桌。「考試現場在我們學校的科技樓，今年剛裝了監控錄影！」

三個人互相看了一眼，其實他們都不知道這麼大費周章去尋找一個已死之人的資訊有沒有用，但眼下能夠做些什麼，總比什麼都不做來得強。

達爾文對於黑入學校的安全系統早已經駕輕就熟，畢竟他還參加了防火牆的建立。沒過多久，電腦螢幕上就出現了一個模糊的監控影片。影片總共有四個，除了在走廊裡的兩個之外，還有一個是從講臺上方往下拍，另一個則是從所有課桌後方往前拍，也許是用以防止學生作弊。

「這件事真是越來越有意思了，」達爾文的嘴角翹起來。「當天考場的監控錄影有一部分竟然因為某些『無法修復的錯誤』刪去了。我找了半天，只能找到M所在考場的錄影。」

「所以，在你之前就有高手登錄過，還把某些角度的影片抹去了？」迪克問。

達爾文點點頭，目不轉睛地盯著監控錄影。

錄影起始的時間是早上十點，從空無一人的教室到陸陸續續有學生進入考場，當時間指向十一點的時候，M從教室的前門走了進來。

她穿著沙耶加和汪旺旺給她配的裙子和襯衣，乍一看差點沒認出來。只見她戰戰兢兢地坐在自己的位子上，其中一隻手不自然地放在桌前前後晃動著，這是M在緊張時候的習慣動作。

「M好像在害怕什麼，」沙耶加邊說邊摸了摸下巴。「她似乎受到了某種脅迫。」

「可是她平常也這樣，你們知道的，有時候M和其他人看起來很不同……遇到人多或者陌生的環境，她就會不由自主地搖晃，」迪克說。「這很難說明什麼。」

「如果她身邊站著一個我們看不到的人，那就是另一種說法了。」達爾文輕聲道。

沒有人接話，也沒有人按快進鍵，三個人屏住呼吸，緊緊盯著螢幕，生怕錯過一點細節。

讓人失望的是，直到考完試交卷，布朗教授發現M的考生身分有問題，再到汪旺旺和其他幾個好朋友闖進來，整段影片都沒有出現過任何疑似張朋的人。

「還是一點線索都沒有……」在反覆看了好幾次影片後，迪克揉了揉眼睛，沮喪地說。「畢竟連張朋是否出現過都是我們的猜測，也許一開始就是錯的。」

「等一下！你們看這是什麼？」忽然，沙耶加按下了暫停鍵。

迪克和達爾文把頭湊近顯示幕，沙耶加暫停的地方，汪旺旺正帶頭和布朗教授交涉。只見他們四個人都圍著布朗教授和駱川，M卻以一種奇怪的姿勢保持著跟眾人的距離，她稍微側過身，抬起頭看著鏡頭。

沙耶加接著按下播放鍵，不過幾秒，M又將頭轉了回去，就像什麼都沒發生過一樣。

「她看了一眼鏡頭？」迪克的鼻尖都快貼到螢幕了。

「再看一遍。」沙耶加又按下倒退鍵。

「我還是什麼都沒看見啊……等等，這是什麼？」

沙耶加晃動了一下滑鼠，把畫面放到最大。影片頓時模糊起來，因為監控的畫質實在太差了。

「她是在有意識地靠近鏡頭，她手裡……拿著什麼！」沙耶加指著M一直在晃動的手。「她並不是因為緊張才晃手，而是她想向監控展示某樣東西！」

「是硬幣，」達爾文叫道。「她一直試圖讓我們注意她手裡的硬幣！」

三個人立刻反應過來，M手裡拿著的，是她曾經送給大家每人一枚的硬幣。

「你們的呢？還在嗎？」達爾文轉身把自己書包裡的東西一股腦倒出來，沙耶加也迅速從衣服裡掏出她那枚做成項鍊的硬幣。幸好大家都把這個禮物當成珍藏的寶貝貼身帶著，很快桌面上就出現了三枚硬幣。

三枚二十五美分鎳幣閃著銀色的光澤，幾個月M失蹤之前，曾經送給了每個小夥伴一枚。要不是迪克認出了這幾枚硬幣皆為錯版，或許沒人會知道它們有多值錢。

「如果M真的能預測未來，她就會知道有這麼一天，我們會查監控錄影。」達爾文盯著桌上的三枚硬幣。「她留下這幾枚二十五美分給我們，一定有理由。」

「可她為什麼不直接告訴我們呢？或者用另一種更直白的方式？」

「不如反過來想想，出於什麼原因，她不能直說，」達爾文抬起頭。「也許她感覺到了某些潛在的危險。」

「或者她受到了監視……」沙耶加補充道。

「可是她到底想傳達什麼資訊呢？」迪克一邊說一邊用手劃拉著桌上的硬幣，一不留神，其中一枚掉了下來，原地旋轉了一圈，背面朝上落在了地板上。

「內華達州……鑄幣廠？」迪克蹲下來，仔細辨認著硬幣背面邊緣的一行字。「好奇怪。」

「哪裡奇怪？」迪克的話吸引了達爾文的注意。

「我從來沒聽過什麼內華達鑄幣廠，」迪克皺了皺眉頭。「美國最大的鑄幣局在費城，全國百分之九十以上的硬幣出自那兒，剩下的鑄幣地點包括丹佛、三藩市和西點……我從來沒聽過內華達州還生產硬幣。」

迪克和他的爸爸愛德華都是錢幣收集達人，在這個時候最有發言權。

達爾文把桌上剩下的兩枚硬幣都翻了過來，果不其然，三枚硬幣背面都顯示出自內華達州鑄幣廠。

「這幾枚硬幣都是十九世紀八〇年代的，至今為止已經過了一百多年。」

「但我真的非常確定內華達州沒有鑄幣廠，因為內華達根本沒有製作硬幣最需要的鎳礦，也許這也是印刷失誤的一部分。」

「內華達確實不生產鎳……但還有一種可能。」達爾文突然轉向廚房，從冰箱上拿下一塊磁鐵貼緊硬幣，出乎意料的是，硬幣對磁鐵竟然一點反應也沒有。

「這根本不是鎳幣，而是模仿鎳幣製成的銀幣。」達爾文緩緩地說。

迪克難以置信地盯著手中的硬幣，說不出話來，一枚錯版的獨一無二的銀幣，天知道它值多少錢。

「快查一下，內華達州有沒有銀礦。」過了好一會兒，他才反應過來。而達爾文已經在電腦前面飛快地敲著鍵盤了。

「內華達州確實曾經有過銀礦，在內戰之前，林肯總統特批在銀礦上開辦過一家鑄幣廠，但由於各種原因，從一八六四年起只存在了短短的幾年就關閉了，並沒有過多記錄，所以也不為人所知。」達爾文抬起頭。「而且我相信，M想向我們傳遞的資訊，就是這家鑄幣廠。」

「你為什麼這麼肯定？」迪克不解地問。

「你看看這個鑄幣廠所在的城市叫什麼。」達爾文指向螢幕。

只見在幾張發黃的鑄幣廠照片下麵，有一行花體字：

內華達州　卡森城　上帝之城

那個大寫的GOD（上帝），正是錯版硬幣上消失的字。

「M為什麼要告訴我們……」

迪克的話還沒說完，就聽到「叮咚」一聲，外面的門鈴響了。「誰？」達爾文迅速合上電腦，警惕地向外問道。

「我。」門外傳來駱川模模糊糊的聲音。

迪克和沙耶加呼出一口氣，達爾文一邊打開門一邊有些惱怒地說：「你怎麼沒鑰匙……」

他的話還沒說完，就看見駱川倚在門邊，兩隻手無力地垂著，一邊臉腫得老高，右眼幾乎睜不開了，看上去就像個剛打完群架的不良少年。

「晚安。」駱川勉強笑了笑，牙齒上粘著血。他背後還站著一個面無表情的西裝男，袖口裡揣著一把手槍，頂著駱川的腰。

「你是誰？想幹什麼？」達爾文極力抑制住自己的驚慌失措。

「找人。」西裝男的英文有些生硬，達爾文一時分辨不出來是什麼地方的口音。

「恐怕你找的人不在這裡。」

「她要跟我們走。」

「汪旺旺已經離開了，我們也不知道她在哪兒。」

「恐怕你搞錯了，」一個熟悉的聲音從西裝男身後傳來。「我們找的不是她。」

清水從一輛黑色加長型悍馬上下來。她一如既往地披著一件雪白的皮草坎肩，一身黑色和服。

「節子，我們是來接妳的。」

跟到門口的沙耶加一愣，隨即反駁道：「我……我不走，妳答應過我的，給我兩個月。」

清水緩緩地抬眼看著沙耶加，竟然有些憐憫：「我不記得我們有任何約定。」

「不，我要找到M。」

「很可惜，妳的時間用完了。」

沙耶加一邊搖頭一邊向後退：「我答應過妳我會回去，但不是今天……現在連汪桑也失蹤了，我不會在這個時候離開的，這不可能。」

「妳很在乎妳的朋友們，嗯？」清水攏了攏披肩緩緩地說。「我不知道現在在妳面前的這三個男人哪個是妳的朋友，但妳看看這位先生的臉，妳不會想見到他們身上挨槍子的，尤其是這兩個孩子……他們連一槍都扛不了。」

清水的聲音不大，伴隨著一種無形的壓力。

「想救妳眼前的朋友，還是失蹤了的朋友，妳考慮一下，節子。」

「妳這是脅迫！」迪克暴跳如雷，低聲吼道。「我告訴妳，臭娘們兒，妳威脅不了我，我根本不怕死……」

「我想你也不怕死。」清水輕蔑地笑了一聲。

「我就知道會有這麼一天。」達爾文冷不丁地說了一句，打斷了迪克的話。

「哦？」清水裝作很有興趣的樣子，挑釁地看了一眼達爾文。「看來這裡還有一個有腦子的。」

「任何人都能踏進這個屋子，帶走誰，或者殺了誰。」達爾文吸了一口氣。「我們的力量太薄弱了，沒有勢力，手無寸鐵。」

他微微轉頭看向屋簷的一角。

「所以，我在這房子裝了至少二十個監控，隱藏在屋簷下、草皮底，視野覆蓋了屋子的每一個角落。我必須每隔十五分鐘輸入密碼，一旦我出現什麼意外，這些影片就會自動傳到公共影片門戶埠，並且自動抄送給各大報社。我們沒有力量，但社會輿論有。」

清水側過頭，盯著達爾文看了幾秒，撲哧笑了出來：「小孩子不會騙人，你道行不夠。」

「那妳儘管試試我的道行，」達爾文也微微一笑。「不要低估一個高中理科生。」

「我知道你那些齷齪的駭客伎倆，在賢者之石的時候，我已經領教過了。」

「今天沒人能把沙耶加帶走。」

清水沒有接話，有些忌憚地看著達爾文。正當四個人在膠著時，悍馬後座的黑色反光玻璃突然緩緩降下，裡面傳來一個蒼老的聲音。

「節子——」

聲音不大，但在空曠的街道上異常清晰。

沙耶加猛地顫抖起來，向前邁了幾步，腿一軟，差點摔在門邊上。

那塊反光玻璃後面，露出一個亞裔老人的半張臉。他看上去約莫六、七十歲，穿著一件得體的深藍色毛呢西裝外套，領帶系得一絲不苟，銀白色的頭髮攏到耳後，微微弓著腰，看上去有幾分疲憊。

清水轉過身，朝他深深鞠了一個躬。

「大人——」沙耶加好半天才用日語吐出一個詞來。

「節子，我並不是以那個古老的身分來接妳回去的，」老人歎了口氣，他的語速十分緩慢。「而是以爺爺的身分。節子，回家吧。」

「妳認識他嗎？」迪克完全聽不懂，轉身朝沙耶加說。「他是不是在威脅妳？妳別怕，有我在，誰也不能動妳的一根汗毛。」

沙耶加搖了搖頭，走下臺階，朝老人鞠了一個躬。

「妳和妳母親，都受苦了。」老人望向沙耶加的眼睛。

沙耶加眼角溢出一絲淚光，卻什麼也沒說。

「我一直在關注著妳，妳的養父母向我說了關於妳的許多事。」老人慈祥地看著沙耶加。「妳十分努力，功課也很好，學習了中文和拉丁語，還能打一手好網球，是嗎？這讓我想起了妳祖母年輕時，她在網球場上也是芳華絕代的。」

沙耶加忽然撲通一聲跪下了，毫無徵兆。

「求求您，不要在這個時候讓我回國，節子求求您，」沙耶加的眼淚奪眶而出，聲音卻越來越小。「我的朋友正處於危險當中……」

「妳的朋友正處於危險當中……我們的國家，何嘗不是呢？」

老人垂下眼看著跪在地上的沙耶加，聲音平靜得像什麼都沒發生一樣：「我相信妳也看了新聞報導，已經有多地開始暴亂了。」

「嗯——」沙耶加艱難地點了點頭。

「平民的女兒，在遇到天災時，可以撕扯開衣服在街上奔走求生，可以跪倒在地上哭泣乞討，也可以大呼害怕赤腳跑進田地裡，」老人看了一眼沙耶加手指上戴著的戒指。「但我們家的女兒不行——即使天塌下來，也要沉著應對；即使命懸一線，也要高貴地站在宮家身後，保持著應有的姿勢。所以，看看現在的妳，有多失禮。」

沙耶加倉促地站起來，吸了吸鼻子。

「現在國家動盪，宮家之間的矛盾也白熱化。我老了，或許不能再堅持幾年了。」

「大人，我還有一個要求，我的朋友……」

「節子，妳不能提要求。」老人緩緩打斷沙耶加。「在國家面前，我們不能提任何要求，這是我們生來的使命。妳是國家的女兒——生於這個國家，嫁給這個國家，最終為它而死。」

「是。」過了半分鐘，沙耶加終於垂下頭。

「想明白了，就進去收拾行李吧。」玻璃車窗隨即搖了上去。

「妳現在離開，或許是對妳的朋友最好的保護。」清水走過沙耶加身邊的時候，輕聲說。

沙耶加擦了擦眼淚，走回屋裡。

「現在什麼情況？」不明所以的迪克問。

「我要回國了。」

「搞什麼啊？憑什麼？我不同意！」迪克頓時暴跳如雷。

「你不要這樣！」沙耶加一把拉住他的手。「如果我不走，他們就會用你們的命來威脅我，就算這間屋子能保護得了我們一時，我們也不可能一輩子都不出去。聽我說，迪克——」

說著，沙耶加忽然伸出手臂，抱了抱迪克。要知道沙耶加平常是個非常靦腆的人，迪克都嚇呆了，一張臉漲得通紅。

「我一定會保護你們，用我的方式。」

說完，沙耶加又擁抱了達爾文。

最後，除了那枚M送的硬幣被沙耶加小心地戴回脖子上之外，她什麼都沒帶走。

沙耶加上車的同時，駱川就被放了，他暈頭暈腦地進屋往沙發上一躺，就不動了。

「你怎麼會被打成這樣？」達爾文一邊找冰袋一邊問。

「他們最初找到醫院來，當時我剛發現你和小土豆都不見了，病床都空了！」駱川有點語無倫次。「對方問我要人……靠！我怎麼知道那個小姑娘身分尊貴，我以為是遇上什麼流氓混混，剛好能秀一下我苦練多年的跆拳道呢……結果人家十幾個保鏢端著槍就把我放倒了，我可不就成現在這樣了唄。」

「你活該，」達爾文翻了個白眼。「誰叫你沒眼色。」

「小土豆呢？」駱川這才反應過來汪旺旺不在家。

「她去亞特蘭大了，」達爾文撒了謊。「汪旺旺說，她醒來很想媽媽，所以去賢者之石看她了。」

駱川皺眉：「一個人？怎麼這麼突然？有危險怎麼辦？」

「不會的。」達爾文淡然道。

「什麼叫不會的？」駱川不滿地盯著達爾文。「你憑什麼這麼肯定？她昏迷了幾天，剛剛醒來，本身就很虛弱，至少也打個電話……」

「我說不會就是不會！」達爾文打斷了駱川。「我會讓汪旺旺出事嗎？我會不擔心她的安全嗎？還是你認為我沒有你這麼在乎她？至少我不會帶她去看什麼三流催眠師，還給她嗑致幻劑！」

達爾文把最後那句話說得特別重，這著兒果然很管用，致幻劑目前是駱川的死穴，畢竟給未成年人使用違禁藥物是要判刑的，駱川立刻收聲。

達爾文又給駱川吃了幾片止痛片，藥效起得很快，不一會兒沙發上就響起了駱川的呼嚕聲。

「我們什麼時候出發？」迪克低聲問達爾文。

「明天我們先去買些必需品，」達爾文沉吟了一下。「然後坐傍晚的車走。」

第十九章　仙樂都

汪旺旺是被火爐裡傳來的劈啪聲喚醒的。

首先感受到的是劇烈的頭痛，然後是手指，身上的每一根骨頭都在疼。她從被子裡伸出手摸了摸額頭，那裡有一塊已經變溫的濕毛巾。

這是哪裡？

她睜開眼睛環視周圍，這是一個小木屋的尖角閣樓。她躺在床上，蓋著兩條毛毯，羽絨服掛在窗戶邊上。風雪已經過去了，外面的天色早已放晴，溫暖的陽光從窗外灑進來，毛絨和灰塵在光線中飛揚。

汪旺旺走下床，她把穿著毛襪的雙腳邁進陽光裡。倚著窗戶，她看到地上覆蓋著皚皚白雪，遠處有三三兩兩銀色的房屋，尖尖的屋頂和原木結構，都不是新式的建築。

一個穿著羊毛外套的男人正整理著一輛木車上的乾草，不遠處還有幾個穿著類似的人在修葺屋頂。木車前方拴著兩匹馬，可見之處沒有一輛汽車，也沒有內華達州標誌性的電纜。如果不是手邊的哥倫比亞防水羽絨服提醒著汪旺旺，她會以為自己穿越回了兩百多年前的新移民時代。

窗外的人們井然有序地工作著，一片安靜祥和。

汪旺旺咬了咬嘴角，這是她在尋找的地方嗎？她曾經想像過會出現的一切情況，驚險的、邪惡的、暗無天日的，伴隨著那兩個還沒發生的原罪——「貪婪」和「自大」，或許會比地下鹽礦還要糟糕。

但她沒想過會是這種景象。

也許是閣樓的溫度太高，汪旺旺的喉嚨有些發緊，她扶著牆壁走到了門口。門沒有上鎖，上面有黃銅的門閂，似乎只能從裡面反鎖。汪旺旺推開門，外面是一條窄窄的過道，鋪著一塊狹長的手工編織毛毯，儘管看起來有些粗糙，但腳踩在上面扎實柔軟——她能聞到整棟屋子淳樸的氣息。

過道的盡頭是一段樓梯，連接每一層樓。二樓有兩個虛掩著門的房間，應該是主臥和次臥。汪旺旺沒有停留，而是摸著木質扶手走到了一樓。

一樓是起居室和開放式廚房，一股濃郁的百里香燉菜的味道彌漫在空氣中。桌上放著乾酪和麵粉，鍋裡煮著牛奶，旁邊還放著一些雞蛋。

「嗨。」一個尖細清脆的聲音從樓梯後面傳來。汪旺旺扭過頭，看到一個小男孩倚在門廊的一角。

他看起來七八歲，有一頭深褐色的頭髮，藍色的眼睛和白裡透紅的臉蛋。

「嗨——」汪旺旺輕聲回應道。

「我說我看到雪地裡有人，一開始爸爸不信，但最後還是聽了我的話。」小男孩指了指自己的眼睛。「我能看得很遠，就算只用一隻眼睛哦。」

「謝謝你們救了我。」

「爸爸說很多人來找仙樂都，最後卻迷了路。但那都是神的旨意，來到這裡的人都能獲得救贖。」

「仙樂都？」汪旺旺重複著小男孩的話。

「Xanadu，就是烏托邦的意思。爸爸說，我們活在《創世記》裡的挪亞方舟上。你讀《聖經》嗎？」

「不……」

「妳是來這裡尋求救贖的嗎？」

「我是來找人的，」汪旺旺喃喃地說。「找一個『朋友』。」

「在這裡的每個人都是朋友，」小男孩說。「都是兄弟姐妹。爸爸說我們不分彼此，也沒有階級……對了，妳的衣服濕了。」

汪旺旺這才看了看自己的衣服，雖然已經被火烤了一會兒，但腰部以下都是潮的。

「妳要換衣服嗎？」小男孩轉動著藍色的眼睛。

汪旺旺跟著小男孩來到二樓。他走過兩道虛掩的門，繞到後面進入一個小房間，裡面有一個淡綠色的衣櫥。衣櫥裡掛著的是清一色的亞麻布長袍長褲，和羊毛編織的厚外套。

汪旺旺這才留意到，小男孩身上穿的，和她在窗外看見的那幾個成年人一模一樣，都是連襟長袍和羊毛外套。

「妳可以穿一套，」小男孩翻弄著衣櫃裡的衣服。「這是媽媽留下來的。」

汪旺旺看著小男孩，她忽然覺得這套衣服似乎在哪裡見過。

「你媽媽呢？我穿了她的衣服，她穿什麼呢？」

「媽媽離開了。」小男孩有一瞬間的失神。

「她去哪裡了？」

「爸爸很快就回來了，」他沒有回答。「妳要下樓幫我揉麵團嗎？」

「好。那我先換下衣服。」

「好的。」小男孩說完，乖巧地關上門走出去。

汪旺旺想了想，脫下身上半濕的保暖內衣，從衣櫃裡拿出長袍。

「我叫以撒。」男孩靠在外面的門上說。

「以撒？真是個奇怪的名字，像你這種小男孩，很多都叫傑森、湯米什麼的。」

「以前我也不叫這個名字，但爸爸說，我們來到仙樂都，就開始了新的人生，我們不再是從前的我們了。我爸爸叫亞伯，他說我們的名字都來自《聖經》，以撒在《聖經》裡就是亞伯的孩子。」

「……」

「妳也會有新名字的。」小男孩在門外說。「神會給妳新的名字。」

「是嗎？」汪旺旺自言自語道。她已經穿好長袍，臉上看不出多餘的表情。

「神在哪裡呢？」

「神就在我們中間啊。」

「當時妳發著高燒，倒在雪地裡，因為衣服的顏色，大家都看不到妳，」以撒一邊揉麵團一邊說。「在雪地裡不應該穿白色的衣服。」

汪旺旺把手指插進麵團裡，她感受著酵母帶來的富有彈性的溫度，就像撫摸光滑的肌膚一樣。這種感覺平靜安詳，卻很遙遠。

「你們的衣服也是白的呀，」她對以撒說。「連褲子也是。」

「沒有人會離開村子，更不會往平原上的雪地裡走。每個人都會照料周圍的人，我們熟悉彼此。」

「從來不出去？」

以撒想了想：「這裡有神給我們的一切，是流著奶與蜜的應許之地，我們是被選中的人。」

「這是你爸爸告訴你的嗎？」

「爸爸讓我讀《聖經》，不會的字他會一個一個教我。我讀《創世記》，讀《出埃及記》，」以撒掰著手指。「《約翰福音》和《啟示錄》。」

「你和你爸爸是基督教徒嗎？」

「不，爸爸說我們不屬於任何一個古老宗教，我們讀《聖經》是因為我們見證了神和他施的神跡。」

「那你們怎麼確定，你們見到的就是神呢？」汪旺旺輕聲說。

顯然，她的問題已經超出了以撒的知識範疇。以撒停下了手上的動作，歪著頭奇怪地看著汪旺旺。

「妳是不是還在發燒？」以撒抽出沾滿麵粉的手，順勢往汪旺旺額頭上放。汪旺旺就像是受到了驚嚇的鹿，閃電似的往後一縮，一個踉蹌沒站穩，小腿碰到了桌子角，頓時把鍋碗瓢盆撞了一地。

以撒嚇了一跳：「妳怎麼了？」

「沒……我只是不太願意被別人碰到。」汪旺旺捂著額頭，解釋道。

「對不起。」

「不，不是你的問題，我只是……」汪旺旺歎了口氣。「你有沒有聽過觸摸恐懼症？我有類似的症狀。」

以撒看著她，一個幾歲的孩子的詞彙量是有限的，最終他搖了搖頭：「沒聽過，和小兒麻痹一樣嗎？」

「沒有小兒麻痹那麼嚴重，」汪旺旺苦笑了一下。「起碼我現在……四肢健全。」

「妳很快就會好起來的，」以撒以為汪旺旺在為自己的病傷心，他胸有成竹地安慰道。「這裡的很多人，都曾經有這樣那樣的病。艾麗剛來的時候看不見東西。路加叔叔的眼睛都爛了，他說他以前是炸肉排工廠的工人，可一次操作不當，他還在機器邊上，煤氣就爆炸了……還有亞倫，他天生就少了一個腎，剛來的時候插著管，可他們現在都好了，神會治好妳的。」

「你以前……也生病嗎？」汪旺旺並沒有流露出和以撒一樣的喜悅。

「不，爸爸說托神的福，我出生就很健康。」以撒輕輕一笑。

「你是在這裡出生的吧？」

「不，我出生在那不勒斯。」

「義大利呀，」汪旺旺歪著頭想了一下。「我曾經在電視裡看過它的宣傳片，那不勒斯是南部最大的城市，有許多島嶼和海灣……」

「我們不看電視，」以撒突然有點生氣。「電視是個壞東西，它給人們看那些虛假的食物，美好卻永遠得不到的食物。爸爸說那些漂亮的圖像都是經過加工製作，最後合成的。那不勒斯也是，爸爸說那不勒斯壞透了，壞得他都不想回憶。骯髒，卑劣，腐敗，充滿暴力，年輕人互相打架，每天都有人死在街頭，大家都覺得死人很正常，這就是生活，連詩人對死亡都麻木了。除了那不勒斯，外面的很多城市都這樣，爸爸說它們已經無可救藥了。」

汪旺旺有點吃驚，她沒想到以撒的反應會那麼大，她歎了口氣：「我覺得並不是這樣，外面的世界確實很混亂，但也有美好的一面。」

「如果外面真的那麼美好，那些生活在外面的人為什麼還要長途跋涉尋找這個小鎮，尋找傳說中的仙樂都，一旦來了就再也不肯回到外面的世界呢？」

見汪旺旺沒有再接話，以撒用大人的口吻教育道：「因為他們見證了神跡，選擇了這裡。這個村子是世界上最後一片淨土。就像爸爸三年前見證了神跡，他帶著我和媽媽，賣掉了那不勒斯的房子，帶著所有的現金來到美國，成為這裡的第一批居民。」

「這些都是你爸爸告訴你的嗎？」

「有一部分，」以撒低下頭。「另一些是我在祝禱會上聽來的。」

「那你還記不記得跟外面的世界有關的事？」

「不記得了，」他繼續揉著麵團，對這個話題感到排斥。「爸爸說，不好的事情不需要記得。」

汪旺旺剛想再說些什麼，木門被推開了。

「爸爸！」以撒來不及甩掉手上的麵粉，跳著跑過去。

一個並不算高大的男人推開門，汪旺旺認出他就是她在窗戶邊看到的裝乾草的那個男人。他一邊拍掉氈帽上的雪，一邊抱住兒子。

「今天沒牛奶了，多加斯沒幾天就要生了。」

「真的嗎？我能去看她嗎？」

「不能，以撒，乖乖留在家，我們剛剛加固了牛棚，這兩天雪太大了，讓多加斯好好休息吧。」

他抬起頭，看到了站在廚房的汪旺旺。

「妳好，我叫亞伯。」

晚餐吃的是烤麵包和燉蔬菜，沒有肉，但有茶和熱湯。汪旺旺是真的餓了，她告誡自己應該放慢速度，不要像個沒吃過飯的人一樣狼吞虎嚥，可她還是迅速地吃完了盤子裡的東西，又添了一份。

「妳從哪裡來？」亞伯問。

「從喬治亞。」汪旺旺注意到亞伯的手指纖細，指甲剪得很乾淨，他的一切都十分得體。

「這兒很難找吧，這場雪十分罕見，往年從沒有這麼冷。」

「我在猶他州下的車，中間搭過一次順風車，但大部分時間在雪裡走。」

「不可思議，恭喜妳最後到達這裡。」亞伯放下餐具，他的聲音渾厚有力。「妳是為了救贖，還是為了信仰呢？」

汪旺旺攥緊了手裡的叉子。她知道，村裡任何一個像亞伯這樣的成年人都能輕易打倒她，把她殺死埋在雪地裡等一切結束。

「為了……救贖。」她輕輕地說。

為了救贖某人。

「她說她有一個什麼病，」以撒說，但他顯然忘記了「觸摸恐懼症」這個詞。「總之，不能有皮膚接觸。」

「孩子，妳會好的。」亞伯似乎很滿意汪旺旺的答案，他慈祥地說。「妳能找到這裡，就證明妳是被選中的人。」

「我什麼時候能見到他？」汪旺旺吸了一口氣。「見到『神』？」

「我們明天晚上就有一個祝禱會，可是上個月已經安排好救贖人選了，我只能儘量讓妳往前靠一些——妳知道，距離他很近的時候，妳也能感覺到力量。」

「好。」汪旺旺沒有再問，而是低頭喝了口湯。

「妳這件衣服是哪裡來的？」亞伯突然放下勺子，盯著汪旺旺。

「爸爸，是我給她的，」汪旺旺還沒答話，以撒就搶著說。「她的衣服都濕了，我覺得她的尺碼應該和媽媽的一樣……」

亞伯的臉突然沉了下來，他沒有接話，而是嚴厲地看了一眼以撒，以撒立刻低下頭。餐桌上的氣氛陷入了一種奇怪的尷尬中。

「是我讓他給我找衣服穿的，」汪旺旺趕緊站起來。「要不我還是換回來吧。」

「坐下。」亞伯說這句話的時候，並沒有看她。

「以撒，《傳道書》第五章第二節是怎麼說的？」他又轉過頭問兒子。

「你在神面前不可冒失開口，也不可心急發言。因為神在天上，你在地下，所以你的言語要寡少……」以撒在說這句話的時候，聲音和蚊子一樣越來越細，他的頭埋在胸口。

「吃完飯回房間裡抄這一節，抄十遍。」

「你不用罰他，我不穿就是了。」

「和妳無關，」亞伯抬起頭看著汪旺旺，他的眼神沒有什麼溫度。「一般只有受過施禮的人才能穿，可妳情況特殊，所以不用換了。我懲罰他，是因為在我們家，提起那個女人是禁忌。」

晚飯草草結束，亞伯一直沉著臉，吃完就上樓了。

「我好像連累你了。」汪旺旺在聽到亞伯關上房門的聲音後，輕聲對以撒說。

以撒搖搖頭：「不，其實我挺愛抄《聖經》的，經文裡總能挑出一些有趣的故事，我喜歡那些故事，勇敢的大衛在神的幫助下打敗了巨人，那段是我的最愛。」

「對不起。」

「別這麼說。」以撒甜甜一笑，忽然想起什麼似的。「妳等一下。」

他鑽下臺階，取出一個籃子，一股腦塞進汪旺旺手裡。那裡面有葡萄乾，瓶瓶罐罐裡裝著醃制的橄欖和黃瓜，還有一大包餅乾。

「這是我藏起來的零食，現在送給妳了，我看妳的吃相，晚上還會餓的，晚安。」

以撒說完，就跑上了樓，剩下汪旺旺呆呆地站在樓下。

「謝謝。」以撒已經跑沒影了，她才自言自語地說。

汪旺旺把籃子放下，轉身進廚房倒了一杯熱水。她覺得她需要冷靜一下，把這一切想清楚。幾天前她離開了所有的夥伴，一個人搭火車再徒步來到這裡，這段路上她想了很多，包括這裡會發生的一切情況，但她從沒預料過，她會收到一大籃子食物和一對父子的善待。
就在這時，她的眼神突然落在了牆角的相框上。
相框看起來被摔爛過，外層的玻璃出現了裂紋，卻又被小心翼翼地放在了桌面上。
相片的一半的是亞伯和以撒，另一半被撕掉了，但能從撕去的邊緣看出，那裡站著兩個人，四條腿。
外面又下起雪，風把玻璃震得劈裡啪啦響，雪花夾雜著冰雹毫不客氣地撞在窗棱上，聽起來就像南方的暴雨。
汪旺旺突然一個哆嗦，她想起來為什麼覺得這套衣服眼熟了。
在那個陰暗骯髒的橋洞裡，兩個流浪漢帶她見過的那個人，歪在帳篷的一角，穿著同樣的亞麻套裝，皮膚已經潰爛的不成樣子了。
他拒絕去醫院救治，卻在生命的最後一刻找到了汪旺旺，並且告訴她，她是救世主，而解開一切謎題的關鍵，在她的回憶裡。
在醫院醒來的時候，汪旺旺已經想起了一切。
《寄生獸》裡畫著的那個與世隔絕的小鎮，不是亂世中僅剩的桃花源，而是災難最開始的地方。

第二十章　看到過去的能力

汪旺旺是被從樓下傳來的一陣嘈雜聲驚醒的。

她翻了個身，摸了摸額頭上的汗，燒退了大半，鬧鐘告訴她，她已經睡過了一夜加一上午。

內華達州冬天的黑夜往往來臨得很早，下午三點多鐘的時候，太陽已經下沉到和遠處山尖平行的位置。汪旺旺順著聲音下樓，一開門就看見以撒。他一邊幫亞伯把乾草搬上馬車，一邊朝汪旺旺喊：「多加斯要生了！」

「多加斯是誰？」

「一頭牛。」亞伯頭也沒抬地說。

「多加斯是我最好的朋友，」以撒撥了一下發潮的頭髮。「妳要去看看它嗎？」

壘上最後一堆乾草後，汪旺旺就跟著父子倆往牛棚的方向走。一陣風吹過，她猛地打了個哆嗦。很明顯，這兩件亞麻長袍和羊毛衫並不保暖，它們太單薄了，甚至在南部大城市的冬天也不會穿這麼一點。可走在前面的亞伯和以撒，絲毫沒表現出寒冷。

牛棚有四五百平方公尺大，分隔成幾十間牛廄，其中最大的一間是專門隔出來的產房。汪旺旺進去的時候裡面已經圍了四個人，都穿著一樣的衣服，其中有一個女人戴著一隻長長的塑膠手套。

一頭奶牛側臥在產房中間的乾草上，半張著嘴巴，使勁喘著氣，看起來十分虛弱。它的胎膜已經破了，骨盆高高凸起，屁股後面伸出兩隻纖細的蹄子。

「多加斯！」以撒叫著衝進了產房，他蹲在母牛的面前，輕撫著它的額頭。

母牛明顯認出了自己的小主人，它低喚了一聲，想把頭向以撒身上靠，嘗試了兩下還是放棄了。它已經奄奄一息，連抬頭的力氣都沒有了，只能睜著圓圓的眼睛，流出兩行眼淚。

「它這樣已經兩個小時了。」戴著手套的女人說。

「我覺得是難產，或許是胎兒受瘤胃壓迫出不來，你知道的，牛有四個胃。」手套女人攤了攤手，表示自己盡力了。

「妳到底懂不懂？難道我們這兒只有妳一個女人了嗎？」亞伯顯然對她的回答並不太買帳。

「我十七歲的時候在廁所自己接生了我的第一個女兒，」手套女人憤憤地說。「我女兒分娩時也是我接生的，雌性哺乳動物的分娩都差不多。」

「約書亞來看過嗎？至少他是醫生。」

「他是腦科醫生，」手套女人補充道。「再說，半小時前他才來過，『或許是胎兒受瘤胃壓迫出不來』這句話，就是他留下的。」

「沒有別的辦法了嗎？」

「羊水流乾之前，我們把小牛的骨頭敲碎，硬扯出來，」手套女人看了看多加斯。

「要麼就只能手術了，可你知道，我們這個小鎮上不會有手術設備，我們從來不需要手術就能治癒。」

說到這裡，她狡黠地看了一眼汪旺旺，那種眼神，甚至有一點自豪。

「別當著我兒子的面說這些。」亞伯的臉沉了下來。

手套女人的話明顯嚇到了以撒，他驚恐地看了看多加斯，又看了看亞伯，忽然攔在母牛的前面。

「不，我不同意……」以撒帶著哭腔。「你們怎麼能敲碎它的骨頭……」

「你先出去，兒子。」亞伯伸手拉住以撒，以撒扭動著身體奮力抵抗著。

「我不走！我不走……你們不能殺了多加斯的孩子呀！」

「難道你想看到多加斯羊水流乾，一屍兩命嗎？現在我們只能保一個。」

「不行！一定還有別的辦法！」以撒嚇得抖了一下，隨即喃喃地說。

「讓我試試。」一直沒說話的汪旺旺突然開口了。

產房裡的幾個人紛紛扭頭看著汪旺旺。

「妳給牛接生過嗎？」以撒問道。

「沒有。」汪旺旺老老實實地說。

「妳是醫生？」

「也不是。」

「那妳……」

「我們不能讓妳碰多加斯，」手套女人打斷了以撒，明確地回絕。「多加斯是我們的生產力，她不能出意外。」

「我不會碰多加斯。」

汪旺旺走進產房，她在母牛的後方蹲下來，搓了搓凍紅的手指，伸出一隻手握住了那雙從母牛產道裡出來的小牛蹄。

「嘿，妳幹什麼？你至少應該戴手套！」手套女人怪叫著。

汪旺旺的身體猛地抖了一下，她忽然轉過身，對手套女人說：「不是瘤胃壓迫……」

「那是什麼？」

「是小牛的姿勢不正，」汪旺旺深吸了一口氣，尋找著合適的詞語。「它的頭和脊椎卡住了，它現在很難受，快死了。」

「妳怎麼知道的？」

「那現在我們應該怎麼辦？」亞伯打斷手套女人的質疑，問汪旺旺。

「我們應該……應該把小牛塞回去，而不是打碎它的骨頭拖出來。」汪旺旺咬了咬嘴唇。「我們需要一個有經驗的人，把小牛的腿塞回子宮，然後在裡面調整位置，再把它的頭朝外側。」

「這不是一個人的活，」手套女人嘀咕著。「至少要兩個人幫忙。」

「給我遞個手套。」亞伯一邊說，一邊走進產房。

果然如汪旺旺所說，眾人合力把小牛腿塞回去之後，手套女人把胳膊伸進了牛子宮裡，一陣撥弄之後，多加斯再次努力，兩隻前蹄和半個小牛頭從產道裡露出來。

「好樣的！」亞伯叫道。

很快，小牛的上半身也在眾人的拉扯下冒了出來。它剛來到這個世界上，還站不穩，一下就摔在了地上，發出了哞哞的叫聲。多加斯愛子心切，竟然從乾草堆裡站了起來，艱難地走到小牛身邊，舔掉它身上的羊水。

「好了，孩子們，我們還要清洗胎衣，你們先到外面待著吧。多加斯剛生完，很容易受驚。」亞伯朝以撒和汪旺旺揮了揮手。

以撒戀戀不捨地離開牛棚。太陽已經快掉下山了，玫瑰色的晚霞馬上就要被黑夜的墨藍吞沒了。

「剛剛我以為多加斯要死了，我的心都快碎了。」以撒看著夕陽，輕輕地說。

「我能看得出，多加斯對你很重要。」汪旺旺笑了笑。

「這是我第一次看到生命的誕生，太奇妙了。」

「我也是。」

「我們每個人都是這樣被生下來的嗎？」

汪旺旺點點頭，又搖了搖頭：「人類的母親比牛更痛苦，因為嬰兒對孕婦而言比牛犢對牛大得多，人類女性的骨盆又十分小，所以生育在人類史上一直是一件風險很高的事。所以母親很偉大，如果不是懷著巨大的愛與勇氣，沒有人能承受那種疼痛。」

「也許有例外……」以撒忽然又有些沮喪，他找了塊平地坐下來，把頭深深埋在胸前。「爸爸說，媽媽不愛以撒，也不再愛他。」

汪旺旺愣了一下，她下意識地想摸摸以撒的頭，安慰一下他，忽然想起什麼似的，在半空中收住了手。

「我不瞭解你的母親，」汪旺旺歎了口氣，看了看自己的衣服。「但這套衣服是她的，她曾經跟你爸爸拋棄了家鄉的一切，從那不勒斯來到這裡，就證明她深深愛著你們。」

「那她為什麼離開呢？」以撒抬起頭，眼裡寫滿不解。「為什麼她要毫無徵兆地離開我們？在一個早上突然遠走他鄉。」

「她什麼都沒有跟你說嗎？」

「沒有，她連再見都沒有說。」以撒搖搖頭。「但我知道她和爸爸在吵架，門板很薄，我能聽到他們在臥室談話。媽媽說我們不該待在這裡，這裡的一切都很危險。」

「她是因為這個理由離開的嗎？」

以撒看著遠方：「我不知道……但爸爸說媽媽是錯的，危險的是外面的世界，這裡的人互相幫助，不計較利益得失，和伊甸園一樣，沒有比這裡更純淨的土地。妳看到剛才戴手套的那位女士了嗎？爸爸說她來這裡之前，她的歌曾經風靡過整個美國，可是她很久沒有再出唱片了，毒品把她的生活都毀了，天知道她吸了多少毒品！我曾經在祝禱會上聽過她的傳言，她是坐著輪椅掛著鹽水來的，如果不說話妳會以為她是個死人……但神拯救了她，如妳所見，她現在和任何一個正常人一樣。外面的人都以為她死了，其實她是搬到了這裡，專心侍奉神。她從一個著名的歌手，到跪下來為牛接生，沒有世俗的架子和欲望，成為一個平凡人。爸爸說，這是在外面的世界永遠不會出現的。」

汪旺旺沒有再接話，她低頭看了看身上的衣服：「你知道你媽媽去哪裡了嗎？」以撒搖搖頭，沉默了一會兒，忽然想到什麼：「為什麼妳知道多加斯是胎位不正，而不是被瘤胃壓迫呢？」

「也許……我只是幸運吧。」

「我記得妳說妳有什麼恐懼症……」以撒極力回想著那個陌生的詞。「妳害怕被觸摸，也不願意觸摸別人，但妳剛才摸了多加斯的孩子，妳現在沒有不舒服吧？」

「我還好，謝謝你。」

「是我該謝謝妳，」以撒看著汪旺旺，他的眼神清澈得就像一泓湖水。「謝謝妳救了多加斯。至於妳如何辦到的，妳如果不想說，就不要說了。」

汪旺旺低下頭，看著自己的雙手，她彷彿又回到了那個夢裡。

那扇在催眠回憶裡無處不在的老式木門。

那扇最初只有一個巴掌大小，卻在最後變成頂天立地的巨大的門。

她不該推開它的。

門後的一切，把她推向萬劫不復的深淵。

「當我觸碰一個人或動物的時候，我能看到他們過往的一生。」汪旺旺喃喃地說。

人究竟能記住多少自己的過去？

當一個人說我很瞭解自己經歷過什麼的時候，他通常都是主觀的。記憶本身是個巨大的商場，我們從琳琅滿目的商品中重重篩選出精華，再把選好的包裹起來，放進冷凍格，再任由其中的一部分腐爛、模糊，最後的最後，那一點僅剩的存貨成就了我們。

就像一個經常說在十五歲被同學欺負的人，也許早就忘記十歲的時候如何欺負別人了；一個說一生只愛過丈夫的人，對結婚之前遇到的那些讓她心動的異性選擇性失憶。

沒人能記得曾經的每一天發生過什麼，我們通過發黃的照片和信件、剪貼本和花名冊尋找過往記憶的沙礫，最後找到的只有混雜了虛構和幻想的碎片。

對那些遙遠的記憶，更多人只能朦朦朧朧記得一些味道、某種聲音、一束光。一半以上的人都忘記了七歲前發生的事，而超過八成的人對五歲前毫無印象。

我們以為自己擁有的記憶，很有可能只是從第三者的暗示中拼湊出來的。

很多時候，真實的情況下，孩子們聽著父母回憶他們在四歲的生日派對是如何大哭大鬧，把它和虛構的場景混合在一起，拼湊出一段自己在超級市場走丟的記憶。

這段記憶在大腦裡一遍又一遍地重演，最後成為他深信不疑的回憶。

越早期的記憶，謊言的成分越多。只是，很少人會去懷疑。

汪旺旺在過去和任何普通人一樣，從來沒想過自己的記憶是否就是「事實」。

直到她打開了那扇門。

她在那扇門後面看到了自己的過去。

不僅僅是某段特定的記憶，而是從她「存在」開始，每一分每一秒的畫面，包括味覺、嗅覺和觸覺，分毫不差的過去。

她看到了從出生那一刻接產醫生的臉，躺在嬰兒床上看見床頭的風鈴，三歲零一個月時穿在身上的那條紅色裙子，五歲夏天時坐在沙池中間，把撿出來的五顏六色的花崗岩當成寶石收集在飲料瓶裡。

八歲在學校寫的每一篇作業，十二歲暑假某一天吃過的一碗發臭的牛肉麵，初中開學第一天和新同桌的自我介紹，放學回家在商店裡聽到的流行音樂……當然，還有她最想記起來的，漫畫書的每一頁。

過去十六年的每一天、每一個細節，像流水一樣，井然有序地穿過她的身體。

可這些記憶帶給她的並不是真實，而是對自我的深度懷疑和對於虛構的恐懼。

就像你一直篤定的一件事，在記憶中並沒有發生過。而真正發生的事情，和你相信的千差萬別。

所謂的「真實」，就在那幾秒鐘，不攻自破，轟然崩塌。

然後，她墜入了一個漆黑寧靜的虛空中，一個十分遙遠古老的地方，就像是某個沒有光芒的宇宙角落，沒有聲音，沒有光。

她漂浮在當中，真空環繞著自己，她能隱約聽見人們在她周圍說話的聲音，醫生和護士的聲音，卻無法明白話語的意義。她感覺到安寧，就像回到故鄉。

直到那個叫夏洛特的護士打破了這種寧靜。

她進來給汪旺旺換吊完的鹽水，順便檢查了她手指上的血壓監測儀。就在她握住汪旺旺的手的那一瞬間，夏洛特的過去像海嘯一樣湧進了汪旺旺的腦海。

她看到三歲的夏洛特注視著窗外的樹丫，一隻蜂鳥被蜘蛛結出的大網困在了空中；

她看到五歲的夏洛特把一隻螢火蟲放進瓶子裡，在黑暗中欣賞它發出來的光芒，直到第二天清晨它變成了一具屍體；

她看到十七歲的夏洛特穿著自己縫的低胸背心，戴著嵌滿假珍珠的大耳環走進酒吧，和滿身大麻味的男人親吻；

她看到夏洛特打掉了第一個孩子，在手術臺上，被冰冷的鉗子穿破子宮；

她也看見夏洛特搶救病人，在癮君子的手臂上尋找血管，為患腦瘤的孩子剃掉頭髮，在一片血肉模糊裡尋找失落的子彈碎片。

這些記憶快速地湧現在她眼前，最初像一部快放的電影，隨即成為一團凝固的泡沫，粗魯地包裹著她。她就像一個溺水的人，揮動雙臂拚命掙扎，卻無法阻止這些洶湧而來的畫面和聲音將她淹沒。

不！不要！

才一瞬間，汪旺旺就成了比夏洛特本人還瞭解自己的人。

汪旺旺從病床上驚醒，她看著眼前這個完全不知情的護士，卻發不出聲音。她只知道，夏洛特的回憶哪怕再困住她一秒，她就會瘋掉。

汪旺旺最初也懷疑過，她所經歷的會不會是ＬＳＤ剩餘藥效帶來的幻覺，直到她在高速公路上遇到愛琳。

愛琳是第二個人。

她把保溫壺遞到汪旺旺手裡的時候，汪旺旺就看到了她的過去。

和夏洛特相比，愛琳的過去就像是被錐子戳爛的冰雕。

她十三歲的冬天，被繼父叫進房間，讓她脫掉衣服躺在床上。

十七歲六月的一個星期日，一個卡車司機給了她一顆充滿華麗氣泡的糖果，叫作愛情。

可惜好景不長，她第一次挨打是因為那個男人在賭桌上輸了四千美元。他用襯衫把她反綁在暖氣上，一個耳光打過來，她昏死過去。

汪旺旺看見愛琳結婚後的每一天，都在暴力中度過。

愛琳懷孕了。

八年前六月中旬的午夜，她獨自驅車去醫院生產，隨即而來一天一夜的疼痛幾乎要了她的命，直到醫生把那個柔軟粉嫩的小生命交到她手中，一切痛苦煙消雲散。

愛琳以為，女兒能喚醒丈夫對家庭的責任，在最初的幾年，她還抱有這種幻想。

直到上個月，她在給女兒洗澡的時候，發現她身上大片的瘀傷和抓痕。

「是誰幹的？」愛琳問。

「爸爸說，我不是好孩子。」女兒說。

汪旺旺不但感受到愛琳的顫抖，感受到她如墜冰窟的心，還經歷了她在兩天前，寒流來臨的那個傍晚，用一把生銹的鐵錘擊穿了那個被稱為丈夫的人的太陽穴。她把他的屍體拖進了地窖中，把女兒交給了鄰居照顧，謊稱出門採購，驅車直奔美國邊境。

在愛琳行凶的那一瞬間，汪旺旺已經分不清，舉起鐵錘的到底是她，還是自己。

汪旺旺能感受到愛琳的每次呼吸，眼淚劃過臉頰的溫度，身上每一條傷口的疼痛，和跌入深淵的絕望。

被強姦的人是誰？

打掉孩子的人是誰？

殺死丈夫的人是誰？

汪旺旺抬起沾滿愛琳丈夫鮮血的雙手，在心裡問自己。

我是誰？

一秒鐘，只有一秒鐘，愛琳所有的記憶蜂擁而至，侵入汪旺旺的腦海。她開始分不清自己是誰，是夏洛特，還是愛琳。她的記憶開始混亂，三個人的過去重疊在一起。她忍受著巨大的痛苦，努力不在這種錯亂中迷失，維持著自己的思維，然後一句話從她的腦海裡浮出。

「蜉蝣的一個下午。」

這是一句看似毫無意義的話，在初一下學期教師節剛過的午後，一個男孩把這句話寫在紙上，折成紙飛機拋向半空。飛機掠過汪旺旺的前額，她看到這一行並不太漂亮的字。

人類的生命有近百年，而蜉蝣的壽命只有不到一天。為了完成生命的全過程，這種小蟲子只能把它的時間發條擰緊再壓縮，在十幾個小時內經歷出生、成長、繁衍、衰老、死亡。

對人類而言，蜉蝣的生命何等短暫。

而蜉蝣呢，它們對自己短暫的生命渾然不知。

蜉蝣的一個下午，相當於人類的幾分之一秒呢？

當愛琳的記憶在千分之一秒內穿過汪旺旺的腦海時，她似乎明白了這句話的含義。

如果這個世界上真的有不朽的神明，他在審閱眾生的時候，是否和她現在的感覺一樣呢？

當時的愛琳並不知道，坐在她車上的亞洲女孩，在眨眼間就經歷了她的前半生。

第二十一章　祝禱會

「所以妳剛才也動用了這種能力？」以撒的聲音把汪旺旺拉回了現實。

「嗯，當我觸摸那隻小牛的時候，我能看見它成形之後的記憶和感知，我感覺到了它的痛苦不是來自壓迫，而是窒息——它的脊椎被卡住了，位置不對。」汪旺旺歎了口氣。「我還能感受到它的恐懼，儘管只是一頭牲畜，可它也會有純粹的恐懼。」

「這就是妳說的病嗎？我不覺得是一件壞事情啊，」以撒好奇地看著汪旺旺的雙手。「而且妳不用擔心別人對妳撒謊，妳只要碰碰他，就能知道他的過去了。」

「沒有這麼簡單，」汪旺旺苦笑了一下。「經歷別人的過去並不快樂，反而要忍受巨大的痛苦，每經歷一次，我都覺得原本的自己會消失一點……我正在變成另一個人。」

「可我很羨慕妳。」

「為什麼？」

「如果我也有這種能力，我一定會去擁抱我爸爸，」以撒垂下眼睛。「我覺得爸爸離我越來越遠了。有時候他會獨自坐在夜晚的客廳裡，關著燈，不說話，直到第二天天亮。我想知道他在想什麼，我想讓他像以前那樣笑……我還會去擁抱媽媽——在她離開以前，我想知道她到底還愛不愛我。」

「我也羨慕你，」汪旺旺揚起嘴角，眼裡有朦朦朧朧的霧氣。「我以前從沒羨慕過誰，但我現在羨慕每一個普通人。和你正相反，我連最喜歡的人都沒有勇氣擁抱。」

「為什麼？」

「我怕看見他真實的想法，他對我的保護會讓我懦弱，我把他捲進一個旋渦，並且依靠了他很久，但他應該有更好的生活。」汪旺旺低下頭。「沒有我的生活。」

「神會幫助妳……」

以撒話音未落，就聽到牛棚那邊一陣嘈雜，那個手套女人尖銳的聲音從裡面傳來：「上帝啊！」

汪旺旺和以撒跑進牛棚，看見那隻出生的小牛犢全身青紫，身體腫脹變形，倒在地上，劇烈地抽搐了幾下，就沒了呼吸。

「怎麼會這樣！」

以撒跌跌撞撞地爬到多加斯身邊。那隻可憐的母牛還不知道自己的孩子已經死了，正用舌頭舔舐著屍體，試圖喚醒倒在地上的小牛犢。可這並沒有阻止小牛犢以肉眼可見的速度迅速腐爛，空氣中瀰漫著一種異常的怪味。

汪旺旺想起了那種味道。

過去她總是聞到，那是迪克每天身上備著的藥瓶發出的味道。

MK-58 的味道。

「你們……對它幹了什麼……」汪旺旺喃喃地問。

「祝禱會快開始了。」亞伯只冷冷地拋下一句話，就向外走去。

以撒透過未乾的淚水看著亞伯，他的語氣似乎透露著對兒子的厭煩，也許是厭煩他的矯情，也許是脆弱。在爸爸的心裡，和祝禱會相比，死掉一兩頭牛犢不算什麼。寒冬裡有很多作物都會輕易死掉。

因為他們沒有被神庇佑。以撒在心裡安慰自己，爸爸是這麼告訴他的。他努力憋住眼淚，讓自己看起來沒那麼傷心，他甚至不敢問亞伯，多加斯以後會怎樣。他不怕抄經文，但是怕看見爸爸憤怒時看他的眼神。

「走吧，我們去祝禱會吧。」以撒拉住汪旺旺的衣角，垂下眼睛不再看地上的屍體。

「但多加斯不是你最好的朋友嗎？」汪旺旺沒有動。「它的孩子死了，你……」

「多加斯只是一頭牛。」以撒打斷了汪旺旺，學著爸爸的口氣說。說這句話時，他的心似乎也有一部分被抽空了。

汪旺旺看著以撒，沒有再說什麼。她跟著他穿過一片低矮的尖角房屋，到達小鎮的正中間。那裡有一塊晾穀物的空地，祝禱會在這裡舉行。

天色已經完全暗下來，一些黑色的人影從四面八方湧出，聚攏在空地上。入夜後氣溫驟降，寒風夾雜著雪花吹過山谷。可空地上的每個人都衣著單薄，統一的棉麻大褂，卻沒有穿羊絨外套。一些壯年男人甚至脫掉了上衣，露出深深淺淺的文身。在任何一個正常人看來，這麼幹都是尋死的行為。

可他們似乎絲毫不覺得寒冷，汪旺旺在夜色中分辨著這些臉，有垂暮老者，也有青壯年。他們手裡舉著燒煤油的風燈，雖然面目模糊，眼睛裡卻閃爍著同樣狂熱的光芒。

汪旺旺朝手心哈了一口氣，她的睫毛和臉上很快因為這口寒氣結了一層冰霜。

汪旺旺知道，在這種嚴寒中舉行祝禱會，而不是在溫暖的室內，是有原因的。她曾經聽過一個理論，在極端環境中，人類會逐漸喪失思考和判斷的能力。在沙漠裡徒步的人不會思考柏拉圖的哲學問題，或者思辨民主制度的善惡，酷熱只會讓他的大腦剩下一些簡單的念頭：走路、喝水、離開這裡。這時候如果告訴他，美國明天要沉入大海，甘迺迪總統其實是外星人，大屠殺是正確的，他都會相信，甚至會深信不疑。

人越來越多，汪旺旺把手縮在袖子裡，避免接觸到別人。

麥克風尖銳的聲音劃過天空，就像粉筆擦過黑板。

小鎮上沒有電線杆，也沒有供電系統。汪旺旺想不明白，麥克風的電力是從哪裡來的。

人群前方出現了一個女人，是下午給多加斯接生的戴手套的女人。她的臉頰通紅，不知道是因為寒冷還是興奮。她告訴所有人少安毋躁，祝禱會將會馬上開始，在祈禱之前她會分享自己被救贖的經歷。

這應該不是她第一次分享了。和以撒說的一樣，她提到自己曾在七〇年代如何憑藉兩張專輯火遍這片大地的每一個角落。有些人認出了她，發出很低的驚呼。她談到自己的「墮落過程」，一個藝人告訴她，海洛因能幫她連續唱完五場演唱會仍不覺疲憊。最初她只是鼻吸，可日復一日的定時定量讓她很快感覺生活渾然無味。從把針管紮進靜脈的那一刻，她知道自己已經無法戒掉。她日益消瘦，食之無味，推掉演出，倒在家裡的地板上，靠毒品度日。終於有一天，她收到了解雇信，娛樂行業風雲變幻，人們像忘記昨天的大便一樣忘記了她。

最艱難的時候，為了換三克毒品，她答應給那些九流成人公司拍一部三級片。碟面上印著巨大的「昔日搖滾巨星」，卻沒有賣出去超過五十張。因為再厚的粉也遮不住她臉上的斑和身上的針孔。她大小便失禁，每隔半小時就要去一趟廁所，她想過自殺，可笑的是連刀片都切不開她已經硬化的血管。

「然後，我在那一天遇見了它，」惠特妮吸了一口氣，一字一頓地說。「它給了我第二次生命。」

說完，她扭動著有點圓潤的腰肢站起來，慢慢轉身一圈，讓現場所有人看清楚她的容光煥發。

「我徹底好了。因為它的存在，我相信了這個世界存在神。它並不只是一種信仰，或者神父嘴裡的胡說八道，它就在我們身邊。我願意為它做任何事，我來到這裡，是為了全心全意侍奉它。」

掌聲雷動。

第二個上臺的人是個退役軍人，也許有四十歲，微微禿頂，赤裸的胳膊上有刀和子彈的疤痕。他自稱「雅各」，當然這不是他的本名，和以撒、亞伯一樣，是來自《聖經》的名字。

他說他在戰場上服役，在槍林彈雨裡廝殺，在突擊行動中打光最後一顆子彈，和敵人徒手搏鬥。在戰場上混久了，見過的死人越多越麻木，誰的手上或多或少都沾著無辜的鮮血，除非你有信念，否則無法堅持下來。

雅各的信念很簡單，他為國家工作，他站在正義這邊，而有的時候到達正義的道路骯髒泥濘，他弄髒雙腳，只為了邪惡早一日被剷除而已。

可這個信念在服役的某一天被打碎了。上級命令他們去解除一個村子的「反動武裝」，那裡看起來和普通農村沒什麼兩樣，並不在兩軍交火範圍。當他帶著戰友殺光了所有女人和孩子，焚燒了所有的房屋後，軍隊帶著工程團隊在廢墟上駐紮了長期營地。

離那個村子不到二十公里的地方，有一片油礦。

他終於明白，這些被稱為「正義」的戰爭部署，只因自己的國家想拿到原油開採權。

隨後的行動並不順利，他們遭到了一系列突襲。在兩週後的一次交戰中，一顆手榴彈落到了雅各的背後。

他在醫院醒來的時候，脖子以下的身體毫無知覺。

「我被送回了美國，醫生說我應該回家靜養，所以我被扔在空無一人的公寓，躺在冰冷的床上，但我的身體連『冰冷』都感覺不到。我以為我為這個國家戰鬥過，但我是為了它的什麼而戰？貪婪嗎？狂怒嗎？還是好戰？這個國家已經變了，它被人類的原罪控制著，我們冒著生命危險在戰場上殺戮，可當我們回到這裡，這一切都變得毫無意義。我得到了我的懲罰，我永遠躺在了床上，失去了自由。」

人群逐漸騷動起來。

「這不是我們要的世界……」一個男聲從人群裡傳出來。

「神啊，救救我們的國家……」另一個人帶著哭腔。

「然後它出現了，出現在我的床邊，」雅各的聲音溫柔下來，他環顧著在場的每一個人。「它問我，如果給我一個機會的話，願不願意和它一起改變這個世界。」

「改變世界，不僅僅是推翻某個政府，修正某項法律，而是摧毀舊世界，消滅所有的罪惡——狂怒、好戰、盲從、冷漠、貪婪、色欲、自大……創造新世界秩序。」

「創造新世界！創造新世界！」人群中的呼聲越來越大。

「你們知道嗎，軍方會給每個士兵發一本這樣的書，」雅各轉過身，不知道從哪裡拿出一本殘破的《聖經》。

「這是一本很好的書，但裡面有答案嗎？沒有！這裡面只有結果，上帝摧毀巴比倫；洪水淹沒索多瑪城；在末日審判中，罪惡之人被地獄之火灼燒，刀劍、饑荒、瘟疫、野獸毀滅地上大部分的人。你們看，這本書從來沒有告訴過我們應該如何引導惡人向善，因為他們註定化為灰燼。」
「他們不配得到救贖！」人群裡又有人叫道。
「我們是被選中的少部分人，」雅各的聲音讓汪旺旺毛骨悚然。「所以你們應該準備好，因為末日審判很快就會到來，街道上將會血流成河，罪人們將一個個死去，而我們將和神一起，進入新的紀元！」
「新的紀元！新的紀元！」
隨著呼聲此起彼伏，一個身穿斗篷的人從黑暗中緩緩走出來。攙扶著他的，正是亞伯。
現場的氣氛頓時變得狂熱，每個人都目不轉睛地盯著他們。
汪旺旺的心劇烈地跳動著，她踮起腳，努力向前擠，視線越過前面熙熙攘攘的人群，集中在那件斗篷身上。她有備而來，也預想過自己會看到什麼。她在心裡暗暗祈禱著，那個曾經牽著她在樹蔭下奔跑的年輕人還存在於這件被稱為「神」的斗篷裡面，在他的靈魂深處還殘留著一絲昔日的單純與善良。
他曾經是她唯一的朋友。
可惜燈光昏暗，斗篷下只有黑色的陰影，人群將他倆衝開了。
一個坐在輪椅上的女孩被推了上來，她的頭髮一根也不剩了，戴著呼吸機，像一具僵屍。
「救救我的女兒吧，她才十二歲……」推著她的男人把手放在胸前，向斗篷祈求。

亞伯從一隻銀盤裡拿起一塊刀片，割破了斗篷裡伸出來的手指。手指輕點女孩的額頭，順著她的鼻翼向下滑，掠過女孩的眼睛，伸進她嘴裡。

「神行過的神跡曾把水變成酒，而今日將血變成藥！」亞伯大喊道。

一分鐘、兩分鐘，猛的一下，輪椅上的女孩抽搐起來，呼吸機在空中晃動，不一會兒，她睜開了原本半閉著的眼睛，那神情，就像一個躺進棺材的人突然活了過來。

「告訴我們你叫什麼名字？」亞伯問。

「艾……艾瑪……」女孩模糊不清地說。

「感謝神！」眾人頓時像吸了興奮劑一樣狂舞起來。

在眾人的祈禱和祝福中，女孩顫巍巍地從輪椅裡站起來，輪椅後，她的父親早已淚流滿面。可汪旺旺並不關注所謂的「神跡」，她緊緊盯著那件斗篷，內心波濤洶湧，無數話語在她的喉間，可她張了張嘴，什麼聲音也沒發出來。

而那件斗篷，似乎在雜亂的人群中感知到了什麼，忽然停下動作，抬起頭朝汪旺旺這邊看過來。

光線依舊昏暗，斗篷裡的整張臉籠罩在陰影之下，唯獨眼神閃爍著寒冷和溫暖交織在一起的光。

那個眼神只在汪旺旺臉上停留了不到一秒就一閃而過，但她還是認出了那雙眼睛。

「張朋——張朋！」

她終於叫了出來。

可她的聲音瞬間被人群爆發出來的歡呼聲掩蓋了，女孩艾瑪已經和她父親相擁在一起，空地上回蕩著祈禱聲和祝福聲。

汪旺旺努力衝出人群，試圖用肩膀和手肘打開一條路，可信徒們沉浸在神跡的欣喜當中，絲毫沒有對她做出任何讓步。

「不要走！」她聲嘶力竭，情不自禁伸出雙手去撥開前面的人。可這些赤裸上身的信徒像是為了阻礙她而精心準備的，當她接觸到他們皮膚的一剎那，無數段陌生的記憶蜂擁進她的腦海。

她墜入一個重度抑鬱症患者的記憶。

一個家暴經歷者的記憶。

一個屠夫的記憶。

一個囚犯的記憶。

……

她被父母打得滿地找牙，在精神病院裡住了十年，每天用錘子敲碎公牛的頭，在暗無天日的牢房裡計算著時間。

她陷入這些記憶裡面，經歷著每個細節，跟隨著它們度過了無數年，像溺水的人一樣拚命掙扎，最終被淹沒。

「撲通」一聲，汪旺旺栽倒在人群中間。

第二十二章　上帝之城

美元，一個美國人都無比熟悉的詞，一個和資本主義掛鉤、腐敗墮落的代名詞。無論理想主義者將它如何貶損，它確實能買到大多數人的幸福和快樂。它出現在世界上的任何一個角落，在紐約金融大鱷的私人保險庫，在菲律賓某個娼妓的床頭，在恐怖分子裝滿槍械的彈藥盒裡，在孟買街頭乞丐的塑膠碗中。美國人把這些印著總統頭像和「我們相信上帝」的紙張送到了世界各地，給每個人塑造了一個充滿銅臭味的美夢。於是人們墜入這個夢中無法自拔，義無反顧地付出時間、肉體和靈魂。

如果把時間向前推一百到一百五十年，這些漂亮的紙張還不存在，市面上最受歡迎的還是金光閃閃的硬幣。和現今的硬幣有所不同，這些硬幣是用真金白銀打造的，一美元以下的硬幣光是白銀含量就占了九成，五美元以上的硬幣則是實實在在的黃金鑄造的。在紙鈔出現之前的日子裡，這些沉甸甸的黃金白銀代表了硬通貨，儘管這些硬幣帶來了戰爭和通貨膨脹，卻也帶來了黑奴、香料和武器。

所有人都知道這些硬幣的魔力，也自然知道一家鑄幣廠意味著什麼。當美國政府公布新的鑄幣廠選在內華達州的這個名不見經傳的小城鎮時，所有居民的腦袋裡都只有一個想法——他們要發達了。

想想費城，想想夏洛特、新奧爾良……這些鑄幣廠所在的城市哪個不是美國經濟貿易的中心?而這個小鎮很快也會變成中部的費城，乃至全世界的金融中心。

很快，砂岩結構的鑄幣廠平地而起，據說建築設計的靈感來源於文藝復興時期的大教堂。成噸的黃金和白銀被運到這裡，變成各種面值的貨幣。當時的鎮長雖然和其他居民一樣對「金融」這個詞並不熟悉，卻聘請了紐約最高級事務所的城市規劃師來重新設計小鎮的藍圖。他要帶領他的居民們把這兒改造成內華達州的三藩市，建造比電視塔還高的摩天大樓，比義大利還錯綜複雜的地下鐵路!還有遊樂場——一個有雲霄飛車和摩天輪的大型遊樂場——那將會成為經典的城市地標之一，成為東海岸高舉火炬的自由女神，成為每個新移民黑暗中的燈塔。

遊樂場的地址選在了小鎮西邊不到兩英里的地方，鎮長告訴那裡的農場主們，遊樂場將會吸引來成千上萬的遊客。農場主們一邊商討著怎麼把草莓做成果醬當作紀念品兜售，一邊擔憂著過多的人群踩爛了自己的草場，讓牲畜們受到驚嚇。他們甚至自掏腰包，集資在遊樂場門口修建了一座紀念碑，刻上自己的名字，以便幾十年後向自己的子孫炫耀——你所見到的摩登都市，正是你養豬餵牛的老子們打拼下來的天下!甚至還有幾位在私下籌畫如何把農舍改成私營的旅館，為前來旅遊的一大家子人提供度假和農家樂的業務。

第一個十年過去了，城市建立起來了，居住人口翻了幾番，每個人都滿懷希望。

第二個十年過去了，遊樂場建立起來了，每個人都耐心等待著出現大批慕名而來的遊客。

然而農場主們對草場的擔心似乎是多餘的，即使在夏天水草瘋長的季節，也沒有一個遊客踏足這裡。

年老的鎮長去世了，他沒來得及和居民們迎來第二個毀滅性的打擊：鑄幣廠也要被關閉了。

也許是原料運輸成本太高，也許是民主黨戰勝共和黨上臺，也許只是因為這棟磚紅色建築物看起來不祥，美國政府在一八九九年正式宣布鑄幣廠被撤回。不顧小鎮居民的抗議示威，鑄幣廠在爆破聲中轟然倒塌，砂岩和一代人的美夢一起徹底化為齏粉。

和鑄幣廠一起成為過去的還有柏油馬路和摩天大樓，成群結隊的人搬走了，摩天大樓變成了一塊毫無意義的城市墓碑；柏油馬路開始龜裂，最終支離破碎，昔日的野草從路面上瘋長出來。可是再沒有任何經費撥給這個可憐的小鎮，於是這裡只剩下一群絕望的人。

農場主們仍日復一日地耕作著，唯一不同的是，他們會在下山的時候把豬群和牛群趕到曾經的遊樂場邊上，看夕陽慢慢穿過摩天輪上破損的五彩玻璃，風把它的鋼筋吹得吱呀吱呀響，它卻再也不會轉了。農場主們就這麼一直看著，看到天黑。

鬼知道他們看到了什麼。

卡森城，又叫作上帝之城。

凌晨兩點。

達爾文從床上坐起來，輕輕穿上衣服，儘量不發出任何聲音地簡單收拾了些行李——事實上作為一個駭客，他唯一需要的就是一部手機和一個充電器，他猶豫了一下還是把電腦裝進書包裡。

他盤算了一下旅途上可能會遇到的事，大腦一片空白。汪旺旺走之前已經鐵了心不想讓他們跟去，所以一個字都沒透露，尤其是漫畫書剩下的內容。他能準備的，就剩下錢了。

達爾文平常對錢沒有欲望，在中餐速食店長大的他是那種就算喝白開水也能活下來的人。他一直住在迪克家的車庫裡，穿學校比賽發的那種印著口號的T恤，高級料理對他來說和街邊三四美元一個的墨西哥卷餅並沒有太大區別。

達爾文不講究吃喝和物質享受，不是因為他沒錢，恰恰相反，他掌握的技術可以輕易賺到錢。他的郵箱每天都能收到至少二十封從幾萬到幾十萬美元不等的邀約，希望他能與其他駭客聯手攻陷某知名企業或國家的系統，以竊取財報；一個穀歌網站安全性漏洞懸賞兩千美元，職業程式師一天最多能找到一個，達爾文在三小時之內就能找到五六個；學校網路安保系統是他參與建立的，可他除了給自己留了一個程式後門外，連一分錢也沒要，甚至頒獎典禮也沒有出席。

他討厭招惹不必要的麻煩。

和道德底線什麼的毫無關係，只是這種誘惑很難勾起他內心的波瀾——當一個人在網路暗處目睹了這個世界美麗外表下的骯髒真相後，會在一瞬間對大部分事情失去興趣。

他對這個世界的厭倦和失望，從遇到迪克後慢慢開始轉變，然後他的世界多了另一些人，沙耶加、M，還有一個名字特別可笑的女生。

他們不懂網路狩獵，去一趟旅遊只會老老實實賣一個學期燒烤攢錢，別人都嘲笑他們的社團，還暗地裡稱呼他們是「失敗者俱樂部」，可這些都沒有阻止他們成為達爾文心裡最在乎的人。

達爾文看著書包發了一會兒呆，努力抑制住心裡的悔恨。他沒有保護好汪旺旺，沒有保護好沙耶加和M，現在他能做的，是不讓他唯一的兄弟出事。

這幾天是小鎮今年的氣溫新低，據說大半個北方都因為暴雪癱瘓了，夜裡冰冷的霧氣讓達爾文的鼻子一陣刺痛。他輕輕帶上房門，朝車站走去。

直到身後傳來一個熟悉的聲音：「你真的覺得自己能演整部《孤膽英雄》嗎？」

迪克背著一個超大背囊從樹影裡鑽出來，抿著嘴抱怨，語氣裡全是不滿。

「你他媽的真的要拋下我，靠！」

「你是怎麼發現的？」

迪克一攤手：「我們在一起住了三年，我可能沒你聰明，但你什麼時候撒謊我能看出來——你說完謊會擦眼鏡，之前你騙我你沒看過黃片的時候就這樣……」

「行了打住，別說了……」

「我現在他媽的就問你，你憑啥甩了我？我是不是成了你的累贅？」迪克還在氣頭上。「別以為我不知道，你就是嫌我給你拖後腿……」

「拜託，你不是我的累贅。」達爾文歎了一口氣，他還想盡最後的努力勸住迪克。「如果我說我就想做一回孤膽英雄呢？」

「王子就算去鬥惡龍也會騎一匹馬吧？」迪克嘟起嘴。「再說，我還有超能力呢。」

「我並不是覺得你幫不上我，而是……」達爾文看著迪克。「我不想讓你去。」

「為什麼？怕我惹上麻煩你救不了我？醜話可說在前頭，我們還指不定誰救誰呢……」

「迪克，你可以回家了。」達爾文一字一頓地說。

迪克愣了愣，一時間兩個人都沒說話。

「你已經安全了，沒有人再來害你，你可以回你夢寐以求的家了。你有家人，她就在離這裡不到兩英里的地方日夜等著你回去。你失去了愛德華，現在凱特很需要你。」

「我知道。我很想念她烤的餡餅。」

過了好一會兒，迪克抬起頭，默默注視著家的方向：「但回家之後，這一切是不是就能徹底結束？我的經歷就能一切歸零，人生從頭開始？」

說到這裡，迪克紅了眼眶：「不是的，即使我現在回家，我爸也不會活過來，而我會一輩子後悔，我沒有去救我最好的朋友……或許中尉對你而言更重要，但她也是我最好的朋友，所以，拜託，讓我做點什麼。」

深夜中，兩個年輕人久久對視著。

「走吧，」達爾文沒有再說什麼。「帶好你的藥，我們去之前還要想辦法弄點水和食物，還有醫療包，別再像去阿什利鎮那麼狼狽了。」

「卡森城，內華達州，兩張。」

在充滿尿味、大麻味和酸臭味的灰狗車站售票台，達爾文從褲子裡摸出幾張皺皺巴巴的二十美元買車票。

售票員是個黑人大媽，她皺了皺眉，在售票系統上按了半天，告訴達爾文沒有長途客車去那裡。

「猶他州邊境的城市也可以，」達爾文在殘破的地圖上指了指猶他州和內華達州交界的地方。「這裡附近的城鎮都行。」

「沒有車去那邊，暴雪封路了。」大媽頭也不抬。

「再遠一點的小鎮呢？靠近鹽湖城的有沒有……」

「小子，別妨礙我做生意，」達爾文還沒說完，大媽就不客氣地打斷他。「到邊上去，用你的屁股想清楚要去哪裡再回來買票。」

灰狗在美國名聲不好幾乎盡人皆知，作為一個車輪上的國家，能去搭灰狗的只有一種人。

「如果屁股能思考，你應該能做美國總統了。」達爾文的刻薄可能一輩子都改不了了。

「聽著，黃種人，」大媽一下子被激怒了。「為什麼你不去坐飛機呢？」

「嘿嘿嘿——」迪克的頭從售票口擠進來，貼著一臉討好的笑容。「女士，我這個哥兒們腦子有點問題，剛從精神病院放出來，您別跟他計較——您這對耳環真好看，配上您這樣的美人，簡直是完美！」

迪克真誠地看著大媽戴的塑膠鍍金耳環，誇張地讚美著。

事實證明，大媽真的吃這套，她抿了抿嘴，眯著眼睛問：「去哪裡？」

「是這樣的，您看，我們恰好要去猶他州邊界的一個窮親戚家過耶誕節，這是我們第一次去，依您的意見，我們怎麼去最快、最方便？」

大媽看了看排班表：「去內華達州，拉斯維加斯，十五分鐘後有一班，夜班。到那裡，也許你們能找到往那兒開的短途客車，但很多路都封了，我不保證。」

迪克領了票，揶揄地對達爾文揚了揚手，壞笑了兩聲：「你看，不是什麼事都靠智商就能搞得定。現在開始崇拜我還不算太晚。」

大巴開出小鎮，在高速公路上狂奔，晚上八點的時候已經出了州境線。越往西開天氣變得越冷，車窗上結滿了水汽，客車司機或許把暖氣開到了最大，車廂裡彌漫著一股濃烈的汗味和腳丫子的酸臭味。畢竟除了他倆，車上坐著的都是流浪漢和癮君子。

迪克費了九牛二虎之力把車窗扒開一條縫，冷風冒進來，他把鼻子塞到窗縫上，使勁吸了幾口，才噓出一口氣。

「哥們兒，其實我覺得剛才那個售票員有一點沒說錯——我們為什麼不他媽的坐飛機去？」

「沒錢。」

「你個臭駭客，別想輕易忽悠我。」迪克翻了翻白眼。

「好吧，」達爾文聳聳肩說。「你記得沙耶加被清水帶走的時候，我威脅清水我在家裡裝了二十多個監控的事嗎？」

「所以到底是不是真的？」迪克指著達爾文。「如果是的話，你就太變態了，有沒有偷看我洗澡？」

「是真的，」達爾文歎了口氣。「至少有一半是真的，我們家裡有很多監控，但不是我裝的。」

「啊？啥意思啊？」迪克驚住了。

「意思是我們被監視了。」達爾文說。

「是誰幹的？」

「我不知道，你很難通過一個監視器查到它背後的主人，畢竟這些影片圖像是共用的。」達爾文努力組織詞語解釋道。「我查到了監控鏡頭所屬的公司，是一個大型連鎖安保集團。美國有一半安保系統都來源於他家，服務的客戶有幾百萬，根本無法從中排查是誰幹的。我只確定一點，對方選擇這種開放性的連鎖公司，要麼就是很愚蠢，要麼就是極度高明。我從發現那天起就已經黑掉了這些監控，在裡面放置了迴圈播放的空鏡頭。但有一點毋庸置疑，有人在觀察我們的一舉一動。」

「這跟坐灰狗有什麼關係？」

「關係大了。機場安保系統嚴密，鏡頭很多，我們值機的時候需要身分資訊登記，很容易被定位和跟蹤。而灰狗只要有錢就能買票，任何一個人都能上車，也能在沿途任何經停點下車。除非遇到員警截停排查，灰狗永遠是最安全的。這就是為什麼殺人越貨的罪犯都搭大巴。」

迪克環顧了一下周圍歪七扭八打著盹兒的乘客，吞了口口水。

達爾文接著說：「還有，剛才我跟那個售票員吵架是故意的，周圍的很多人都聽到了我要去哪裡，你看著吧，一會兒就有人來接觸我們了。當然，我沒有貶損你的意思，我還是很需要你的。」

「呵呵。」迪克白眼都翻到天上去了。

灰狗在天亮時開進了一個休息站，達爾文和迪克也順道下了車去吸兩口新鮮空氣，才沒走兩步，就看見一個極度瘦削、梳著油頭的男人跟在他倆背後：「哥們兒，借個火。」

「我不抽菸。」達爾文雖然嘴上這麼說，卻摸出一張二十美元塞到對方手裡。「去買個打火機吧。」

二十美元能買多少個打火機了，迪克心想。

油頭男接過錢，反手把菸放回煙盒裡，也不走，只咧開嘴一笑，露出一排粘著厚厚煙漬的金牙：「我聽見你們買票的時候說，想去卡森城。」

達爾文點點頭。

「基於你的慷慨解囊，」油頭男揚了揚手裡的錢。「給你一個小建議，十五號和五十號公路都關閉了，七十號路面的雪有半公尺厚。」

「告訴我一些我不知道的。」

「為了對付那些想冒險走捷徑的老司機，每年這個時候員警就會增設路障，整個耶誕節都會在那兒巡邏。」油頭男聳聳肩。

「但你有辦法，是吧？」達爾文心裡知道，這種人為了多賺點錢，總會把情況說得十分困難。

「或許有。」油頭男伸出一根手指。「一萬，已經給你打折了，就當交個朋友。」

「一萬可以買一輛車了！」迪克驚呼。

「昨天猶他州才下了一場暴雪，現在即使給你一輛車你也進不去。」

「成交。」達爾文示意迪克閉嘴。「但我要確定我能順利到達才會給錢。」

油頭男沒想到達爾文這麼爽快，他有點不自然地咂吧了一下嘴，把之前想好的那套抬價的話咽回去，慢吞吞地說：「當然。」

車站的廣播開始通知旅客回到自己的灰狗上，油頭男朝大巴走了幾步，有點猶豫地轉回頭看了一眼他倆。

「你還有什麼問題？」達爾文問。

「我通常不會這麼問，做我們這行不會打探理由，找我牽線的人有各種千奇百怪的需求，但你們真的讓我……十分好奇，我將近十年沒聽過有人想去卡森城了。」

迪克和達爾文互相看了一眼。

「因為……我們有個親戚住在那附近。」迪克轉了轉眼珠。

「哈哈哈，」油頭男像聽到了什麼好笑的笑話。「親戚？據我所知，卡森城方圓五十英里都沒有住戶，那兒就是個『鬼城』。」

「據我所知，那裡曾有一家鑄幣廠……雖然倒閉了，但卡森城曾經應該也算一個大城市，不可能一戶人家都沒有。」

「鑄幣廠？那已經是一百多年前的事了。」油頭男好不容易止住笑。「我想，你們對這一百多年裡發生的事不太瞭解吧？」

「比如什麼事？」

「比如核電站，」油頭男張開嘴，指了指自己的金牙。「核廢料殘留對人有什麼影響知道嗎？誰會願意挨著地獄住呢？」

「你曾經在那裡住過？」迪克有些疑惑。

「我的父母是搬離卡森城的最後一批人。」油頭男說完，快步走上了大巴。

灰狗又開了將近兩天，一路上，達爾文通過手機獲得了關於卡森城的更多資訊。自鑄幣廠倒閉後，卡森城就開始工業衰退。隨著曾經入駐的大批工人搬離，城市人口越來越少，留下來的大部分是上一輩就住在那兒的農民和牧場主。

真正讓卡森城成為空城的原因，是冷戰時期政府決定在內華達州增加核電站的數量，並把建造地址定在了卡森城。

其實叫作核電站並不準確，而是一種使用釷作為能源的核能電廠。儘管釷的核廢料只有鈾的萬分之一，政府也反覆保證這種原料非常安全，但卡森城的居民在經歷過鑄幣廠的衰敗之後已經不相信任何人了。所有人都陸陸續續搬離了卡森城，現在，那裡已經成了一座空城。

汽車在傍晚到了拉斯維加斯客運站，達爾文和迪克下車時，油頭男已經拿著自己的旅行包點上煙等他們了。他把電話號碼留給達爾文，說自己需要些時間籌備打點，最快明天傍晚給答覆。

直到油頭男的背影消失在夜色中，迪克才開始犯嘀咕：「我們到哪兒去弄這麼多錢？」

達爾文沒回答他，而是轉頭看著不遠處一個賭場的霓虹燈牌。

第二十三章　受洗

汪旺旺似乎做了一個很長很長的夢，在這個夢裡，她過了一百年，甚至一千年，經歷了各種各樣的人痛苦的一生。

她感受到冰冷的手術刀刺進胸腔，心臟在機械起搏器的帶動下艱難地跳動；一個女孩在發臭的地下室被強姦，仇恨和被撕裂的身體一樣鮮血淋漓；一個男人一夜間在賭桌上傾家蕩產，用子彈打穿了肺葉；一個老人在地震的廢墟裡找到自己的兒女，並親手埋葬了他們；一個士兵穿過槍林彈雨掙扎求生，直到在廢墟裡發現自己被炸斷的下肢……

有快樂的回憶嗎？有。但幸福就像是沙礫，而痛苦是永恆的沙漠。

然後，她感覺到了徹骨的疼痛。

從指尖開始，蔓延到每一根毛發，每一個細胞都像是在油鍋裡翻滾。她從一個噩夢中醒來，帶著瘡疤鑽進另一個噩夢。就這樣一直迴圈著，和宇宙一樣沒有盡頭。不同人的記憶像龍捲風一樣包裹著她，而在風暴的中心，有一個瘦小的影子。

那是一個小男孩，面目模糊。他蜷縮著身體，臉上掛著淚痕。

汪旺旺把他抱在懷裡，他很瘦很輕。

「妳把我忘了嗎？」男孩慢慢睜開眼睛，看著汪旺旺。

「我想起來了。」她輕輕說，就好像整個世界只有她一個人的聲音。

「張凡誠。」

男孩笑了：「我是張朋啊，朋友的朋。」他仍舊是孩子的身體，卻漸漸變成了一張成年人的臉，瘦削，輪廓分明，皮膚蒼白，掛著胡茬。

「我們是朋友。」

「我以為你死了。」

「張凡誠死了，但張朋活著。」

「你為什麼要做這一切？」

「是妳讓我做的呀，」男孩露出一個天真的笑容。「妳忘了嗎？是妳說的，我們要一起改變世界。」

汪旺旺醒來的時候，發現自己躺在閣樓的床上，天已經濛濛亮了。爐灶上的菜湯冒著熱氣，把房間蒸得暖烘烘的，連窗戶上都籠了一層淡淡的蒸汽。以撒和亞伯坐在餐桌前，他們似乎一直在等汪旺旺醒來。

亞伯抬手示意汪旺旺坐在桌子的另一邊，那裡已經放好了豐盛的飯菜。

「妳被選中了。」亞伯用一種不容拒絕的語氣說。

「他想讓我幹什麼？」汪旺旺仍然站在樓梯前。

「妳在祝禱會上被選中了，今天下午妳將會受洗。相信我，這是多少人求之不得的機會。」亞伯喝了一口咖啡，並沒有回答汪旺旺的問題。

以撒的臉色卻好像十分不安，他憂心忡忡地看了汪旺旺一眼。

「爸爸，現在受洗對她而言是不是太早了……」以撒咽了口口水。「是不是應該再考慮看看……」

「孩子，你應該為她感到高興，」亞伯說。「受洗之後，她將摒棄俗世觀念的束縛，進而瞭解神的意圖，接近偉大的真理，就像我一樣。」

「就像您一樣。」以撒重複著，他的眼裡流露出一絲恐懼。

「妳還有什麼問題嗎？」亞伯喝完咖啡。「我還要趕去草場。」

「我會見到他嗎？」沉默了幾秒，汪旺旺吸了一口氣。「見到『神』。」

「當然，妳不但會見到他，還會幫助他迎接新世界的降臨。」亞伯露出一個詭異的笑容。

「爸爸，受洗對她來說真的有點早，要不我們再求求神……」以撒拉住起身離去的亞伯。

「《馬太福音》七章二十一節：『惟獨遵行我天父旨意的人，才能進去。』今天晚上抄十次。即使你是我的兒子，也不能忤逆神的意願。」亞伯走到門口，又回頭看了看汪旺旺，對以撒說。「這次別再犯錯了。」

亞伯離開後，汪旺旺才走進客廳。

「我為妳……感到高興。」以撒勉強咧開嘴，笑了一下。

汪旺旺向窗外望去，在不遠處有五、六個人，包括那個從戰場回來的軍人在內，幾乎都是昨天祝禱會上看到過的。他們有的坐在樹下，有的假裝做著活，眼角的餘光時不時瞟向她所處的房子。

「他們在監視我。」

「他們只是為了保證妳能安全去受洗……」以撒解釋道。

「是怕我逃走吧。」汪旺旺轉身看著以撒，神情複雜。

「你……快點吃早餐吧，湯要涼了。」以撒轉身進了廚房。

「以前有人逃走過吧？」汪旺旺問。

「你問這個幹麼……」

「那些對信仰有所懷疑的人、不堅定的人。但他們沒想到，這個村子是只容許進來，不容許出去的。」

以撒端著湯的手停在空中。

「你的媽媽是逃出去的嗎？」

「我不知道妳在說什麼……」

「你的媽媽是不是也想過要走，卻又被人抓回來？」

「我不知道妳在說什麼！」以撒終於被激怒了，他提高了音調，重複著第一次見面時說的話。「爸爸說了，媽媽不愛他了，也不愛我，所以她走了！事情就是這麼簡單，無論大家怎麼攔著媽媽，媽媽還是要走！所以她扔下我們了！」

「那這個人是誰？」

汪旺旺拿起窗臺上那張只剩下一半的照片，除了以撒和亞伯之外，還有兩個下半身的人影，但上半部分被撕掉了。

「如果這個照片裡其中一個被撕去的人是你媽媽，那另一個人是誰？」

湯碗掉在地上。

以撒的眼裡充滿恐懼，過了好半天才結結巴巴地說：「我，我不記得了。」

「你爸爸媽媽的主臥和你的臥室都在二樓，我現在住的三樓那個房間，以前是誰住的呢？」

「傑克叔叔。」以撒閉上眼睛，過了好一會兒，才痛苦地說。「他曾經是爸爸的好朋友，我們一起住了四年，但是……」

「但是什麼？」

「傑克叔叔瘋了，爸爸說他不願意受洗，他自己推導出一套歪理邪說，他認為神不是神，只是利用大家的壞人……」作為一個不到十歲的孩子，以撒盡力用自己的語言解釋著他並不能理解的事。

「但是你媽媽相信了他，對嗎？」汪旺旺吸了口氣，把相框放在以撒面前。「所以他們一起逃走了。這才是亞伯永遠不願意提起她的原因。」

「為什麼你們都要逃走呢？」以撒頹然地坐在桌子前，雙手掩面，眼淚決堤而出。「為什麼大家不能一直幸福地生活在一起呢……以撒可以很乖，可以不惹爸爸生氣，可以把好吃的都留給大家，可以每天晚上抄經……但為什麼無論我怎麼做，媽媽和傑克叔叔都要離開呢？」

汪旺旺歎了口氣，在以撒身邊坐下：「我從來沒說我要離開。」

「真的……嗎？」以撒抬起頭，有點難以置信地看著她。

汪旺旺點了點頭：「我不會逃走，我要見到那個人，結束這一切，是我來這裡的目的。」

「妳說的是……神嗎？」

「他不是神，是人，」汪旺旺的臉色陰晴不定。「我和他在很久以前就認識了。恐怕你媽媽和傑克叔叔的觀點是對的——他在利用你們。」

以撒一臉難以置信地說：「妳為什麼要汙蔑神？如果妳不相信他，為什麼要來這裡？」

「如果我沒猜錯的話，我見過你的傑克叔叔，」汪旺旺想起橋洞裡那個奄奄一息的男人，他在咽氣前千方百計趕到小鎮上，只為了把末日審判的資訊帶給她。

他穿著的，是和村子裡每個人一模一樣的亞麻長袍。

「幾週前，我在外面的世界見到他，他感染了一種病毒。」汪旺旺說。「他死了。」

以撒猛地顫了一下，好半晌才虛弱地問：「那妳……看見我媽媽了嗎？」

汪旺旺沒說話，傑克那張高度腐爛的臉又出現在她的腦海裡。她不敢想像以撒媽媽的下場，很可能凶多吉少。

就在這時，一陣急促的敲門聲打斷了他倆的對話。以撒去開門，門外的人朝他低語了幾句，又向裡面看了一眼，用一種奇怪的語氣對汪旺旺說：「受洗提前了，請妳現在就出發。」

「等一下……為，為什麼？」以撒搖著頭。「她剛來村子裡，很多人比她等得久……為什麼是她？」

「這不是排隊買菜，孩子，」男人用一種機械的表情重複著。「沒有先來後到，現在就出發吧。」

以撒跟在汪旺旺的身邊走著。馬上就到耶誕節了，就算是閉塞的窮鄉僻壤，終歸還是保留了一些文明世界的習俗。一些門廊裡掛著藤蔓和木枝編織的聖誕花環，窗戶上用油彩胡亂地塗畫著槲寄生。一些人從窗戶和虛掩的門內偷看他倆，尤其是盯著這個華人女孩。大部分人的眼神是羨慕，摻雜著好奇和不甘。坐在屋簷底下的女人們竊竊私語，又被她們的男人低聲訓斥，跑回屋裡。

「我猜在他們眼裡，受洗是一件無上光榮的事。」汪旺旺自嘲地說。

以撒沒有說話，汪旺旺又向後看了看，原來在屋外監視她的沒有一個人跟上來，似乎這會兒又不擔心她逃走了。他們繼續走了一段路，汪旺旺很快知道了那些人放棄跟蹤的原因。

在他們面前，除了一條蜿蜒的小路之外，只有像蛇一樣遍布在地上的荊棘叢和尖銳怪異的碎石。

汪旺旺看了一眼腳上比紙還要薄的亞麻布鞋，任何人穿這種鞋子都不可能穿過這片亂石坡。

「我只能送妳到這裡了，妳沿著這條小路一直往上走，翻過山坡，就能看到妳要去的地方。」以撒低下頭。「願神保佑妳。」

「以撒，」汪旺旺叫住他。「你告訴過我，這個名字是你來到這裡後才改的，你還記得你最初的名字嗎？」

「為什麼突然問這個……」以撒有點驚慌失措。「我不記得了。」

「安東尼奧，」汪旺旺慢慢地說。「你叫安東尼奧，一個在你的故鄉很常見的名字，雖然不出自《聖經》裡哪個高尚的聖徒，但在義大利語裡，意思是無價的珍寶。」

「妳……妳怎麼知道？」

「雖然我從來沒見過你媽媽，但對她來說，你是她最珍貴的寶物。」

汪旺旺解開羊絨外套，翻開亞麻白袍的內襟，在胸口的位置有一個不起眼的內袋，裡面有一束用絲帶紮起來的頭髮，髮絲細膩柔軟，絲帶上繡著幾個簡單的字——安東尼奧，一九九八年。

「什麼樣的母親，才會把自己孩子的頭髮縫進胸口的內袋裡呢？」汪旺旺看著以撒。

「她一定很愛你。不要懷疑這一點，她從沒想過要拋棄你。時間不早了，你快回去吧。」

「等等！」沒走兩步，以撒突然衝上來，一把拉住汪旺旺的衣服。

「怎麼了？」

「不要去！」以撒的眼睛裡閃著淚花。「妳不能去……我，我想辦法把妳藏起來……我去求爸爸，我去抄經文，妳不要去……」

以撒邊說邊哭，從小聲抽噎到號啕大哭，就像是把心裡多年的鬱結都哭了出來。

「怎麼了？」汪旺旺停住腳步。

「不要去……每個人受洗回來後，就會變得不一樣。雅各也是，爸爸也是，他們都和以前不一樣了……爸爸以前最疼我，可是受洗完之後，他關注我的時間越來越少，他對神越來越依賴，他變得不再像我爸爸了，而是，而是……」

「而是什麼？」

「像另一個我從來不認識的人。」以撒在腦海裡努力尋找著合適的詞。「像牆上的掛鐘一樣，不哭也不笑，機械地做著神讓他做的事……他在一群孩子中間，甚至分辨不出我的聲音，他再也覺察不出我在裝睡，他……」

「他被洗腦了？」汪旺旺皺起眉頭。

「妳不要去……媽媽就是不肯去受洗，才逃跑的……」以撒雙手捂著臉說道。

「但我非去不可。」汪旺旺歎了口氣。「你放心，我不會再讓任何人變成亞伯那樣。」

「不要去，嗚嗚——妳不可能忤逆神的……」

汪旺旺猶豫了一下，轉頭對以撒說：「如果你想幫我一個忙，就去我的房間。我穿來的那件羽絨服口袋裡有一張卡片。給卡片上的人打電話，讓她告訴她的主人，我在這裡。」

那是汪旺旺離開羅德先生的城堡之前，祕書莎莎留給她的名片。

以撒搖了搖頭：「我們這裡沒有電話……」

「在祝禱會上我看見他們用了麥克風。雖然村子裡沒有電纜，但一定有電力，也會有電子產品聯繫外界，只是這些東西未必會放在普通居民能看到的地方。拜託你了。」

說完，汪旺旺朝山上走去。

一座摩天輪。

一座廢棄的摩天輪。

摩天輪的支架就像一隻巨大的外星生物，在陰霾的天空下伸出它纖細漆黑的爪牙。旋轉木馬的棚頂已經被風沙腐蝕得所剩無幾，獨角獸歪七扭八地橫在地上，披著快掉完的粉色油漆，眼睛裡早已沒了當初的光芒。水上樂園的滑梯上堆著垃圾和黑色的灰塵，游泳池裡布滿青苔和荒草。

風吹過秋千，生銹的金屬發出吱呀吱呀的聲音，就像垂死的老人在病床上最後的呻吟。那些曾經最受歡迎的小丑雕像，如今除了恐怖之外再也聯想不到什麼。
這是一個被山谷包圍的廢棄遊樂場。
汪旺旺站在盤山小路的盡頭，凝視著眼前的建築。它們看起來和這個偏遠生僻的小鎮似乎毫無關係，就像從天而降的外星人飛船，或者某種突然出現在皮膚表面的腫瘤一樣突兀。汪旺旺實在想不出來，這座遊樂園是為誰修建的。
但這已經無關緊要了，目前看來，這個錯誤的決定已經成了歷史。
遊樂園正門是一條龜裂的柏油公路，裂縫裡瘋長出荊棘和雜草。在雜草中間，有一塊布滿灰塵的大理石碑。

一八六四上帝之城
致未來
卡森市全體居民

汪旺旺繞過紀念碑，穿過破敗的海盜船和冒險島，半人高的雜草被吹得沙沙作響。一些小動物尖細的叫聲從裡面傳出來，有可能是獾狸或鬆鼠，一隻迷路的羚羊抬起頭看著她。
她又向前走了一會兒，風裡夾雜著飄忽的金屬弦樂聲。
「嘀哩哩哩哩嘀哩哩嘀哩……」

汪旺旺甚至聞到了一絲香甜的食物味道，這些聲音和氣味又熟悉又遙遠，她不確定是真的，還是自己的幻覺。

她又穿過了旋轉飛艇和靶場，音樂和香氣越來越明顯，終於，她的面前出現了一座用黑色帆布搭建的巨大棚屋。

棚屋門口有一個和真人一樣高的木偶，戴著一頂誇張的氈帽，下巴已經脫落了。人偶的面前放著一個煮開的鍋爐，裡面的麥芽糖還在噗噗地冒著煙。鍋爐旁邊是一個破舊的輪盤，上面畫著龍、蝴蝶、花朵和蝦。

糖畫，在中國一度十分流行，每個幼稚園或小學門口，總有一個賣糖畫的手藝人。只需要幾毛錢，小朋友搖到哪個圖案就能得到什麼樣的糖畫。這是汪旺旺小時候最喜歡吃的零食，她每次放學都央求舒月給她買一個。但舒月說那只是騙人的把戲，賣糖畫的小販在輪盤後面鑲了磁鐵，所有的孩子都只能搖到那些小花和小蝦的圖案，沒有人能夠搖到大龍。

人偶的一隻手已經斷了，它機械地重複著畫糖畫的動作，可竹簽上什麼都沒有。「春天在哪裡呀？春天在哪裡？春天在那青翠的山林裡。這裡有紅花呀，這裡有綠草，還有那會唱歌的小黃鸝……」

厚重的黑色帆布後面，傳來一首兒歌。每個在那個年代成長起來的孩子都會唱。

汪旺旺吸了口氣，撩開面前的黑色帆布。

「妳好呀，歡迎來到回憶的迷宮，妳是第十一位受洗者。」

汪旺旺踏入棚屋的那一刻，一個纖細的童音在房間的正中央響起。

「張朋，是你嗎？」棚屋裡一片漆黑，汪旺旺一邊摸索著一邊問道。

「春天在哪裡呀？春天在哪裡？」那個聲音又唱起來。

「我想起《寄生獸》的結局了。」

「春天在那湖水的倒影裡。映出紅的花呀，映出綠的草……」

「七宗罪，末日審判……這一切都是你策劃好的，是不是？」

「還有那會唱歌的小黃鸝……」

「你能成為預言家，甚至成為神，是因為一切恐懼都是你一手製造的……對嗎？」

「嘀哩哩哩哩嘀哩哩嘀哩哩哩哩哩，還有那會唱歌的小黃鸝。」

汪旺旺閉上眼睛，她終於問出了那個讓她困惑已久的問題，那個她穿越美洲大陸都想不明白的問題，那個她覺得必須當面問清楚的問題。

「你為什麼要毀滅世界？」

沒有人回答。

一束追光燈緩緩亮起，在幽暗的棚屋盡頭，有一個和四五歲孩子一般高的木制人偶。它被胡亂套了一身衣服，看起來有些年頭了，臉上的油漆已經脫落，歌聲正是從它的嘴裡傳出來的。

在它身邊，是一扇略顯陳舊的木門。汪旺旺走到木門旁邊，她的手輕輕拂過門上刻著的簡筆劃。

門上刻著一個男孩、一個女孩。

和她在夢裡看見的一模一樣。

「這扇門後面，是世界的過去，是神曾經作為人的回憶哦。」人偶空洞的眼神後面，一台答錄機閃爍著間隔均勻的紅光。

「我們永遠是好朋友哦，」答錄機機械地重複著。「好朋友一起唱。春天在哪裡呀?春天在哪裡……」

汪旺旺吸了一口氣，推開門。

一道鑲滿歪歪斜斜鏡子的走廊，和二十世紀末每一個南方小城公園裡流行的鏡子迷宮一樣，每面鏡子都映出汪旺旺的臉。她看著鏡中的自己，表情複雜，猶豫不決。

一個人，究竟有多少個名字、多少張面孔?

而在這數以百計的鏡面中，唯獨有一塊，映出的是一片鬱鬱蔥蔥的草地，一個三、四歲模樣的小男孩人偶坐在地上，穿著一件髒兮兮的條紋羊絨衫，上面還有一大攤浸濕的口水。

那是一面單向玻璃，玻璃上寫著一行稚氣的字——

一九九一年　狂怒

「張凡誠……」汪旺旺喃喃自語。

恍如隔世。

（未完待續）

嬉文化

沒有名字的人4：末日審判

作者／ＦＯＸＦＯＸＢＥＥ
榮譽發行人／黃鎮隆　總經理／陳君平
協理／洪琇菁　國際版權／黃令歡
執行編輯／呂尚燁　美術主編／李政儀
企劃宣傳／楊玉如、洪國瑋
出版／城邦文化事業股份有限公司　尖端出版
台北市中山區民生東路二段一四一號十樓
電話：(〇二)二五〇〇七六〇〇　傳真：(〇二)二五〇〇二六八三
E-mail：7novels@mail2.spp.com.tw
發行／英屬蓋曼群島商家庭傳媒股份有限公司城邦分公司　尖端出版
台北市中山區民生東路二段一四一號十樓
電話：（〇二）二五〇〇─七六〇〇（代表號）
傳真：（〇二）二五〇〇─一九七九
中彰投以北經銷（含宜花東）／楨彥有限公司
電話：（〇二）八九一九─三三六九
傳真：（〇二）八九一四─五五二四
雲嘉經銷／威信圖書有限公司　嘉義公司
電話：（〇五）二三三─三八五二
傳真：（〇五）二三三─三八六三
客服專線：〇八〇〇─〇二八─〇二八
南部經銷／威信圖書有限公司　高雄公司
電話：（〇七）三七三─〇〇七九
傳真：（〇七）三七三─〇〇八七
香港總經銷／城邦（香港）出版集團有限公司
香港灣仔駱克道193號東超商業中心1樓
電話：（八五二）二五〇八─六二三一
傳真：（八五二）二五七八─九三三七
E-mail：hkcite@biznetvigator.com
馬新經銷／城邦（馬新）出版集團　Cite(M)Sdn.Bhd.
E-mail：Cite@cite.com.my
法律顧問／王子文律師　元禾法律事務所
台北市羅斯福路三段三十七號十五樓
二〇二一年十二月一版一刷

■中文版■

郵購注意事項：
1. 填妥劃撥單資料：帳號：50003021戶名：英屬蓋曼群島商家庭傳媒(股)公司城邦分公司。2. 通信欄內註明訂購書名與冊數。3. 劃撥金額低於500元，請加附掛號郵資50元。如劃撥日起 10～14日，仍未收到書時，請洽劃撥組。劃撥專線TEL：(03) 312-4212 ・ FAX：(03) 322-4621。E-mail：marketing@spp.com.tw

國家圖書館出版品預行編目資料

沒有名字的人4 : 末日審判 ; FOXFOXBEE 著 .
--初版. --臺北市：尖端出版, 2021.12
面 ; 公分.--(嬉文化)
譯自:
ISBN 978-626-316-277-8(平裝)

857.7　110017376